COMO FALAR BEM E FICAR RICO

CARO(A) LEITOR(A),
Queremos saber sua opinião
sobre nossos livros.
Após a leitura, siga-nos no
linkedin.com/company/editora-gente,
no TikTok **@editoragente**
e no Instagram **@editoragente**,
e visite-nos no site
www.editoragente.com.br.
Cadastre-se e contribua com
sugestões, críticas ou elogios.

Giovanni Begossi

Criador do maior canal de oratória da América Latina,
o El Professor da Oratória

COMO FALAR BEM E FICAR RICO

A METODOLOGIA INFALÍVEL PARA SE DESTACAR
E CONVENCER QUALQUER PESSOA

Diretora
Rosely Boschini

Diretora Editorial
Joyce Moysés

Editora Pleno
Carolina Forin

Assistente Editorial
Mariá Moritz Tomazoni

Produção Gráfica
Leandro Kulaif

Edição de Texto
Algo Novo Editorial

Preparação de Texto
Elisa Martins

Capa
Thiago de Barros

Projeto Gráfico
Márcia Matos
Gisele Baptista de Oliveira

Diagramação
Gisele Baptista de Oliveira

Revisão
Flávio Alfonso Jr.
Lara Freitas

Ilustração p. 206
Plinio Ricca

Impressão
Edições Loyola

Copyright © 2025 by Giovanni Begossi
Todos os direitos desta edição
são reservados à Editora Gente.
Rua Dep. Lacerda Franco, 300 – Pinheiros
São Paulo, SP – CEP 05418-000
Telefone: (11) 3670-2500
Site: www.editoragente.com.br
E-mail: gente@editoragente.com.br

Dados Internacionais de Catalogação na Publicação (CIP)
Angélica Ilacqua CRB-8/7057

Begossi, Giovanni
  Como falar bem e ficar rico : a metodologia infalível para se destacar e convencer qualquer pessoa / Giovanni Begossi. - São Paulo : Editora Gente, 2025.
  224 p.

Bibliografia
ISBN 978-65-5544-619-7

1. Comunicação interpessoal 2. Oratória 3. Desenvolvimento profissional 4. Retórica I. Título

25-1932   CDD 302.2

Índice para catálogo sistemático:
  1. Comunicação interpessoal

NOTA DA PUBLISHER

Todos nós já estivemos ali: com as ideias certas na cabeça, mas sem conseguir expressá-las do jeito certo. Perdemos oportunidades, conexões, vendas, empregos — e, acima de tudo, reconhecimento. É exatamente esse o problema que este livro resolve: a dificuldade de se comunicar com clareza, confiança e poder de convencimento.

Vivemos em um tempo em que saber se comunicar não é mais um diferencial — é uma exigência. E, ao contrário do que muitos ainda acreditam, não se trata de dom, mas de técnica. Foi por isso que apostei neste livro desde o primeiro contato com o projeto: porque Giovanni Begossi não apenas domina a técnica, como sabe ensiná-la com paixão, leveza e, acima de tudo, resultados concretos.

Giovanni é a personificação de quem "chegou lá" com o próprio esforço, sem apadrinhamentos. Vindo de uma realidade desafiadora, ele se reinventou por meio da oratória — e, com isso, virou bicampeão brasileiro na área, mentor de grandes nomes do mercado e autoridade reconhecida nacionalmente. Como mentora de autores, o que mais me impressionou em Giovanni foi sua obsessão pelo estudo contínuo, sua prática incansável e sua didática envolvente. Ele é o tipo raro de autor que inspira porque vive o que ensina.

Este livro entrega um passo a passo claro e acessível para qualquer pessoa que deseje desenvolver uma comunicação irresistível — seja em apresentações, vendas, vídeos, entrevistas ou até em conversas do dia a dia. Giovanni conduz o leitor por três pilares fundamentais: clareza, confiança e convencimento. A cada capítulo, você verá como desbloquear o poder da fala pode transformar sua autoestima, seus relacionamentos e sua renda.

Se você sente que a vida poderia estar em outro patamar se apenas conseguisse "falar melhor", esta obra é o seu divisor de águas.

Aceite o meu convite: mergulhe nesta leitura. A sua melhor versão comunicadora está prestes a nascer.

ROSELY BOSCHINI
CEO e Publisher da Editora Gente

Para a autora da minha
história favorita, Micarla.

AGRADECIMENTOS

Eu não costumo falar obrigado. Prefiro a palavra gratidão. Muito mais bonita!

Este livro é fruto de mais de uma década de estudos de comunicação, e muitas pessoas contribuíram direta ou indiretamente. Mesmo correndo o risco de ser injusto por não citar todos os nomes, não poderia deixar de registrar minha profunda gratidão a algumas pessoas em específico.

Gratidão a Deus, por ter me dado a bênção da comunicação e a sabedoria de usá-la para o bem. A meus amigos Diego e Leonardo, que leram meu TCC antes de todo mundo e agora também meu livro, sempre me dando insights valiosos. A meu amigo Michael Arruda, por ter me ensinado como escrever um livro que vale a pena ser lido e compartilhado. A meu amigo Gustavo Ferreira, que dentre tantas contribuições, acabou me dando a ideia do título deste livro em uma conversa descompromissada. A Jean Valério, que me incentivou a publicar meu livro o quanto antes (estava postergando por puro perfeccionismo) e fez a ponte com a Editora Gente. A toda a equipe da Editora Gente, pela paciência e apoio ao longo dessa jornada de dois anos entre a primeira palavra escrita e o lançamento da primeira edição. A todos que trabalham na El Professor da Oratória e que diariamente contribuem com seu talento para o nosso propósito de destravar a comunicação do Brasil e do mundo. A Daniel Lara e toda a equipe da Nova Dimensão, que nos ajudou a espalhar a palavra da oratória. A meus pais, por terem me criado com princípios e trabalhado para que eu pudesse focar nos estudos que originaram este livro. A meus sogros Pedro e Mônica Lins, meus maiores fãs. A Micarla Lins, sem a qual eu não estaria aqui. E, por fim, a você, leitor, por confiar no meu trabalho. Gratidão.

SUMÁRIO

Por que este livro existe 13

Como aproveitar este livro ao máximo 15

PARTE ZERO
A HABILIDADE MAIS IMPORTANTE DO MUNDO 21

- Capítulo 1   De nerd antissocial a bicampeão brasileiro de oratória 23
- Capítulo 2   Vivemos uma pandemia de má comunicação ... 32
- Capítulo 3   Como transformar sua comunicação em dinheiro 37

PARTE I
O PRIMEIRO C (CLAREZA): QUATRO TÉCNICAS FUNDAMENTAIS PARA UMA COMUNICAÇÃO ASSERTIVA 55

- Capítulo 4   Método comprovado para falar bonito 57
- Capítulo 5   4.5 passos infalíveis para uma dicção perfeita ... 63
- Capítulo 6   A arte de dizer mais com menos: como não ser chato ao falar 69
- Capítulo 7   Os melhores comunicadores do mundo entenderam isso 76

PARTE II
O SEGUNDO C (CONFIANÇA): COMO PERDER O MEDO DE FALAR EM PÚBLICO 91

- Capítulo 8   Livre-se dos três bloqueios que travam a sua comunicação 93
- Capítulo 9   A regra de ouro para perder a timidez 115
- Capítulo 10   O que GTA nos ensina sobre oratória 122
- Capítulo 11   Como se tornar o Batman da comunicação 131
- Capítulo 12   9.5 técnicas para exterminar a ansiedade e o nervosismo 138
- Capítulo 13   Rotina secreta de sete passos para falar bem em público 152

PARTE III
O TERCEIRO C (CONVENCIMENTO): O PASSO A PASSO AVANÇADO PARA SER HIPERPERSUASIVO 159

- Capítulo 14   O segredo para convencer e persuadir qualquer pessoa 161
- Capítulo 15   A técnica da Coca-Cola para uma oratória de impacto 165
- Capítulo 16   10.5 técnicas para ser extremamente carismático sem esforço 177
- Capítulo 17   O segredo da oratória de Jesus 198

Oratória salva vidas 213

Epílogo: Lamba o cuspe 216

Apêndice A: Checklist da rotina de preparação pré-palestra 217

Referências 218

Agradecimentos especiais 222

POR QUE ESTE LIVRO EXISTE

> Que seja como a Deus agrade
> Pois Ele primeiro nos ensinou tudo, na verdade.
> Que Ele guie nossa pena conforme seu desejo
> E transforme em divino o simples que escrevo.
> **JOHN BUNYAN**

Não sei de que forma o universo fez este livro chegar até suas mãos. Mas, acredito, isso aconteceu por um motivo.

Nos últimos anos, eu experimentei uma mudança drástica na minha vida. Saí de *lives* com zero pessoas assistindo para milhões de seguidores nas redes sociais. Saí do anonimato para participar de programas de televisão de relevância nacional. Saí de ganhar R$ 1 mil por mês como estagiário em um escritório de advocacia para mentorear a comunicação de milhares de pessoas – dentre elas políticos, empresários bilionários, influenciadores, desembargadores, atletas campeões olímpicos e participantes de reality shows, além de treinar instituições renomadas como Johnson & Johnson, Biogen, Falconi e até mesmo a SWAT de São Paulo (GATE, o Grupo de Ações Táticas Especiais da Polícia Militar do Estado).

Tudo isso partindo do absoluto zero. Eu não tive um padrinho ou um mentor famoso. Não tive qualquer direcionamento para tomar as decisões que tomei. Pelo contrário, fui desencorajado por familiares, por conhecidos e até por desconhecidos (ou seja, por quase todo mundo). Não tinha amigos trilhando o mesmo caminho para quem eu pudesse fazer perguntas caso surgisse alguma dúvida. Mas, mesmo sem networking e sem dinheiro, fui subindo "na raça" essa escada do sucesso.

Esta obra nasceu da vontade de cristalizar o conhecimento que me permitiu ter esses resultados; conhecimentos que até então talvez estivessem restritos a clubes fechados caríssimos, ou talvez não chegassem nem mesmo a esses lugares. Tudo por um preço extremamente acessível: o preço de um livro.

Talvez você esteja se perguntando: "Existem tantos livros por aí sobre comunicação, por que mais um? O que existe já não é o suficiente?". Depois de devorar dezenas de obras sobre oratória, eu posso te falar com propriedade que não existe outro livro como este.

Nas próximas páginas, você encontrará o manual que eu sempre quis que existisse sobre comunicação e oratória, mas que até então não havia sido escrito. Embora existam inúmeras obras superinteressantes sobre o tema, sempre senti falta, nos meus estudos, de um guia completo, do básico ao avançado, aplicável por qualquer pessoa e pensado para os dias atuais. O que você tem em mãos é um passo a passo prático, simples e validado para você se tornar o melhor comunicador que pode ser, mesmo que esteja partindo de uma situação de nervosismo ou timidez.

Não se engane: apesar de este livro ser curto e de fácil leitura, você está diante de um objeto muito poderoso. Eu acredito em energia, e justamente por isso fui eu quem pessoalmente escreveu cada vírgula desta obra, e não um *ghostwriter* (escritor fantasma), como muitos famosos fazem. Cada palavra foi adicionada por mim de modo intencional e com muito carinho para que você atinja seus objetivos.

Uma coisa eu prometo: se você simplesmente terminar este livro e aplicar os ensinamentos aqui contidos, sua vida vai melhorar. Você será mais feliz e terá mais dinheiro. Ponto.

GIOVANNI BEGOSSI
São Paulo, fevereiro de 2025

COMO APROVEITAR ESTE LIVRO AO MÁXIMO

Como um ávido leitor que adora estudar, tomei a liberdade de compilar algumas sugestões sobre como tirar o máximo de proveito do conhecimento aqui disposto, com base na minha própria experiência lendo livros de desenvolvimento pessoal.

1) GRIFAR E RISCAR

A primeira coisa é não ter dó deste livro. Quando era adolescente, eu tratava os livros como objetos sagrados, evitando grifar, anotar... Eu nem abria muito a página para ele ficar retinho e com aspecto de novo!

Eu não sabia de nada naquela época.

Hoje, tenho muito claro para mim que livros foram feitos para serem usados! Gosto de imaginar que eles ficam tristes se não forem aproveitados, como os brinquedos de *Toy Story* quando são esquecidos. Livro é para ser lido e riscado.

2) RESUMIR OS PRINCIPAIS ENSINAMENTOS

Este passo é mais avançado, mas aqueles que o seguirem vão colher os frutos. No fim de cada capítulo, experimente passar para algum lugar (como um bloco de notas no celular) os principais ensinamentos que você grifou, em tópicos mesmo. Utilize suas próprias palavras, sem se preocupar com a forma. A neurociência diz que, fazendo isso, você vai absorver e se lembrar muito mais do conteúdo.

3) ENSINAR PARA ALGUÉM

Sabia que, quando ensinamos algo para alguém, aprendemos ainda mais? Isso porque temos que organizar as informações de forma coesa no nosso cérebro para passá-las adiante.

Quer uma dica extremamente eficaz para internalizar o conhecimento deste livro? Ensine o que aprender em conversas cotidianas. Por exemplo, fale para seu amigo: "Nossa, você não sabe o que li hoje! Sabia que 85% do dinheiro que recebemos na vida vem da comunicação, e 15% do nosso conhecimento técnico?". É tiro e queda. Isso também é conhecido como "técnica Feynman" e tem resultados comprovados para melhorar a memorização.

UM ÚLTIMO RECADO ANTES DE COMEÇARMOS PARA VALER

Certa vez, vi um dado de que as pessoas mais ricas do mundo leem em média sessenta livros por ano, ou seja, cinco por mês. Ainda não cheguei nesse ritmo de leitura, admito. Mas é a minha meta. Um dos meus sonhos é ler mais de mil livros ao longo da vida. Isso equivale a ler aproximadamente dois livros por mês durante quarenta anos seguidos. Um dia, espero chegar lá!

Infelizmente, eu SEI que algumas pessoas vão iniciar este livro supermotivadas a melhorar a oratória porque sabem que isso vai mudar a vida delas, mas aí... a vida acontece:

- O trabalho fica puxado;
- Imprevistos surgem;
- Você se esquece de ler;
- O cansaço toma conta;
- Outro livro te distrai.

E quando você menos espera... abandonou a leitura. **Mas não desta vez!**

Quero que você assuma um compromisso comigo neste momento. Vai soar um pouco estranho, mas peço que confie em mim. Na próxima página, você vai encontrar uma frase (calma, não veja ainda). Então, quero que você a repita em voz alta, combinado?

Pode olhar.

REPITA EM VOZ ALTA:

EU ME COMPROMETO A LER ESTE LIVRO ATÉ O FINAL!

@ELPROFESSORDAORATORIA

Agora, pelo gatilho mental do compromisso e da coerência, você acaba de hackear seu cérebro. Como não queremos ser vistos como pessoas "sem palavra", que dizem uma coisa e fazem outra completamente diferente, ao decretar que vai fazer uma ação, as chances de você de fato realizá-la aumentam significativamente.

Se quiser uma recomendação ainda mais avançada, experimente fazer um **compromisso público**. Poste essa frase nas redes sociais e peça para seus amigos e seguidores te cobrarem. Assim, as chances de você cumprir esse objetivo serão ainda maiores. Vai por mim, funciona.

Por fim, talvez em alguns momentos durante a leitura deste livro você possa pensar: "Ah, mas esse conteúdo eu já sei", "Isso é óbvio", "Isso é senso comum", ou algo do tipo.

Quero te ensinar um princípio que foi crucial no meu aprendizado de oratória: **o sábio não nega conhecimento.**

Se você se deparar com algum conteúdo que acredita já dominar, pergunte-se: "Eu realmente sei isto? Eu já aplico isto na minha vida? Estou aplicando na extensão que poderia?". Eu já era campeão de debates e oratória quando fiz mais de dez cursos sobre o tema como aluno – e saí de cada um melhor do que entrei.

Lembre-se do que disse Epíteto na Grécia Antiga: "É impossível alguém aprender aquilo que acha que já sabe". Leia isso de novo.

Portanto, encare esta leitura com a mente aberta. No mínimo, será uma excelente revisão. Mas eu diria que é praticamente impossível terminar este livro sem aprender algo novo – e profundamente transformador.

Agora, chegou a hora de você aprender a falar bem e ficar rico.

> **EM RESUMO**
>
> **COMO APROVEITAR ESTE LIVRO AO MÁXIMO**
>
> 1. Grife e risque sem dó.
> 2. Resuma os principais ensinamentos com suas próprias palavras em algum lugar, como em um bloco de notas.
> 3. Ensine o que aprender em conversas cotidianas.
> 4. Utilize o gatilho mental do compromisso e da coerência, fazendo um acordo público de finalizar a leitura.
> 5. Tenha a mente aberta. O sábio não nega conhecimento. É impossível alguém aprender aquilo que acha que já sabe.

PARTE ZERO

A HABILIDADE MAIS IMPORTANTE DO MUNDO

1

DE NERD ANTISSOCIAL A BICAMPEÃO BRASILEIRO DE ORATÓRIA

O ano era 2009. O ar-condicionado da sala do 9º ano de uma escola de elite na cidade de Natal, no nordeste brasileiro, estava absurdamente gelado, quase como se refletisse a atmosfera tensa de disputa que pairava entre os alunos. Grupos de adolescentes conversavam baixo, suas vozes se misturando ao zumbido do aparelho, até que a porta da sala se abriu com um estrondo.

Era o professor de Biologia. Ele irrompeu na sala com seu jaleco branco característico, o All Star surrado ecoando no chão de azulejos. Um sorriso juvenil cruzava sua face de meia-idade.

— É o seguinte — ele começou a falar, captando imediatamente a atenção dos alunos. — Hoje vamos fazer algo diferente. Vou escrever no quadro um problema "nível Ensino Médio". A primeira pessoa que conseguir responder corretamente ganhará um ponto extra na média final.

Um silêncio sepulcral tomou conta do ambiente, os olhares adolescentes brilhando com a expectativa de se provar. Certa eletricidade pairava no ar.

Eu, por outro lado, sentia algo mais profundo. Estar ali já era, por si só, uma vitória para a minha família. Meus pais, com muito sacrifício e com o auxílio de um desconto baseado nas minhas notas, haviam conseguido pagar pela minha vaga naquela escola tradicional. Minha educação sempre fora prioridade absoluta para eles. Enquanto muitos voltavam das aulas para lares confortáveis, eu morava em uma rua de terra, com esgoto a céu aberto e em uma casa sem forro no teto, localizada em uma região marginalizada e perigosa da cidade.

Eu fazia parte da chamada "superturma", um programa que reunia os melhores alunos do 9º ano do Ensino Fundamental para ter aulas mais avançadas com professores do Ensino Médio. Havia até uma premiação dada ao aluno que mais se destacasse. O nome era sugestivo: Prêmio Melhor dos Melhores. Nem preciso dizer que o clima era megacompetitivo.

Como eu era a pessoa mais economicamente desfavorecida (vulgo pobre) dali, sentia que a única coisa que me restava era ser o mais esforçado. Cada nota alta, cada ponto conquistado, era um passo para honrar o esforço dos meus pais. Para dar valor ao sacrifício deles em prol da minha educação, meu objetivo se tornou apenas um: ser o melhor da turma. Assim, no momento em que o professor anunciou aquele ponto extra, algo despertou em mim. Eu liguei meu modo competitivo. *Preciso ganhar.*

O professor começou a escrever a questão no longo quadro branco. Enquanto todos os alunos copiavam o enunciado no caderno normalmente, uma ideia inusitada surgiu em minha mente. *Se eu escrever mais rápido, consigo revisar a matéria ao mesmo tempo em que o professor escreve, aumentando minhas chances de ser o primeiro a encontrar a resposta.*

Coloquei minha estratégia em ação. A cada nova palavra anotada no quadro, eu a transcrevia freneticamente, e então folheava as páginas do caderno para revisar o conteúdo sobre aquele tema, indo e voltando várias vezes. Meu cérebro estava a mil. Ninguém mais parecia estar fazendo o mesmo. Fui seguindo esse plano até que, no momento em que o professor finalizou o último traço no quadro branco – o ponto de interrogação – e todos começaram a resolver a questão, eu já tinha a resposta. *Venci.*

Uma descarga de adrenalina tomou conta do meu corpo. Senti um mix de felicidade, empolgação e orgulho. Meu primeiro impulso foi pular da cadeira e sair correndo para garantir aquele merecido ponto. Porém, quando eu ia me levantar, algo me segurou. Outro sentimento avassalador começou a sequestrar meu sistema límbico, crescendo a cada instante a ponto de ofuscar os demais. *Estou com... vergonha?*

Preciso contar algo que talvez você não saiba sobre mim: eu era um nerd antissocial. Naquela época, não tinha amigos, nunca era chamado para os aniversários dos colegas de turma, nunca tinha nem beijado na boca, sofria bullying...

Naquele instante, quando achei tão rápido a resposta da questão supostamente hiperdifícil, uma voz interna sussurrou: *Vai ser estranho se você se levantar agora. Eles vão te odiar.*

Então, eu... paralisei.

Enquanto os outros alunos quebravam a cabeça com a questão, fiquei ali, imóvel, enfrentando uma luta interna que parecia durar uma eternidade. Até que resolvi reunir toda a coragem dentro de mim e, de um salto, me levantei da carteira no fundo da sala e me dirigi à mesa do professor. Na caminhada, senti os olhares perfurantes de quarenta adolescentes queimarem minhas costas. Cochichos desapontados quebraram o silêncio.

— Ah, tinha que ser ele... — ouvi um aluno resmungar.

— Caramba, deixa a gente tentar, pelo menos! — outra voz reclamou.

O professor pegou meu caderno e começou a revisar a resposta, as sobrancelhas ligeiramente franzidas. A sala inteira prendia a respiração, na expectativa de que talvez eu tivesse errado e aquele ponto voltasse para a disputa.

Foi então que o professor levantou o olhar para mim, depois para a turma, abriu um sorriso triunfante e declarou:

— Vocês acharam mesmo que ele ia errar?

Pouco tempo depois, eu ganhei o tal do certificado de "melhor dos melhores". Era para ser um momento de alegria, mas, em vez disso, me vi tomado por um vazio existencial. Eu era o melhor aluno da sala, mas não tinha amigos. Enquanto recebia aplausos, me perguntava: *Por que isso não me faz feliz?*

Eu observava as pessoas mais extrovertidas ao meu redor e notava que elas riam com facilidade, se conectavam umas com as outras. Pareciam viver em outro mundo – um mundo em que a felicidade era a regra, e não a exceção. Eu me questionava: *Poxa, o que elas têm que eu não tenho? Como podem gostar tanto da vida que têm, enquanto eu mal consigo suportar a minha? Eu não aguento mais viver assim! Quero mudar, chega!*

A verdade é que eu não era bom com pessoas. Era muito fechado, tímido, não tinha uma personalidade agradável. Parte disso se deu por conta de um complexo de inferioridade que acabei desenvolvendo por ser o aluno mais pobre; outra parte advinha da minha própria falta de tato social. Tudo isso me fazia ser rotulado como um dos "perdedores" ou "manés" de toda turma de que fazia parte, e cada vez mais eu vestia esse personagem que criaram para mim, em um ciclo vicioso de isolamento e rejeição. Essa foi uma das épocas mais difíceis da minha vida.

Até que, em 2010, resolvi entrar no grupo de teatro da escola. De repente, tudo mudou. Perdi o medo de falar em público. Fiquei mais extrovertido. Aprendi a usar a minha linguagem corporal. O resultado?

De repente, eu tinha amigos. De repente, eu tinha uma namorada. De repente, eu era capitão do time de basquete da escola. Minha vida mudou da água para o vinho, da noite para o dia. Ao aprender a me comunicar melhor, comecei a levar uma vida mais divertida, mais feliz, mais leve. Pela primeira vez, senti como se um mundo de oportunidades incríveis estivesse à minha espera.

Alguns anos depois, em 2014, entrei na faculdade de Direito da Universidade Federal do Rio Grande do Norte (UFRN). Foi na graduação que conheci um esporte chamado "debate competitivo", uma modalidade esportiva de argumentação e oratória nascida no Reino Unido há mais de duzentos anos. Eu não sabia explicar por que, mas isso me atraiu muito. *Existem campeonatos mundiais de convencer os outros? Estou dentro!* Algo já me dizia que, se eu ficasse bom tanto no **que** falar (argumentação) quanto em **como** falar (oratória), eu seria imbatível.

Assim, resolvi participar do meu primeiro campeonato de debates, mesmo estando no início do curso. Ao final de várias rodadas com dezenas de competidores mais experientes, minha equipe saiu vencedora. O prêmio? Um voucher de R$ 50 em uma livraria, que usei para comprar meu primeiro livro de oratória.

Eis que, em 2015, estava andando pelos corredores da universidade quando me deparei com um cartaz na parede: "Curso de Oratória em Natal". *Nossa, eu nem sabia que existiam cursos de oratória.* Parei em frente ao cartaz, analisei por alguns instantes e... deixei para lá.

Já sou bom, pensei. *Fiz dois anos de teatro na escola e ganhei um campeonato de debates. O que mais há para se aprender sobre oratória?*

Porém, "do nada" (gosto de usar aspas porque, sempre que falamos que algo foi "coincidência" ou aconteceu "do nada", na verdade, é o universo conspirando a nosso favor), uma ideia brotou no fundo da minha mente: *Eu estudei um pouco de oratória e minha vida mudou da água para o vinho... E se eu continuar estudando? Até onde a comunicação pode me levar?*

Hesitante, resolvi fazer o tal curso. *Não tenho nada a perder mesmo.* O treinamento presencial duraria o fim de semana inteiro, com um total de dezesseis horas.

Esse curso mudou a minha vida.

Eu ACHAVA que sabia o que era oratória. E lá estava eu, entrando em contato com um novo mundo que eu nem sonhava que existia! Foi a primeira vez que ouvi falar de conceitos como canais de acesso, rapport, storytelling, gatilhos mentais, infotenimento, escuta ativa... E pensar que eu quase não fiz esse curso por achar que sabia de tudo! Gratidão, universo.

O que aconteceu em seguida foi que eu simplesmente fiquei **viciado** em estudar oratória, uma espécie de "vício saudável". Isso porque eu percebi que **oratória é basicamente um superpoder: quanto mais você estuda, mais longe vai.** Comecei a devorar materiais sobre comunicação de modo desenfreado; eu não podia ver um curso de oratória que já pagava para fazer (acabei fazendo mais de dez cursos de oratória como aluno).

Assim, a partir de 2010, se iniciou uma longa jornada cheia de preparações, competições, vitórias e muito, muito estudo. Insaciável na busca por conhecimento sobre a arte de falar melhor, tive o privilégio de beber de diversas fontes: seis anos de debate competitivo, Toastmasters (um clube com treinos e competições de discursos), advocacia... Tudo isso resultou em mais de vinte prêmios de debate e oratória em três línguas, dentre eles o Bicampeonato Brasileiro de Oratória.

E se tem uma coisa que eu posso falar com absoluta certeza é: **comunicação, oratória, carisma e persuasão são habilidades treináveis.** Não acredite quando ouvir alguém falando que são dons de nascença. Se eu consegui, você também consegue. E é isso que vamos aprender nos próximos capítulos. Porém, antes preciso te contar algo que aprendi com o grande Dale Carnegie.

O MAIOR SEGREDO PARA UMA VIDA DE SUCESSO

Imagine o seguinte: você está em um evento lotado – talvez uma confraternização do trabalho, um encontro da igreja, ou mesmo um congresso importante do seu nicho. De repente, sem aviso prévio, te chamam ao palco para falar algumas palavras para centenas de pessoas. O que você sente?

Talvez experimente uma leve timidez. Ou talvez a vergonha seja tamanha que você se sinta aterrorizado e constrangido, a ponto de ser paralisado pelo nervosismo. Seu corpo começa a reagir instantaneamente, sem que você consiga controlar: suor escorrendo pelas mãos, coração disparado, boca seca, pernas trêmulas, voz embargada. Nesse turbilhão de sensações, você acaba falando rápido demais, gaguejando ou, pior, tendo o famoso branco!

A frustração toma conta. Você sabe que tem todas as ideias na cabeça, mas não consegue se concentrar e organizá-las em uma linha lógica de raciocínio. As palavras parecem simplesmente fugir, se dispersando como folhas ao vento. Entre hesitações e muitos vícios de linguagem ("é... tipo... né..."), você balbucia algumas palavras e volta a se sentar. Ao tomar o seu lugar, um sentimento desastroso aflora: o de que as pessoas não gostaram nada da sua fala, de que você virou alvo de chacota, de que foi visto como incompetente, ou, até mesmo, como arrogante ou prepotente...

Esses são alguns sintomas clássicos do famoso medo de falar em público. Você já passou por algo parecido?

Existem três tipos de comunicadores. Agora, vamos fazer um teste para descobrir qual tipo de comunicador você é. Preparado?

O tipo um é aquela pessoa tímida, travada, bloqueada, que foge de gravar vídeos, transpira e passa mal só de pensar em falar para muitas pessoas, quando vai para uma festa não fala com ninguém, ou nem sai de casa para não ter que interagir com outros seres humanos...

O comunicador tipo dois, por sua vez, é aquela pessoa que já fala bem, mas falta técnica. Essa pessoa até já tem resultado (seja vender, palestrar, ter seguidores nas redes sociais etc.), e ela sabe que, se dominar técnicas de oratória e lapidar aquilo que já faz bem inconscientemente, terá um resultado exponencial.

Até agora, você se identificou mais com o tipo um ou o tipo dois? Ou talvez você seja do tipo "um e meio"?

Já o tipo três é o orador experiente. Aquela pessoa sazonada, calejada, que já fez muitos cursos de oratória e já impacta milhares, quiçá milhões, de pessoas com sua comunicação. Tenho muitos alunos tipo três. Um exemplo é a Natalia Beauty, empresária brasileira do ramo de beleza com mais de dez milhões de seguidores no Instagram. E por que pessoas tipo três continuam estudando oratória? Porque elas entendem que, se forem 1% mais persuasivas em seus negócios, o retorno será descomunal.

Ao finalizar este livro, não importa se você está atualmente no nível um, dois ou três. Você chegará ao *Super Saiyajin* nível quatro da comunicação, quase um **semideus da oratória.**

Durante mais de uma década totalmente imerso no mundo da comunicação, me deparei com inúmeros profissionais excelentes, que dominavam seus campos – médicos, engenheiros, advogados, empresários etc. –, mas que simplesmente não conseguiam alcançar seu pleno potencial. O motivo? Comunicação ruim.

Eles não conseguiam ser persuasivos. Mesmo sendo bons no que faziam, não conseguiam se vender. Faltava-lhes confiança, postura, carisma. Tinham medo de gravar vídeos, de subir nos palcos, de falar em reuniões importantes. Não conseguiam expressar ideias de forma fluida, cativante e lógica. Não sabiam atrair nem manter a atenção do público em palestras ou na internet. Na hora de pedir um aumento de salário, participar de um processo seletivo ou fechar um negócio, a oratória era uma barreira a ser superada em vez de uma forte aliada.

Dale Carnegie, o pai da oratória moderna, já cantava essa bola desde o início do século XX. A ideia brilhante de Carnegie, que revolucionou o mundo do desenvolvimento pessoal, era simples: se você aprender a fina arte de lidar com pessoas, tiver uma atitude positiva e possuir uma personalidade agradável, terá maior bem-estar emocional e será mais bem-sucedido, tanto na vida pessoal quanto profissional. Em resumo, vai ganhar mais dinheiro e ser mais feliz.

Em relação à vida pessoal, a comunicação é importante por uma série de razões. Em primeiro lugar, o nosso círculo social é responsável por boa parte da nossa felicidade. Ou seja, se você tem dificuldade em fazer amizades, provavelmente será menos feliz.

Um estudo chamado *"Very Happy People"* fez uma descoberta interessante. Ele investigou uma questão das mais importantes: o que diferencia os 10% de pessoas mais felizes do restante da população? Será que são mais ricos? Vivem em climas melhores? São mais saudáveis? A resposta foi surpreendente. Apenas um fator se destacou como denominador em comum neste grupo de felizardos: a força dos relacionamentos sociais.

Uma pesquisa com 1.600 universitários de Harvard chegou a uma conclusão semelhante. Conforme nos ensina Shawn Achor em sua obra *O jeito Harvard de ser feliz*, ter uma rede social de apoio era o melhor preditor de felicidade, mais do que notas, renda, idade, sexo ou raça. O especialista em psicologia positiva conta a história de duas alunas de Harvard, Amanda e Brittney. Ambas brilhantes e dedicadas, elas escolheram caminhos bem diferentes quando a pressão dos estudos em uma das melhores universidades do mundo se intensificou. Em uma tentativa de aumentar suas notas, Amanda acabou se isolando de seus amigos, trancafiada num cubículo para estudar. Já Brittney investiu nas conexões: formou grupos de estudo, almoçava com os colegas e reservava momentos para descontrair. O resultado? Enquanto Amanda quase sucumbiu ao estresse, Brittney prosperou, mantendo a motivação e alcançando resultados incríveis.

Em resumo, a felicidade não está no dinheiro ou no status, mas na qualidade dos laços que construímos. Nossos relacionamentos são determinantes para nossa felicidade, e a felicidade é determinante para nossa performance a longo prazo. E adivinha o que é determinante para nossos relacionamentos? Isso mesmo, comunicação. Em outras palavras, a comunicação te deixa mais feliz!

Em segundo lugar, a habilidade de falar bem também é importante em outro aspecto: na vida amorosa. Imagine que você é apaixonado por uma pessoa, mas deixou de falar com ela por simples timidez. Ou então, por não dominar a comunicação, estragou tudo quando tentou uma abordagem. Agora, terá que conviver o resto da vida com o fato de que sua alma gêmea se casou com outro alguém, tudo porque você não leu este livro até o final... (ok, estou sendo dramático, mas você entendeu o ponto!). Também pode ocorrer de, por falhas de comunicação, o relacionamento não sobreviver às turbulências e chegar ao fim.

Já na vida profissional, o vínculo entre comunicação e sucesso é ainda mais evidente. Um empresário que deseja liderar seus colaboradores, um empreendedor que deseja vender mais, um profissional que deseja se posicionar nas redes sociais, subir nos palcos e aumentar seu networking... Todos têm um ponto em comum: a necessidade de se comunicar bem.

E se engana quem pensa que a comunicação é importante apenas para grandes empresários e vendedores. Uma pesquisa do LinkedIn revelou que 92% dos recrutadores consideram as chamadas *soft skills* (habilidades interpessoais) tão ou mais importantes que as *hard skills* (competências técnicas). E adivinha qual é a *soft skill* mais procurada pelos empregadores? Comunicação. Tem mais: de acordo com a *Forbes*, 45% de todos os empregos anunciados no LinkedIn Premium mencionam a importância das habilidades de comunicação. Além disso, 91% dos cargos de gerência (que costumam ter melhores salários) priorizam *soft skills* na hora de contratar.

O que isso significa na prática? Que muitas vezes o fator decisivo entre obter sucesso profissional ou ser ignorado não está no seu currículo, mas na sua habilidade de se expressar. Acontece que essa habilidade está em falta no mercado. Prova disso é que nove em cada dez profissionais são contratados pelas suas competências técnicas e demitidos pela falta de habilidades interpessoais, como traquejo social e comunicação efetiva.

Entende por que a comunicação é a habilidade mais importante do mundo? Ela impacta todas as áreas da vida – da pessoal à profissional.

Mas se a comunicação é tão essencial assim, por que damos tão pouca atenção a ela? Investigaremos esse mistério no próximo capítulo.

2
VIVEMOS UMA PANDEMIA DE MÁ COMUNICAÇÃO

Em minhas palestras, costumo perguntar para a audiência: "Pensem rápido, quem vocês acham que ganha mais dinheiro, quem estuda mais ou quem fala melhor?". A resposta é um consenso: quem fala melhor. Logo depois, eu pergunto: "E quantos cursos de oratória vocês já fizeram na vida?". Silêncio abismal...

Note esse grande paradoxo. Como assim, a habilidade mais importante para o nosso sucesso não é dominada pela grande maioria das pessoas?

A meu ver, essa "pandemia comunicacional" se dá por três razões principais: i) não aprendemos comunicação no ensino tradicional; ii) treinamentos de oratória não são acessíveis a todos; e iii) a tecnologia acaba nos deixando mais isolados.

1) NÃO APRENDEMOS COMUNICAÇÃO NO ENSINO TRADICIONAL

Quando eu digo que sou advogado, a reação de muitas pessoas é: "Ah, por isso você fala bem, no curso de Direito devem ensinar bastante oratória, né?". Quem me dera. A verdade é que em qualquer sala de aula de qualquer curso universitário você encontrará diversas pessoas completamente travadas (talvez até a maioria).

E não é estranho que mesmo pessoas que se formam no Ensino Superior sejam incapazes de falar em público com confiança? Acompanhe meu raciocínio: o indivíduo faz o Ensino FUNDAMENTAL, depois o Ensino MÉDIO e, após tudo isso, conclui o Ensino SUPERIOR. Mesmo assim, termina os estudos sem aprender a habilidade mais básica e primordial de todas, a que ele vai usar todos os dias: comunicação.

Isso acontece porque tanto no Ensino Médio como na faculdade ainda existe uma ênfase desproporcional em tirar notas boas, o que por sua vez significa – ao menos em grande parte das instituições de ensino – decorar grandes quantidades de informação específica, em detrimento de uma formação mais holística. As aulas são em sua maior parte expositivas, com o professor falando e os alunos ouvindo de forma passiva. São raras as situações que incentivam o debate, o pensamento crítico e o convencimento.

Mas por que cargas d'água o ensino da oratória não é uma prioridade no ensino formal, se é tão importante assim? Essa, meus amigos, é a pergunta de um milhão de dólares...

Não é minha intenção neste livro fazer um ensaio sociológico sobre as relações entre ensino e poder. Meu objetivo é mais pragmático: quero que você ganhe mais dinheiro e seja mais feliz. Porém, seria ingênuo achar que essa situação se deu por acaso.

Em sua clássica obra *1984*, George Orwell conta a história de um estado totalitário, dominado por um partido único, o Grande Irmão. Uma das muitas estratégias que esse partido usa para manter o poder é um novo dialeto, chamado de "Novafala". É uma espécie de língua resumida, truncada e pobre, com poucas palavras no vocabulário. O objetivo? É mais difícil questionar o poder se você não consegue sequer colocar sua insatisfação em palavras.

Napoleon Hill, em sua obra póstuma *Mais esperto que o Diabo*, já alertava sobre os perigos de as escolas forçarem estudantes a abarrotar a memória com fatos, em vez de ensiná-los a fazer uso prático desse conhecimento. De acordo com Hill, esse sistema forma diplomados cujas mentes estão vazias de autodeterminação. Isso, por sua vez, os deixa alienados e prontos para pegar o primeiro emprego que acharem, sem objetivo ou estratégia senão a sobrevivência, o que os empurra para a uma vida de pobreza. Uma frase atribuída a Boaventura Sousa Santos, sociólogo português, resume bem esse cenário: "Temos formado conformistas incompetentes, e precisamos de rebeldes competentes".

Entende aonde quero chegar? É razoável pressupor que uma população que não sabe se comunicar é mais facilmente controlada e manipulada.

Colhemos o que cultivamos, e a maior parte das salas de aula que conheci não está cultivando comunicadores. Se você não quer que tomem decisões em seu lugar, a oratória será sua ferramenta mais poderosa.

2) TREINAMENTOS DE ORATÓRIA NÃO SÃO ACESSÍVEIS A TODOS

A oratória é uma habilidade que pode ser aprimorada. No entanto, nem todos têm acesso a oportunidades de treiná-la. Tanto que, antigamente, "oratória" – que, convenhamos, é um nome que soa antiquado – era uma arte reservada a grandes oradores de tribuna, que estudavam complicadas regras de retórica.

Isso tem mudado, e talvez o maior precursor dessa mudança em nível mundial tenha sido ninguém menos que Dale Carnegie.

Ainda que outras pessoas já ensinassem oratória de uma maneira menos empoeirada antes dele, eu o considero o pai da oratória moderna. Ele lecionou seu primeiro curso de oratória em 1912, e seus pensamentos moldaram parte da mentalidade ocidental. Como narra em uma de suas obras, *Como falar em público e influenciar pessoas no mundo dos negócios*, a oratória até então era tida ou como ARTE ou como algo meramente FISIOLÓGICO, com foco na mecânica da dicção e articulação (algo mais voltado para o trabalho do fonoaudiólogo). Até que veio Carnegie e popularizou a oratória como uma HABILIDADE que "qualquer pessoa minimamente inteligente pode aprender". Foi ele quem primeiro percebeu que muitos empresários e profissionais tinham extrema dificuldade de transmitir uma ideia de modo claro, confiante e convincente perante um público, então ele resolveu suprir essa demanda de mercado.

Mesmo com esse esforço, a oratória continuou, por muitos anos, restrita a certas elites políticas e econômicas com capital para investir em treinamentos de oratória e persuasão. Inclusive, uma das razões que me levou a ensinar oratória nas redes sociais foi justamente a vontade de democratizar esse conhecimento. Com acesso à internet, qualquer pessoa pode aprender oratória hoje em dia, independentemente de sua situação financeira.

Um dos nossos esforços mais bem-sucedidos foi um curso 100% gratuito de oratória, que já conta com centenas de milhares de alunos. Se você também quiser fazer parte da nossa comunidade, basta enviar uma mensagem dizendo "Fase 1" no meu perfil do Instagram @ElProfessorDaOratoria, e receberá o acesso. Depois me conta o que achou!

3) A TECNOLOGIA ACABA NOS DEIXANDO MAIS ISOLADOS

Não é novidade para ninguém que a tecnologia está avançando a uma velocidade cada vez maior. Metaverso, óculos de realidade virtual, inteligência artificial... Parece que o mundo do filme *Jogador Nº 1* está em vias de se tornar realidade. E um dos efeitos mais notáveis dessa revolução digital é que as pessoas se acostumaram a ter interações meramente virtuais. O resultado? Menos oportunidades de desenvolver habilidades de comunicação cara a cara. Nosso músculo da comunicação está ficando atrofiado.

Não me entenda mal: eu sou fã da tecnologia (tenho dois diplomas de técnico em informática). Ela permitiu a conexão entre indivíduos de maneiras anteriormente impossíveis. Se eu consegui impactar tantas pessoas ensinando oratória foi exatamente por conta da comunicação pelas redes sociais. No entanto, cada vez mais temos observado o outro lado da moeda: que a tecnologia também pode contribuir para o isolamento social.

O tempo excessivo gasto em dispositivos eletrônicos reduz as chances de interações sociais significativas. Além disso, quando finalmente saímos da internet e nos reunimos presencialmente, a tecnologia ainda impacta a comunicação, dessa vez como uma distração. Quem nunca ficou com aquela tentação de verificar o telefone ou responder a notificações durante uma saída com amigos ou em um jantar com a família? Assim, além de termos menos oportunidades para treinar nossas habilidades sociais, mesmo nessas poucas chances temos dificuldade de nos envolver plenamente em uma conversa. Esse fenômeno pode ser notado de modo mais forte nas novas gerações, em especial a Geração Z.

A Geração Z, também conhecida como a geração da internet e que reúne pessoas nascidas entre o final dos anos 1990 e início dos anos 2010, cresceu em um ambiente onde a comunicação digital é predominante. Essa geração está acostumada a se comunicar principalmente por meio de redes sociais e aplicativos de mensagens instantâneas. Os emojis substituíram os gestos e as expressões faciais. Se por um lado todo mundo ama um bom meme, figurinha ou emoji (eu incluso 😅), essa forma moderna de comunicação não fornece as mesmas oportunidades de desenvolver habilidades de comunicação verbal e não verbal, como tom de voz, expressões faciais e linguagem corporal. O resultado? Temos visto notícias de jovens levando os pais para entrevistas de emprego por dificuldade ou incapacidade de se comunicarem sozinhos.

Esses são os principais motivos pelos quais tantas pessoas têm um déficit comunicacional. São fatores que muitas vezes passam despercebidos, mas que impactam enormemente nossa vida. Mas existe uma luz no fim do túnel. Agora, chegou a hora de entender como dominar a oratória pode mudar sua vida para sempre.

3
COMO TRANSFORMAR SUA COMUNICAÇÃO EM DINHEIRO

Em agosto de 2021, fui a um lançamento de livro na Avenida Paulista, em São Paulo. Na fila de espera para a compra, eu conheci uma pessoa. O nome dele era Jeiel.
— Opa, tudo bem? Está na fila do livro também?
— Sim, estou!
— Legal. Prazer, Giovanni.
— Prazer, Jeiel.

Ele me relatou que tinha uma startup de chamadas eletrônicas para escolas bíblicas dominicais. Disse também que já tinha clientes no Brasil inteiro e que tinha acabado de se mudar para São Paulo para fazer a empresa acontecer. Achei incrível. Momentos depois, adquirimos o livro e cada um seguiu seu caminho.

Em novembro de 2021, exatos três meses depois, fui a outro lançamento de livro na mesma livraria. Adivinha quem eu encontrei na fila? Sim, Jeiel.
— Opa, e aí, Jeiel! Quanto tempo! Como você está?
— Nossa, Giovanni! Muita coisa mudou desde a última vez que a gente conversou...

Jeiel então me falou que novos sócios entraram no seu negócio, que o valor de mercado da empresa estava em R$ 2,5 milhões e que já tinha gente demonstrando interesse em investir na startup. Disse também que estava para fechar com um diretor comercial, mas que a pessoa que entrevistou não tinha disponibilidade de tempo.

Naquele dia, fiz uma ligação com o Jeiel e ele me chamou para ser sócio nessa empresa milionária.

E eu virei sócio dele... por três meses. Depois, o meu próprio negócio de oratória começou a explodir e precisei escolher o que priorizar. Assim, me despedi amigavelmente da startup e sou próximo do Jeiel até hoje.

Por que estou contando tudo isso? Não sei se você percebeu o que aconteceu, mas **eu conheci o Jeiel em um dia e, no outro, virei sócio de uma empresa milionária.**

Vou ser 100% direto e sincero com você. Ser SÓCIO (ganhar lucro, ser dono de parte da empresa) não é uma oportunidade que aparece simplesmente mandando currículo no LinkedIn. Não é assim que a banda toca. Isso é networking. Isso é rapport. Isso é comunicação.

A essa altura do campeonato, você pode estar se perguntando: "Mas, Giovanni, que magia é essa? Como você conheceu uma pessoa em um dia e no outro já virou sócio?". Será que existe um passo a passo cientificamente validado para fazer qualquer pessoa gostar de você em menos de noventa segundos e se tornar extremamente carismático sem esforço, mesmo que você sinta que não leva jeito para isso?

E a resposta é: sim, existe! Vamos chegar lá.

Um dos livros de comunicação que mais me impactaram nos últimos anos foi *Como convencer alguém em 90 segundos*, de Nicholas Boothman. Ele era fotógrafo e, ao fazer ensaios com modelos, tinha que deixá-las à vontade e trazer emoções à tona. Assim, Boothman foi desenvolvendo uma habilidade incrível de influenciar pessoas na sua profissão.

Logo no início da obra, ele traz um dado que, quando li pela primeira vez, me assustou. Segundo o autor, 85% do nosso resultado financeiro depende da nossa habilidade de causar uma boa primeira impressão e estabelecer uma relação de confiança, enquanto 15% advêm de nossas habilidades técnicas (por exemplo, o que aprendemos na faculdade). Em outras palavras, 85% de TODO o dinheiro que vamos receber na nossa vida INTEIRA depende das habilidades de comunicação e networking. O mesmo dado consta na famosa obra de Dale Carnegie, *Como fazer amigos e influenciar pessoas*.

Certa vez, postei isso nas redes sociais e "choveram" comentários do tipo: "Nada a ver! Fala isso para os médicos ou para os programadores! Aí não tem nada de networking, tem que saber o que faz". Olha, não estou dizendo que para ser um bom profissional do ponto de vista técnico você precisa dominar a comunicação. Isso apenas é necessário se você quiser ser um profissional extremamente bem remunerado (ou ainda mais bem remunerado do que já é).

E eu sou a prova viva disso. Durante quatro anos, ganhei R$ 1 mil por mês como estagiário. Em 2020, me formei em Direito em uma universidade federal como o melhor aluno da turma. Após seis anos de curso, sendo um ano de intercâmbio na Universidade de Coimbra, me foi concedida uma medalha de láurea acadêmica por ser o aluno com as notas mais altas nas provas. Quando passei na prova da OAB e me tornei advogado, pensei: *Com esse currículo, vou arrasar no mercado de trabalho! Vou ser o Harvey Specter da vida real! Minha vida vai ser igual à série* Suits!

Só faltou combinar com os russos...

Imagine minha surpresa quando chegaram para mim no escritório que eu estagiava, colocaram a mão no meu ombro, olharam nos meus olhos e disseram: "Giovanni, agora você não é mais estagiário. Agora você é advogado, e merece receber de modo condizente com a sua profissão". Foi então que eu recebi um aumento: passei a ganhar R$ 1,5 mil por mês.

Não vou mentir, fiquei frustrado. Indignado. Desde cedo eu ouvi as pessoas falarem: "Estude muito, que você vai vencer na vida". Você já ouviu algo parecido?

Esse é o maior golpe da história.

Eu comprei essa ideia. Literalmente fui o melhor aluno da turma de uma universidade federal, e saí ganhando pouco mais que um salário-mínimo. Comprovei na prática que a formação acadêmica por si só, embora tenha sua importância, está longe de ser uma garantia de retorno financeiro. Se fosse assim, todo pós-doutor estaria podre de rico, pois estudou mais do que ninguém.

Todos nós conhecemos alguém que julgamos saber menos que nós, ter estudado menos que nós, ter se dedicado menos que nós, ter um produto, serviço ou currículo pior que o nosso, mas que... ganha mais dinheiro! Por que isso acontece?

Refletindo sobre isso, eu tive uma grande epifania. Foi então que caiu a ficha do que Nicholas Boothman queria dizer. **De nada adianta ser o melhor se você não souber convencer os outros de que você é o melhor.**

Já dizia Schopenhauer: uma coisa é TER razão, outra coisa bem diferente é FICAR com a razão. Às vezes, mesmo estando certos, nós perdemos o debate e as pessoas dão a razão para outra pessoa. Portanto, não basta ter a lógica a seu favor, é preciso dominar técnicas de persuasão.

É aí que entra a habilidade de comunicação e oratória. No caso dos médicos e programadores, por melhor que um profissional seja tecnicamente, como ele vai conseguir as melhores vagas nas melhores empresas, ou atender os melhores clientes que pagam os maiores *tickets*? Isso não tem a ver com qualidade técnica, e sim com a habilidade de convencer pessoas.

Voltando para Boothman, ele conta que existem seis formas de convencer: i) pela lei; ii) pelo dinheiro; iii) pela força física; iv) pela coação emocional; v) pela sedução; e vi) pela persuasão. E a persuasão é a maneira mais rápida, barata e eficaz de convencer qualquer pessoa, porque **persuasão nada mais é do que fazer as pessoas quererem fazer o que você quer que elas façam.**

E agora vou te dar um spoiler: vendas é isso. Se você quer vender, então tem que fazer a pessoa querer comprar. Networking é isso. Se você quer se conectar com aquele grande empresário, então tem que fazer essa pessoa querer ter você por perto. Crescer na internet é isso. Se você quer ter muitos seguidores, então tem que fazer muitas pessoas quererem te seguir. Até relacionamento é isso. Se você quer "ficar", namorar ou casar com alguém, tem que fazer essa pessoa querer viver isso com você.

Agora, segue meu raciocínio: se networking representa 85% dos seus ganhos financeiros, e networking é persuasão, logo, **persuasão é a habilidade mais lucrativa do mundo.** E mais: como não apenas nosso sucesso profissional depende disso, mas também nosso sucesso pessoal (o que inclui encontrar e manter um grande amor e relações de amizade), **persuasão é a habilidade mais importante do mundo.**

Imagine por um momento que você adquiriu um superpoder: o poder da hiperpersuasão. Com esse superpoder, agora consegue convencer qualquer pessoa a fazer exatamente aquilo que você quer com uma simples fala. Consegue conquistar o respeito e a admiração das pessoas importantes na sua vida, exercer uma influência instantânea e quase mágica, falar de forma assertiva e com firmeza perante qualquer grupo, organizar os pensamentos de forma lógica e estruturada, sair de sentir medo de se expor em público para ter PRAZER em falar e fazer os outros desejarem a sua presença...

Agora imagine as implicações disso tudo! Talvez você use para motivar colaboradores a partir de um cargo de liderança, ou talvez seja útil para encantar grandes públicos em uma palestra, ou ainda para conquistar uma audiência na internet e faturar mais. O superpoder da persuasão pode ser utilizado por pessoas que querem se destacar em entrevistas de emprego, conseguir promoções e aumentos, ou até mesmo por quem quer jogar o jogo da conquista. **Dominar a comunicação vai alavancar seus resultados em QUALQUER SITUAÇÃO!**

É por isso que recomendo que você faça cursos de oratória. Isso vai te poupar tempo, pois você vai adquirir conhecimento especializado de alguém com experiência e resultados na área. Alguém que tem autoridade para dizer o que funciona e o que não funciona. Eu digo "cursos", no plural, porque, mesmo ministrando o meu próprio, gosto de fazer outros para aprender cada vez mais, visto que o ROI (retorno sobre investimento) de estudar comunicação é tão grande. Então recomendo que você faça tantos quanto possível. De posse desse conhecimento, terá uma vantagem absurda em relação a quem não sabe se comunicar. É quase como o Neo manipulando a Matrix para desviar de balas. Chega a ser uma concorrência desleal.

Então, da próxima vez que se deparar com um curso de oratória, dê uma chance. No pior cenário, mesmo que seja um curso mais ou menos, provavelmente você terá aprendido algo. Porém, no melhor cenário, se o curso for realmente bom, pode mudar a sua vida.

Sim, mudar a sua vida. Para provar esse ponto, trago cinco maneiras pelas quais a oratória pode gerar mais dinheiro e reconhecimento: i) conexões com as pessoas certas; ii) conseguir uma venda; iii) se tornar um profissional mais valioso; iv) ser pago para falar; e v) se tornar uma autoridade na internet. Vamos a cada uma delas.

1) CONEXÕES COM AS PESSOAS CERTAS

Lembra da história do Jeiel? Agora imagine se eu tivesse iniciado a nossa interação perguntando em que político ele votava. Será que eu teria as mesmas chances de me tornar sócio? E se eu te dissesse que diariamente as pessoas cometem esse tipo de gafe?

Todas as minhas maiores oportunidades profissionais vieram por networking, ou seja, porque eu fui recomendado por alguém que confiava em mim. Conectar-se com pessoas traz recompensas infinitas, e é impossível fazer isso sem uma boa comunicação.

Mas talvez você esteja pensando: *Ah, mas para você é fácil, você tem milhões de seguidores, é óbvio que as pessoas querem fazer networking com você...* Sim, de fato, quanto mais "interessante" você se torna, menos terá que se esforçar para se conectar. Contudo, eu venho fazendo conexões desde a época que era estudante de faculdade, e depois um advogado anônimo. Essas conexões me renderam oportunidades que não estavam abertas a todo mundo. Networking não é questão de ser famoso, e sim de ser intencional, envolvente e gerar valor.

Roger T. é um empresário experiente no ramo de sistemas de prevenção contra incêndios e aluno dos nossos treinamentos de oratória. Sua empresa, especializada em atender grandes corporações e multinacionais, já havia conquistado uma sólida reputação no mercado. No entanto, ele enfrentava um desafio que ameaçava o crescimento do negócio: uma licitação complexa, repleta de barreiras burocráticas, que poderia definir o futuro da empresa. O valor em jogo? Nada menos que 1,5 milhão de reais.

Foi nesse momento que Roger decidiu apostar em uma abordagem diferente. Ele começou a aplicar técnicas de rapport e networking que havia aprendido. Antes de cada reunião, estudava a fundo os perfis e interesses das pessoas envolvidas. "Eu não queria apenas falar sobre números e especificações. Queria entender quem estava do outro lado da mesa e construir uma relação genuína."

Durante os encontros, Roger usou a "técnica de espelhamento" para criar sintonia com os interlocutores. Ajustou o tom de voz, a postura e até pequenas expressões faciais para se alinhar ao estilo de comunicação dos outros. Também demonstrou interesse e aplicou a escuta ativa, fazendo perguntas específicas que mostravam que ele realmente valorizava a experiência e as opiniões dos envolvidos. "As pessoas começaram a se abrir mais, e o ambiente se tornou muito mais cooperativo", explica.

Além disso, Roger utilizou a habilidade de storytelling para apresentar sua proposta. Em vez de apenas listar os benefícios técnicos de seus serviços, ele contou uma história sobre como sua empresa havia ajudado uma grande multinacional a evitar um desastre ao implementar um sistema eficiente de prevenção contra incêndios. "Eu não estava vendendo apenas um produto, mas a segurança e a tranquilidade que minha empresa poderia oferecer."

Roger também aprendeu uma lição valiosa em sua jornada: comunicar o valor do serviço que oferece, em vez de focar apenas no custo. Durante suas negociações, ele passou a enfatizar que um sistema de detecção e alarme de incêndio é muito mais do que uma despesa – é um investimento na proteção de vidas e no patrimônio das empresas. "Quanto vale uma vida? Quanto vale o patrimônio físico de uma empresa?" Essa abordagem fez com que seus clientes mudassem de perspectiva, entendendo que o custo do sistema é simbólico diante do impacto devastador que um incêndio poderia causar. Essa mudança de narrativa foi essencial para consolidar sua posição no mercado e garantir contratos milionários.

A estratégia funcionou. Em poucas semanas, as barreiras burocráticas começaram a ceder. Os tomadores de decisão se tornaram aliados, e as negociações fluíram com uma naturalidade que antes parecia impossível. No final, Roger venceu a licitação, garantindo um contrato de 1,5 milhão.

"Foi um divisor de águas para minha empresa. Aprendi que, em situações complexas, a comunicação não é apenas uma ferramenta – é o diferencial que pode transformar desafios em conquistas. Não basta ter o melhor produto ou serviço; você precisa saber como se conectar com as pessoas certas." Hoje, Roger reflete sobre essa experiência com gratidão e convicção: "Se você quer alcançar o sucesso, invista nas suas habilidades de comunicação. Elas são o caminho para construir relações, abrir portas e, no final das contas, vencer".

Luciana D., médica veterinária dona de uma loja especializada em alimentos de origem animal, jamais imaginou que um curso de comunicação poderia revolucionar tanto sua carreira. "Vem cá, logo você que já fala tão bem se inscrevendo num curso de oratória?" foi a pergunta que mais ouviu de amigos e familiares. Mas Luciana sabia que, mesmo sendo boa, poderia se tornar ainda melhor.

Motivada a dominar completamente a arte de se comunicar, Luciana começou a aplicar o que aprendeu nos nossos treinamentos e percebeu como o networking certo, aliado à comunicação estratégica, poderia abrir portas antes inimagináveis.

O impacto não tardou a aparecer. Luciana viu sua rede de contatos se expandir e as oportunidades surgirem. Primeiro, ela foi convidada para uma entrevista em um jornal da cidade. "Usei o storytelling que aprendi para compartilhar minha história, e a repercussão foi incrível, alcançando toda a região."

Depois, aplicando estratégias de persuasão, foi convidada a participar de dois podcasts. "Essas aparições consolidaram minha autoridade, e as conexões que fiz nesses eventos geraram ainda mais oportunidades."

E, por fim, o resultado mais impressionante: o faturamento da loja de Luciana triplicou. "As conexões que fiz através de entrevistas e podcasts me trouxeram mais clientes e me ajudaram a fechar parcerias estratégicas. A comunicação é realmente uma ponte para o sucesso, mas, acima de tudo, é uma ferramenta para construir os relacionamentos certos."

2) CONSEGUIR UMA VENDA

Seja você um empreendedor que quer vender o seu produto, um empresário que quer vender a sua empresa, ou ainda um profissional liberal que quer vender seu serviço, já deve ter ouvido falar que 80% das decisões de compra são tomadas de forma emocional.

Essa é uma realidade mais voltada para os negócios "B2C" (*Business to Consumer*, empresas que vendem para o consumidor final) do que para os chamados negócios "B2B" (*Business to Business*, empresas que vendem para empresas), pois uma pessoa é mais influenciada por emoções do que uma empresa. Porém, não podemos esquecer que uma empresa nada mais é do que um conjunto de pessoas! Claro que nesses casos o processo de venda tende a ser mais complexo, mas se você souber fazer rapport e passar confiança para os tomadores de decisão, seu trabalho será muito mais fácil. E adivinha? Para conquistar essas pessoas, você precisa de oratória. Não adianta ter o melhor roteiro de vendas do mundo se você não souber passar credibilidade e conforto psicológico com sua linguagem corporal e tom de voz.

Octávio H., aluno de um de nossos cursos, entendeu isso. Dono de uma empresa de consultoria especializada em e-commerce, ele foi criado em um ambiente profundamente enraizado na cultura oriental. "No Japão, o respeito pela hierarquia social é muito forte, tanto na família quanto no trabalho. Também há uma reverência enorme pelos mais velhos. Cresci aprendendo que era melhor evitar conflitos e não expressar minhas opiniões livremente", ele compartilhou. Esse contexto moldou sua personalidade: tímida, introspectiva e, muitas vezes, hesitante em expor ideias. No entanto, ele sabia que para crescer no competitivo mercado de consultoria e-commerce isso precisaria mudar. Foi quando começou nosso treinamento de oratória.

Os resultados foram impressionantes. "Eu costumava evitar gravar vídeos. Hoje, produzo quatro vídeos por dia para as redes sociais, com total confiança. Esses vídeos me fizeram ser descoberto pela Shein, uma das maiores empresas de moda on-line do mundo, que me convidou para a sua primeira turma de influenciadores do Marketplace da Shein, e até me tornei LinkedIn Top Voice", contou Octávio. Mas o maior impacto foi em termos de vendas. Aplicando as técnicas de persuasão aprendidas, em apenas sete meses Octávio fechou contratos de consultoria que somam sete dígitos de faturamento, chegando a R$ 2 milhões faturados em nove meses!

Já Ana A., de 28 anos, trabalha como representante comercial e sempre soube que a comunicação é uma ferramenta crucial em sua área. No entanto, sentia que havia espaço para melhorar. Decidida a transformar sua forma de se expressar e conectar-se com os clientes, encontrou em nossos treinamentos uma maneira de desenvolver essas habilidades.

Os resultados logo começaram a aparecer. "Depois que aprendi a me comunicar melhor, meu salário deu um salto significativo. Este mês, consegui alcançar uma renda de R$ 10.760, e o dinheiro não para de chegar! A mudança foi tão visível que até meus colegas e clientes comentaram: 'Ana, o que você está fazendo? Sua comunicação está muito melhor!'."

Com suas novas habilidades, Ana percebeu que não apenas aumentou suas vendas, mas também conquistou uma confiança que tem impactado sua vida de maneira transformadora. "A comunicação é, de fato, a ponte para o sucesso. E posso provar isso todos os dias no meu trabalho e nos resultados que conquistei."

3) SE TORNAR UM PROFISSIONAL MAIS VALIOSO

No fundo, todo mundo é um vendedor. Pois, se você não está vendendo um produto ou um serviço, está vendendo a sua hora, e ela tem um valor (quer você goste disso ou não). Até mesmo políticos são vendedores. Eles vendem ideias. Já quem trabalha no terceiro setor tem que vender seu projeto social para potenciais doadores.

Em abril de 2021, quando me mudei para São Paulo, capital financeira do país, saí de ganhar R$ 1,5 mil como advogado para ganhar em torno de 6 mil. Eu trabalhava uma média de 44 horas semanais. Isso dá 176 horas no mês. Se dividirmos esse salário pela quantidade de horas trabalhadas, chegaremos ao valor aproximado da minha hora: R$ 34. Já quando comecei a trabalhar como professor de argumentação e oratória para crianças em uma empresa chinesa (eu lecionava on-line e em inglês), cheguei a ganhar R$ 5 mil por mês trabalhando cinco horas por semana, um total de vinte horas no mês. Logo, minha hora nessa época valia R$ 250.

Anos mais tarde, estava vendendo a minha primeira consultoria de oratória a R$ 150 mil. Esse produto tomava um total de doze horas minhas. Se dividirmos o faturamento dessa venda pela quantidade de horas trabalhadas, veremos que o valor da minha hora subiu para R$ 12,5 mil, um aumento de 35.000% em comparação ao que ganhava como advogado em São Paulo.

Enquanto profissionais, nosso objetivo deve ser aumentar o valor da nossa hora. Isso se dá por diversas formas: passar em processos seletivos para melhores vagas e em melhores empresas, obter promoções e aumentos, aumentar nossa comissão... E adivinha? Tudo isso requer uma boa oratória. Já vimos anteriormente que cargos de gerência ganham mais e requerem a habilidade de comunicação.

Otávio E., um engenheiro civil de 28 anos, compartilhou com a turma de um dos nossos cursos uma transformação profissional que ele jamais imaginou ser possível. Antes, Otávio tinha um emprego de carteira assinada com salário de R$ 5 mil, sentia-se estagnado e via poucos horizontes para expandir sua carreira. Ele sabia que algo precisava mudar. A chave, segundo ele, foi dominar a arte de se comunicar e se conectar.

Com técnicas de oratória e networking, Otávio viu portas que antes pareciam fechadas se abrirem. "Eu consegui um emprego com salário de R$ 20 mil, algo que parecia surreal comparado à minha realidade anterior." Segundo ele, a conexão com as pessoas certas e a habilidade de transmitir confiança e autoridade foram decisivas para o valor da sua hora quadruplicar.

O próprio Warren Buffett, investidor lendário, certa vez foi perguntado sobre como ganhar muito dinheiro muito rápido. Sua resposta: "A maneira mais fácil de acrescentar pelo menos 50% mais ao que você vale agora é aprimorar suas habilidades de comunicação". E ele ainda completou: "Não saber se comunicar é o equivalente a piscar para uma garota no escuro – nada acontece". Você não precisa acreditar em mim, mas faz sentido ouvir alguém que acumulou mais de R$ 100 bilhões em patrimônio.

Com os avanços tecnológicos cada vez mais rápidos, muitos profissionais e líderes temem se tornarem obsoletos, em especial com o advento da inteligência artificial. Estou disposto a apostar toda a minha reputação que 100% das pessoas que se propuserem a desenvolver suas habilidades de comunicação continuarão tendo espaço no mercado. O motivo é simples: pessoas se conectam com pessoas. Apenas um humano é capaz de emocionar, motivar e engajar outro humano. Os que dominarem a oratória, em vez de serem substituídos, serão os líderes desses novos tempos.

Deiser S. era uma mulher cujo medo de falar em público tinha raízes profundas. Ela contou sua história em uma sessão dos nossos cursos de oratória, e suas palavras deixaram uma impressão duradoura.

"Eu me lembro de quando tudo começou", disse ela, com um tom misto de nostalgia e superação. "Eu tinha apenas 7 anos e era uma aluna exemplar, daquelas que todos esperam que brilhem. Minha professora, cheia de confiança em mim, me pediu para decorar um livro e contar sua história em um evento. Eu me preparei com dedicação, sabia cada palavra, cada detalhe. No ensaio com ela, tudo foi perfeito. Mas o dia do evento foi um desastre."

Ela fez uma pausa, como quem revive uma memória dolorosa. "A porta do salão se abriu e lá estavam eles: pais, professores, um público que eu não esperava. Eu imaginava que falaria para crianças como eu. Mas ao ver aquelas pessoas, meu corpo congelou. Eu fiquei imóvel. Não disse uma única palavra. Foi como se o chão tivesse sumido sob meus pés."

Esse momento, ela explicou, marcou sua infância. "Depois daquele dia, eu evitei apresentações na escola. Na faculdade, mesmo tentando, eu tremia, gaguejava e falava tão rápido que ninguém entendia. Minhas mãos suavam a ponto de ser desconfortável até para mim. Apresentações eram um pesadelo."

Após a faculdade, ela entrou no mercado de trabalho, mas optou por cargos de apoio. "Eu queria mais", admitiu, "mas sempre me deparava com a mesma barreira: minha incapacidade de me comunicar, de persuadir, de inspirar. Tentei empreender, mas como vender algo sem conseguir falar sobre isso? A mesma sombra me acompanhava."

Frustrada, decidiu tentar concursos públicos. "Achei que seria uma forma de fugir dos meus medos. Mas, ao ingressar no serviço público, percebi que, para crescer na carreira que eu desejava, eu precisaria saber vender – ideias, projetos, até a mim mesma. Minha estabilidade era confortável, mas não suficiente. Eu sou mãe solteira e tenho uma família para sustentar. Não podia aceitar menos do que eu sabia que merecia."

Foi então que ela começou o nosso treinamento. Deiser S. falou sobre o impacto transformador das práticas que começou a implementar. "Eu comecei a me comunicar de forma diferente com meus colegas, superiores e até com clientes. Passei a ser notada. A comunicação transformou minhas relações e abriu portas que antes eu nem sabia que existiam."

Com um brilho nos olhos, finalizou: "Fui indicada para novos cargos, participei de entrevistas com confiança, e nem parecia a mesma pessoa. Em poucos meses, passei a gerenciar uma equipe de cinco pessoas e meu salário mais que duplicou. Hoje, me sinto realizada e finalmente confiante para enfrentar qualquer desafio".

Ao final, ela refletiu: "Se ao menos eu tivesse aprendido isso antes... Quantas oportunidades eu poderia ter aproveitado! Mas sou grata, porque agora sei que a oratória é uma chave – não só para vender, mas para realizar sonhos".

4) SER PAGO PARA FALAR

Minha jornada como palestrante profissional se iniciou em 2022. Foi nesse ano que, pela primeira vez, comecei a receber convites para palestrar em grandes palcos para milhares de pessoas. Foi nesse ano também que recebi meu primeiro cachê como palestrante. Lembro como se fosse ontem. Pensei: *Uau, R$ 5 mil para fazer uma palestra de uma hora, isso que é vida.* Hoje, recebo dezenas de milhares de reais por palestra, e alguns dos meus alunos mais famosos recebem mais de seis dígitos de cachê.

Uma das formas de monetizar a sua oratória é receber cachê por palestras. E adivinha? Ninguém vai pagar para ouvir alguém que fala mal! Se você quiser um dia se tornar um palestrante profissional, ou se já é um palestrante e quer se tornar um verdadeiro mestre dos palcos, ainda mais inesquecível e bem pago, melhorar a oratória será fundamental.

Paula K., educadora financeira e aluna do nosso curso de oratória, tinha um objetivo claro: tornar-se uma palestrante renomada e bem remunerada. Embora fosse especialista em finanças pessoais e tivesse um vasto conhecimento na área, havia algo que sempre a impedia de dar o próximo passo: o medo de subir no palco.

Ela sabia que estava perdendo muito dinheiro com esse temor. "Eu já havia recebido alguns convites para palestrar", lembra Paula, "mas sempre recusava. Ficava presa ao nervosismo e à insegurança, com medo de não estar à altura, e isso me frustrava porque eu sabia que tinha muito a compartilhar".

Determinada a mudar, Paula decidiu se tornar aluna de um dos nossos cursos. Em pouco tempo, viu os resultados aparecerem. Quando novos convites para palestras chegaram, Paula decidiu aceitar o desafio. "Fui lá e fiz", conta, com um brilho nos olhos. "Recebi ótimos feedbacks, as pessoas elogiaram minha presença, minha clareza. Comecei a perceber que era capaz."

A confiança adquirida levou Paula a outro nível. Pela primeira vez, ela começou a cobrar por suas palestras. "Fiz uma palestra on-line recentemente e cobrei R$ 4 mil", compartilha. "Foi um marco, porque isso mostrou que não só estava superando minhas barreiras, mas também começando a gerar valor financeiro com meu conhecimento."

Marcilene S., de 45 anos, é especialista em inovação e inteligência artificial e também aluna de nossos cursos. Assim como Paula, descobriu uma nova fonte de renda com palestras. Em menos de um ano, ela conquistou mais de R$ 100 mil apenas com palestras pagas. Hoje, Marcilene cobra em média R$ 15 mil por apresentação, mas já está pensando em subir o cachê devido à alta demanda.

Certa vez, uma empresária referência no ramo de beleza, Natalia Martins, mais conhecida como Natalia Beauty, enfrentou um desafio inesperado. Apesar de acumular mais de 10 milhões de seguidores no Instagram e dominar completamente a comunicação digital, algo não parecia certo quando ela subia ao palco.

Com notoriedade crescente, Natalia começou a ser convidada para palestrar em grandes eventos – e com cachês impressionantes. Mas, mesmo dominando o conteúdo, ela sentia que faltava algo. Sua experiência e seu conhecimento não estavam alcançando o impacto desejado diante da audiência. Suas palavras não vibravam na alma do público como deveriam.

Decidida a transformar sua oratória de uma vez por todas, Natalia mergulhou em técnicas avançadas e começou a lapidar suas habilidades de comunicação em nossos treinamentos. Em pouco tempo, suas palestras passaram a ser descritas como o ponto alto dos eventos, sempre citadas como as mais memoráveis.

Hoje, não apenas o público vai à loucura com suas palavras, como seus cachês se tornaram um negócio à parte – ultrapassando a impressionante marca de seis dígitos por apresentação. Natalia descobriu, como muitos outros antes dela, que o verdadeiro poder de um palestrante não está apenas no que se sabe, mas na forma brilhante pela qual se comunica.

5) SE TORNAR UMA AUTORIDADE NA INTERNET

Pense em qualquer "guru" que exista na internet hoje. Eles se posicionam como especialistas em marketing digital, finanças, inteligência emocional, alta performance... porém, estou disposto a apostar o que você quiser que a habilidade número 1 deles não é nenhuma dessas. A maior habilidade deles é a comunicação.

É óbvio que existem pessoas que "sabem mais" do que eles. Esses sábios geralmente estão enclausurados nas torres de marfim das universidades e em laboratórios avançados, ultrapassando os limites do conhecimento humano. São eles que conduzem os estudos nos quais as autoridades digitais se baseiam para faturar milhões. E por que as pessoas não compram direto desses gênios, então? Porque o mais conhecido sempre vence o melhor. E para se tornar conhecido, é necessário jogar o jogo da atenção, o jogo da comunicação.

Inclusive, eu acho muito engraçado como volta e meia aparece alguém vendendo um curso de "como ficar rico na internet sem aparecer". Em 100% dos casos, essa pessoa... aparece! Ou seja, ela capitaliza em cima da vergonha dos outros, enquanto ela mesma está fazendo sucesso aparecendo. Faça o que eu digo, mas não faça o que eu faço.

Quando você começa a ser reconhecido como autoridade no meio digital, começa a acumular o recurso mais valioso da atualidade: a atenção das pessoas. Toda atenção em algum momento será monetizada. A TV quer a sua atenção. Os serviços de *streaming* querem a sua atenção. Os *influencers* querem a sua atenção. Por quê? Para vender produtos próprios ou de outras marcas.

Existem muitas maneiras de transformar sua comunicação em dinheiro na internet. A mais óbvia é vendendo. Mas existem outras: fazer publicidade (já cheguei a receber dezenas de milhares de reais para divulgar livros, por exemplo), monetizar as visualizações (o famoso *adsense* do YouTube é o mais clássico, mas outras redes também dão dinheiro em troca de visualizações), e o *media for equity*, em que você ganha uma porcentagem sobre o negócio em troca de divulgar e vincular seu nome e credibilidade àquela marca.

E sabe o que é o mais incrível? Por conta do potencial de escala do digital, muitas vezes um único vídeo tem o poder de alcançar milhões de pessoas. Tenho vídeos de menos de um minuto que me renderam 60 mil seguidores no Instagram, 60 mil seguidores no TikTok e 10 mil inscritos no YouTube. Sim, o mesmo vídeo, postado em redes diferentes.

E como fazemos para nos tornar uma autoridade digital? São muitos fatores: credibilidade, conhecimento, marketing, branding... Mas um dos principais certamente é uma boa oratória. Afinal, se você domina linguagem corporal, tom de voz, gatilhos mentais, storytelling, se tem desenvoltura em vídeos gravados e ao vivo, suas chances de atrair e reter a atenção de seguidores aumentam consideravelmente. E é isso que você vai aprender neste livro.

José B., 52 anos, tinha uma carreira consolidada como ginecologista e obstetra com mais de 25 anos de experiência. Um de seus diferenciais é ajudar casais a moldar o ambiente uterino para potencializar o desenvolvimento do bebê, com foco especial no cérebro. Ele sabia que os transtornos de neurodesenvolvimento, como o espectro do autismo, estavam em ascensão e que o período gestacional era um momento crucial para influenciar positivamente os resultados futuros da criança.

No entanto, ele enfrentava um obstáculo: como comunicar a relevância e a eficácia do que fazia? Apesar de dominar a prática médica, José sentia dificuldades em explicar conceitos complexos para pacientes. Foi quando decidiu aplicar os ensinamentos de um dos nossos cursos – os mesmos que estão dispostos aqui neste livro. O resultado? Em menos de dezoito dias, ele criou uma conta no TikTok – algo que antes parecia impensável para um médico de 52 anos – e seu conteúdo sobre saúde gestacional viralizou rapidamente, alcançando 680 mil visualizações, 4 mil comentários e inúmeros compartilhamentos em um mês. No Instagram, ele duplicou sua base de seguidores no mesmo período, ampliando significativamente sua influência digital.

"Agora vejo que comunicar é tão essencial quanto o conhecimento técnico que eu acumulei em todos esses anos", José compartilhou com a turma. Ele acredita que está apenas começando a explorar o poder de sua voz e de sua mensagem. Seu objetivo? Alcançar um milhão de seguidores e impactar ainda mais vidas. "Comunicação é tudo. E, sinceramente, não sei como demorei tanto para entender isso", contou.

Até aqui, você pôde comprovar como comunicação e oratória são não só habilidades treináveis, como as mais importantes para a vida pessoal e profissional. Abordamos como a comunicação ajuda com relacionamentos interpessoais e coloca mais dinheiro no seu bolso. Tudo isso só mostra que melhorar sua comunicação traz retornos infinitos. Muitas vezes, você vai recuperar esse investimento em uma única venda ou ganho financeiro a mais, mas vai ter esse conhecimento pelo resto da vida gerando frutos de forma exponencial.

Mas como falar melhor? Nos últimos anos, estruturei uma metodologia para ensinar oratória nos meus cursos e treinamentos presenciais. Dei a ela o nome de **Os Três Cs da Comunicação: Clareza, Confiança e Convencimento**. A meu ver, qualquer pessoa que aplicar esses três Cs terá sucesso como comunicador. E é exatamente a isso que você terá acesso a partir de agora.

No primeiro C, clareza, você aprenderá a falar sem vícios de linguagem, com uma boa dicção, sem ser prolixo ou demasiadamente técnico. Já no segundo C, confiança, dominará técnicas comprovadas para diminuir o nervosismo, a timidez e o medo de falar em público. Por fim, no terceiro C, convencimento, iremos abordar técnicas avançadas que vão desde linguagem corporal a rapport e storytelling.

Falamos anteriormente que 85% do dinheiro que recebemos na vida tem ligação direta com nossa habilidade de nos comunicar. Agora, eu faço um desafio: está pronto para desbloquear esses 85% de potencial financeiro e profissional na sua vida?

EM RESUMO

A HABILIDADE MAIS IMPORTANTE DO MUNDO

1. Oratória é basicamente um superpoder: quanto mais você estuda, mais longe vai.
2. Comunicação, oratória, carisma e persuasão são habilidades treináveis.
3. Se você aprender a fina arte de lidar com pessoas, tiver uma atitude positiva e possuir uma personalidade agradável, terá maior bem-estar emocional e será mais bem-sucedido, tanto na vida pessoal quanto na profissional.
4. 85% do nosso resultado financeiro depende da nossa habilidade de causar uma boa primeira impressão e estabelecer uma relação de confiança, enquanto 15% advêm de habilidades técnicas.
5. De nada adianta ser o melhor se você não souber convencer os outros de que é o melhor.
6. Há uma "pandemia comunicacional" porque: i) não aprendemos comunicação no ensino tradicional; ii) treinamentos de oratória não são acessíveis a todos; e iii) a tecnologia acaba nos deixando mais isolados.
7. Persuasão é a maneira mais rápida, barata e eficaz de convencer qualquer pessoa, pois nada mais é do que fazer as pessoas quererem fazer o que você quer que elas façam.
8. As formas como a oratória pode te dar mais dinheiro são: i) conexões com as pessoas certas; ii) conseguir uma venda; iii) se tornar um profissional mais valioso; iv) ser pago para falar; e v) se tornar uma autoridade na internet.
9. Qualquer pessoa que aplicar a metodologia Os Três Cs da Comunicação (clareza, confiança e convencimento) terá sucesso como comunicador.

PARTE I

O PRIMEIRO C (CLAREZA):

QUATRO TÉCNICAS FUNDAMENTAIS PARA UMA COMUNICAÇÃO ASSERTIVA

4
MÉTODO COMPROVADO PARA FALAR BONITO

Muita gente chega para mim e diz: "Giovanni, me ensina aí um gatilho mental!". Ou então: "Fala mais sobre arquétipos!" – esse termo, "arquétipos", é muito bonito... só de falar a gente já se sente intelectual! Mas aí, quando vou analisar de maneira mais detalhada a comunicação da pessoa, vejo que ela não dominou o básico e é cheia de vícios de linguagem, tem dicção ruim, é prolixa...

Não me entenda mal, eu quero que você aprenda tudo e mais um pouco sobre comunicação, inclusive gatilhos mentais e arquétipos. Mas, antes de correr, precisamos aprender a andar. De nada adianta querer pular o processo e partir para técnicas avançadas se o arroz com feijão não está sendo aplicado com maestria.

É exatamente por isso que o primeiro C da comunicação é a **clareza**. Afinal, a primeira tarefa de todo comunicador é ser entendido! Para ajudar nesse objetivo, vamos aprender quatro técnicas para sermos comunicadores claros e precisos.

"Seja pontual." Essas palavras ecoavam na minha mente enquanto eu olhava, desolado e ofegante, para a corrente solta de uma bicicleta emprestada, suando sob o calor do entardecer de Coimbra, em Portugal. O relógio marcava 17h55, e eu estava a quilômetros de distância de uma aula experimental de oratória que iria começar em cinco minutos.

Era verão, e o lugar mais parecia uma cidade fantasma. A cidade universitária, normalmente vibrante, fora abandonada pelos estudantes durante as férias. Meus amigos intercambistas aproveitaram o recesso para explorar a Europa, mas eu tinha acabado de renovar meu intercâmbio por mais seis meses sem ter dinheiro o suficiente – estava contando com o que (provavelmente) ganharia ministrando meu curso de oratória nos meses seguintes. Nessa época de vacas magras, decidi poupar minhas economias e passar o verão por lá mesmo.

Procurando atividades para preencher o tempo, conheci por meio de pesquisas na internet um grupo com um nome estranho, do qual eu nunca tinha ouvido falar: Coimbra Toastmasters Club. Nada mais era que um clubinho de oratória que se reunia toda quarta à noite para treinar discursos. *Uau, tenho que experimentar isso!*

Mas, naquela quarta-feira, parecia que tudo conspirava contra mim. Sem grana para um táxi, peguei uma bicicleta emprestada do sr. António, o simpático engenheiro português que me alugava um quarto de 2x3 metros sem janelas, e me aventurei a pedalar pelo outro lado do rio Mondego, uma região pouco conhecida por mim. Foi um erro fatal.

Primeiro, me perdi. Depois, a corrente da bicicleta soltou. Tentei recolocá-la, mas parecia impossível. A cada minuto que passava, meu estresse crescia. *Que péssima primeira impressão vou causar, chegando atrasado logo no primeiro dia!*, pensei. Após várias tentativas frustradas e alguns chutes na bicicleta (desculpe, sr. António), me sentei no chão, derrotado, as mãos sujas de graxa. *Desisto.*

Após alguns instantes de autopiedade, respirei fundo e, com mais calma, tentei novamente recolocar a corrente na bicicleta, finalmente obtendo êxito. Assim, pedalando na velocidade máxima, tentei encontrar o endereço anunciado – uma sala em uma faculdade particular.

No final das contas, cheguei faltando dez minutos para acabar a sessão dos Toastmasters, que durava uma hora. Eu estava tão sem jeito com aquele atraso colossal que até pensei em não entrar. Mas, como havia dado a minha palavra que iria, resolvi aparecer. Fui sincero, expliquei que me perdi e mostrei as mãos sujas de graxa da bicicleta. Não sei se foi a melhor primeira impressão, mas que foi marcante, foi. Para minha surpresa, o grupo de dez portugueses me recepcionou sem julgamentos e ainda permitiu que eu participasse da última parte de todo encontro: os famosos discursos de improviso (*table topics*).

Ao término do discurso, um senhor que estava sentado na parte de trás da sala me parabenizou e disse:

— Muito bom o seu discurso, Giovanni! Tu falaste dezessete "és" em dois minutos.

Como assim, dezessete "és" em dois minutos? Depois, fui conferir a gravação (sim, eles gravam todos os discursos) e realmente eu cometia muito esse vício de linguagem. Eu falava basicamente assim: "É... Meu nome é Giovanni... é... hoje vou falar... é... de um assunto... é... muito legal, é...".

Você tem algum vício de linguagem?

Nos Toastmasters, existe uma pessoa exclusivamente responsável por avaliar vícios de linguagem e o uso correto da linguagem, chamada de "Grammarian". E foi só naquele dia, recebendo esse feedback específico, que percebi que tinha esse mau hábito.

Hoje, se você assistir a qualquer palestra ou vídeo meu, perceberá que o "é..." praticamente desapareceu do meu vocabulário. Claro, de vez em quando sai um ou outro – afinal, ninguém é perfeito. Mas, via de regra, eu superei isso por completo. E se eu consegui me livrar dos dezessete "és" em dois minutos, você também consegue!

Agora, vou te ensinar como superar qualquer vício de linguagem.

Existem dois tipos de vício de linguagem: o verbal e o não verbal. O verbal nada mais é do aquelas palavras como "é", "né", "mano", "cara", "tá ligado" e "tipo". São palavras que, se removidas da nossa comunicação, não fazem falta alguma. Pelo contrário, sua fala será mais limpa e gostosa de ouvir sem elas. Esse tipo de vício é como uma "pichação verbal": faz com que nossa oratória pareça feia e barata. Dica: substitua-os pela pausa. Muitas vezes, cometemos esses vícios para preencher as frases enquanto pensamos. Mas a verdade é que isso não é necessário. Apenas pare por alguns microssegundos para pensar no termo certo. Isso inclusive dá tempo para o público processar o que foi dito e responder com indicadores verbais curtos de concordância ("sim", "ok", "aham") – o que faz quem ouve gostar mais do orador.

Esses vícios verbais também são percebidos como uma hesitação. Ao usar muitas palavras de preenchimento ("é...", "tipo..."), passamos para o inconsciente das pessoas a mensagem de que não estamos tão seguros do que estamos falando. A incerteza e a insegurança diminuem nossa autoridade e o poder da nossa fala, impactando nossa persuasão – seja para vendas, seja para vídeos, seja para relações interpessoais.

Em seu livro *Palavras mágicas*, Jonah Berger conta sobre um estudo feito para avaliar o impacto das hesitações no nosso convencimento. Na experiência, alunos ouviram diferentes gravações de um discurso de um professor. O conteúdo era o mesmo, mas em uma versão o professor hesitava algumas vezes (falando "hum..." e "ahm..."), e na outra falava sem hesitar. Além disso, alguns alunos foram informados de que o professor tinha status alto – como um catedrático –, e outros, de que tinha status inferior – um simples aluno de pós-graduação.

O resultado foi surpreendente. Em primeiro lugar, ao hesitar, o professor foi visto como menos preparado e qualificado, independentemente de seu status. Em segundo lugar, quando o professor de status inferior falava com fluidez e sem hesitações, era percebido pelos alunos de forma mais positiva do que o professor de status superior com hesitações! Em outras palavras, uma comunicação confiante e clara vale mais até mesmo do que a formação acadêmica na hora de convencer. Se isso não é motivo para incluir oratória como disciplina obrigatória em todos os cursos universitários, eu não sei o que é...

Já o segundo tipo de vício, o não verbal, diz respeito a "tiques", gestos repetitivos que mais distraem do que ajudam a passar a mensagem. Alguns exemplos clássicos são:

- Ao fazer uma apresentação, ficar transferindo o peso de uma perna para outra, ou ficar balançando para a frente e para trás, no que chamamos de "movimento pendular".
- Mexer repetidamente no cabelo, no relógio, na gravata ou fazer qualquer tipo de movimento recorrente sem propósito.
- Em uma reunião on-line ou presencial, ficar girando a cadeira de um lado para o outro.

Tenha em mente que qualquer gesto ou movimento deve potencializar a sua mensagem. Se não estiver ajudando, está atrapalhando.

E como perder qualquer vício, seja verbal ou não verbal? Muito fácil. Siga este passo a passo de quatro etapas.

O **primeiro passo** é tomar consciência do seu vício. Parece óbvio, mas o principal motivo pelo qual cometemos qualquer vício de linguagem é simplesmente porque não o percebemos! *Ok, Giovanni, mas como faço para adquirir consciência do vício?*, você deve estar pensando. Vou te passar três maneiras incrivelmente fáceis.

1. **Ouça seus áudios.** Sabe quando você envia um áudio (não tão longo, espero) para um amigo, colega de trabalho ou familiar? Experimente escutá-los em busca de eventuais vícios que possam ser eliminados.
2. **Assista a seus vídeos.** Talvez você já esteja gravando vídeos para as redes sociais, para o seu trabalho, ou mesmo fazendo chamadas de vídeo com familiares. Uma boa dica é assistir a esses vídeos, analisando sua comunicação. Kobe Bryant, um dos maiores nomes do basquete da história, sempre assistia aos vídeos dos jogos para analisar sua performance e ver como podia melhorar, e esse era um dos grandes segredos do seu sucesso.
3. **Encontre um parceiro de responsabilização.** Esta é uma das minhas técnicas preferidas. Você vai chegar no seu marido ou esposa, namorado ou namorada, ou mesmo em um amigo ou sócio, e propor o seguinte: diga que está tentando se livrar de um vício de linguagem – por exemplo, o "é..." – e que gostaria que essa pessoa te avisasse sempre que você cometer esse vício. Em troca, pergunte qual vício a pessoa quer eliminar e faça o mesmo por ela. Você pode até transformar isso em um jogo.

É aqui que chegamos ao **segundo passo**: cometer o vício e se arrepender automaticamente. Ao começar a aplicar essas técnicas para tomar consciência, você vai "bugar". Já vi acontecer centenas de vezes. Você começará a se arrepender instantaneamente dos vícios que comete, mais ou menos assim: "Ontem eu... é... Droga, saiu um 'é...'!". Parece que você desaprende a falar.

Mas isso é bom! Significa que você está no caminho certo. Depois de várias vezes cometendo o vício e se arrependendo, você naturalmente evolui para o **terceiro passo**: brecar o vício e comemorar. Ou seja, o vício está quase saindo... quase saindo... e você o segura! Você perceberá que estava prestes a cometer um vício de linguagem e se conteve. Essa é a hora de comemorar. *Uhu, que legal, estou diminuindo meus vícios!*

O **quarto passo** é eliminar o vício por completo. Depois de várias vezes cometendo o vício e se arrependendo, brecando e comemorando, chegará um momento em que esse vício sumirá da sua vida como num passe de mágica. Você nem mesmo vai gastar energia mental pensando *Eita, tenho que brecar esse vício*, e sua fala estará mais limpa do que nunca. Acredite, é possível!

Depois de me juntar oficialmente aos Toastmasters, na minha segunda sessão, recebi o feedback de que não tinha cometido dezessete "és", e sim quinze. Depois doze. Depois dez. Ao longo das sessões, fui diminuindo esse vício, até que eventualmente ele desapareceu. E eu saí de cometer dezessete "és" em dois minutos para ganhar diversos campeonatos de oratória oficiais dos Toastmasters, tanto em português quanto em inglês, em discursos preparados e de improviso.

Hoje tenho certeza de que eliminar vícios de linguagem é uma das maneiras mais rápidas e simples de melhorar a sua comunicação da noite para o dia. Porém, aqui vale um adendo. Você já deve ter notado que existem pessoas famosas, com muita audiência na internet – como *hosts* de podcasts, youtubers e blogueiras –, que têm uma comunicação cheia de vícios. "Ué, se eliminar vícios de linguagem é tão importante assim, como essas pessoas tiveram tanto sucesso mesmo com tantos vícios?"

A meu ver, a explicação para isso é a seguinte: como a maioria das pessoas comete vícios, isso acaba gerando identificação com essa grande massa. Isso mostra que, longe de serem perfeitos, eles são "gente como a gente", com uma comunicação autêntica e espontânea, e isso aumenta a conexão.

Porém, eles são exceção à regra. Na vida e nos negócios, é muito mais fácil ter sucesso quando sua comunicação passa mais credibilidade – imagine falar gírias e vícios em uma entrevista de emprego! Portanto, foque em eliminar seus vícios e gerar identificação de outras formas, como, por exemplo, contando histórias (iremos falar sobre isso no terceiro C da comunicação).

Agora que você já limpou sua fala dos vícios de linguagem, precisamos falar de outro grande desafio para uma comunicação eficaz: a dicção.

4.5 PASSOS INFALÍVEIS PARA UMA DICÇÃO PERFEITA

Imagine o seguinte cenário: você vai conversar com uma pessoa, porém tem muita dificuldade de entender o que ela diz. O motivo: a fala é embolada. Ela junta uma palavra na outra, fala rápido demais, "come" sílabas, ou fala para dentro... Enfim, a pessoa é simplesmente incompreensível. Você faz uma careta de quem não entendeu e solta um sonoro "Ãhn?" antes de pedir para ela repetir o que falou. Isso soa familiar?

O ano era 2010. Eu estava cursando o primeiro ano do Ensino Médio e, durante o intervalo entre uma aula de Português e outra de Química, estava sentado em um banco de concreto em formato circular com uma árvore no meio (curiosidade: chamávamos esses bancos de "rosquinhas"). Através das folhas da árvore, alguns feixes de luz dançavam no meu rosto enquanto eu lia *Percy Jackson* e pensava nos meus quinze anos de existência.

— Oi, você é o Giovanni do primeiro ano, né? — Meus devaneios foram interrompidos por uma garota desconhecida, de porte pequeno e franzino, com cabelos pretos na altura do ombro e óculos um tanto grandes demais para seu rosto. Uma alegria contagiante irradiava da voz dela.

— Ãhm... Sim, sou eu — balbuciei, um pouco confuso. — Por quê?

— Então, eu sou do grupo de teatro aqui da escola, e a gente ficou sabendo que você foi muito bem na apresentação do seu trabalho de português e leva bastante jeito para isso. Quer fazer parte do grupo?

— Hm... pode ser.

E, assim, comecei a frequentar os encontros do grupo de teatro. Duas vezes por semana, nos encontrávamos para desenvolver nossas habilidades de atuação e, é claro, ensaiar para as peças. Em um desses encontros, o professor responsável, um jovem universitário moreno, alto e forte, estava falando sobre a importância de articular bem as palavras:

— Pessoal, é o seguinte: hoje vamos falar sobre dicção. Antes de mais nada, vamos definir o que é isso. Dicção nada mais é do que a capacidade de pronunciar os fonemas, os sons que saem das nossas cordas vocais, de maneira clara e articulada. Nossa voz envolve um sistema complexo, com mais de cem músculos. E, como qualquer músculo, eles podem ser treinados!

O professor foi ficando mais animado enquanto falava.

— É extremamente importante ter uma boa dicção no palco, para que todos entendam nossas falas. E, para melhorar a dicção, vamos fazer um exercício juntos. Peguem suas canetas agora.

Após todos abrirem as bolsas em busca de seus estojos, o professor retomou:

— Agora, todo mundo vai colocar a caneta na boca e falar de um a doze, e depois os meses do ano, se esforçando bastante para ser compreendido. O segredo está em articular bem as palavras.

E, assim, o grupo de doze alunos começou a contar em uníssono: "1... 2... 3...". Ao terminar, eu já podia sentir os músculos da boca mais relaxados e, de fato, a minha fala estava melhor.

Essa "técnica da caneta" foi apenas um dos grandes aprendizados que tive ao fazer parte do grupo de teatro. E sabe o que é mais louco? Mais de uma década depois, descobri que aquele encontro na rosquinha do colégio foi totalmente armado. Na verdade, meus pais perceberam que eu estava um pouco desanimado com a escola, pois o ritmo de estudo era mais lento do que na instituição antiga que eu frequentava. Para evitar que eu ficasse deprimido, eles combinaram com a psicóloga da escola esse "teatrinho", a fim de me chamar para aquele grupo. Mal sabiam eles que isso seria o início do El Professor da Oratória. Obrigado, pai e mãe!

Hoje, recomendo para todos que têm filhos: coloque-os no teatro. Na falta de teatro, coloque-os em outras atividades que estimulem a comunicação. Você não tem ideia do impacto que isso terá na vida das crianças.

Voltando à técnica da caneta, mais tarde descobri que o precursor dessa artimanha foi ninguém menos que Demóstenes, um grande orador grego que treinava discursos com pedras na boca e uma faca entre os dentes para falar sem gaguejar. Ele literalmente deu o sangue para melhorar a oratória! Porém, para você que não quer correr o risco de se cortar ou engolir uma pedra, vou ensinar quatro maneiras poderosas – e seguras – para transformar sua dicção da água para o vinho, e assim dominar a segunda técnica para uma comunicação clara.

1) USE A TÉCNICA DA CANETA

A primeira maneira foi a que acabamos de analisar. Se você tiver uma rolha de vinho, é ainda melhor. Mas, na falta de uma rolha, a caneta funciona perfeitamente. Apenas lembre-se de usar a caneta de frente, como faria com um canudo, e não de lado, como uma rosa na boca de um dançarino de tango. Posicionar a caneta de lado pode aumentar a tensão na ATM (articulação temporomandibular, responsável por abrir e fechar a boca), o que pode ser prejudicial a longo prazo. Tampouco é necessário morder com força a caneta; apenas mantenha-a entre os dentes.

O foco aqui é falar os números de um a doze e depois os meses do ano, articulando bem as palavras. Não tenha medo de exagerar a pronúncia. Isso vai acordar os músculos da face e melhorar sua dicção.

"Giovanni, quantas vezes por dia tenho que fazer esse exercício da caneta para ter efeito?" Eu recomendo fazer sempre que você tiver que performar mais do que o normal na sua comunicação. Vai dar uma entrevista, fazer uma *live*, conduzir uma reunião com um cliente muito importante ou participar de uma entrevista de emprego? Caneta na boca, um a doze e meses do ano. Sua dicção vai melhorar instantaneamente, assim como sua persuasão.

2) LEIA EM VOZ ALTA

Esse exercício pode parecer simples, mas é um verdadeiro divisor de águas. Sabe quando você começa a ler em voz alta perante um grupo de pessoas – na igreja, no trabalho ou lendo as instruções de um jogo de tabuleiro para seus amigos –, mas, por falta de treino, comete vários deslizes de entonação, ritmo etc.? Ler em voz alta com regularidade vai prevenir isso, além de ajudar a treinar a dicção.

Então, pegue um livro (pode ser este que você tem em mãos) e comece a LER EM VOZ ALTA, respeitando a pontuação e focando em articular as ideias de modo claro. Pause nas vírgulas, e pause por um pouco mais de tempo nos pontos-finais. Se puder, grave-se lendo, para acompanhar seu progresso!

3) PASSE A LÍNGUA SOBRE OS DENTES

Robert Cialdini, o papa da persuasão, certa vez disse que os vendedores são as pessoas que mais entendem de convencer pessoas. Afinal, esse é seu ganha-pão, eles sobrevivem de persuadir. Por isso, Cialdini passou dois anos infiltrado em treinamentos de vendas para descobrir as mais poderosas táticas de influência, o que culminou em sua *magnum opus*, *As armas da persuasão*.

Isso pode ser verdade. Mas, a meu ver, ninguém entende mais de comunicação que os comediantes (e, em certa medida, os pastores).

Eu adoro assistir a comédias stand-up. Além de me divertir, aprendo muito sobre oratória. Ninguém domina mais presença de palco, habilidade de storytelling, pensamento rápido de improviso e uso de humor na fala do que os comediantes. E estudando mais sobre stand-up, descobri um exercício utilizado por muitos comediantes para melhorar a dicção!

Esse truque poderoso consiste em fazer um movimento circular, passando a língua sobre os dentes e pela parte interna da boca, como se estivesse desenhando um círculo. Esse movimento de rotação da língua é ótimo para melhorar a pronúncia, pois cria maior flexibilidade e resistência muscular, "lubrifica" a boca e ajuda a controlar melhor os movimentos necessários para uma fala clara e sem distorções.

4) REPITA TRAVA-LÍNGUAS

Agora que você já aprendeu a técnica da caneta, a ler em voz alta e a passar a língua sobre os dentes, chegamos à prática avançada. Os trava-línguas são o teste definitivo para sua dicção e vão desafiar sua precisão vocal. Está preparado?

Abaixo, estão três trava-línguas clássicos – um básico, um intermediário e um avançado. Vá conquistando um a um. Comece devagar e, quando tiver se acostumado com a pronúncia, acelere. Quando conseguir repetir cada trava-língua três vezes rápido, sem errar, parta para o próximo (e desafie alguém se quiser dar boas risadas)!

	TRAVA-LÍNGUAS
Básico	Casa suja, chão sujo.
Intermediário	Bagre branco, branco bagre.
Avançado	O desinquivincavacador das caravelarias desinquivincavacaria as cavidades que deveriam ser desinquivincavacadas.

Provavelmente, você terá dificuldades com o terceiro. Está tudo bem, eu também tive. Por isso, vou ensinar um truque para dominar qualquer trava-língua! Faça o seguinte: pegue a palavra com a qual está tendo dificuldade e quebre-a em algumas partes menores, que serão lidas de trás para a frente. Já fiz isso para você aqui, com a palavra "desinquivincavacador". Leia em voz alta o que está escrito abaixo:

DOR
CADOR
VACADOR
CAVACADOR
VINCAVACADOR
QUIVINCAVACADOR
DESINQUIVINCAVACADOR

Volte ao trava-língua avançado e veja como ficou mais fácil.

Agora é com você! Pratique e prepare-se para ver os resultados em cada interação. Seguindo esses quatro passos, sua dicção vai mudar do vinho para o néctar dos deuses, pode confiar.

Por fim, uma dica extra (a de número 4.5): se precisar de um ajuste mais técnico e personalizado, recomendo procurar um profissional em fonoaudiologia, especialmente se o problema for mais grave que a mera falta de articulação das palavras (como gagueira). O acompanhamento de um fonoaudiólogo também é imprescindível se você trabalha muito com a voz (como cantores e palestrantes profissionais), pois é uma forma de manter a saúde vocal em dia e evitar ficar sem seu principal instrumento – sua voz.

Parabéns! Sua fala está sem vícios e bem articulada. Agora, chegou a hora de você dominar a terceira etapa para uma comunicação mais clara: eliminar a prolixidade e se tornar um orador assertivo.

6
A ARTE DE DIZER MAIS COM MENOS: COMO NÃO SER CHATO AO FALAR

Você conhece alguma pessoa que fala muito e não diz nada? Que dá o maior arrodeio do mundo para falar algo simples? Que não tem capacidade de síntese e não consegue ser direta? Você fica ouvindo aquela pessoa falar e mentalmente se pergunta: *Ok, mas qual é o ponto? O que você está querendo dizer?* Talvez você mesmo seja essa pessoa.

Isso é o que chamamos de "prolixidade".

Ser prolixo é exatamente isto: usar muitas palavras para comunicar pouco, pois sua fala é confusa e pouco objetiva. Mas calma! Para a nossa sorte, é possível exterminar a prolixidade e trazer mais objetividade para sua comunicação. Com as ferramentas que verá agora, seu discurso ficará mais sucinto e eficaz, e você será visto como um comunicador mais assertivo. Preparado para desbloquear o terceiro passo da comunicação clara?

1) DELIMITE O ASSUNTO DE ACORDO COM O OBJETIVO

Imagine que você vai fazer uma apresentação para uma plateia. Se não tiver clareza sobre qual é o objetivo que deseja atingir, além de um escopo bem definido do assunto, acabará correndo um maior risco de falar coisas irrelevantes. Pior ainda: pode ficar sem tempo para falar o que de fato importa!

O primeiro passo para acabar com a prolixidade é definir o seu objetivo, ou seja, saber sobre o que exatamente vai falar. Defina claramente o tema da sua comunicação, assim como estou fazendo aqui. Você sabe que está aprendendo sobre o primeiro C da comunicação (clareza), especificamente sobre prolixidade. Aqui, meu foco é ensinar como exterminar a prolixidade, nada além disso. Quando delimitamos o assunto, evitamos o impulso de divagar e "falar de tudo um pouco".

Para manter o objetivo em mente, Chris Anderson, presidente do TED, recomenda definir uma "linha mestra" para sua apresentação. Isso nada mais é que um resumo do tema da palestra em até quinze palavras de um jeito provocante. Por exemplo, no meu TEDx, a linha mestra foi "Comunicação é o maior problema do mundo, mas também é a solução".

Por que essa linha mestra é importante? Porque sem ela sua palestra fica desconexa e pouco coesa, além de perder didática. A linha mestra funciona como as margens de uma rodovia. Você pode ir um pouco mais para a direita ou um pouco mais para a esquerda, mas esse "caminho" ajuda a não desviar do destino final. Se sua palestra tem três pontos principais (ou quatro, ou cinco...), todos eles devem estar conectados diretamente à linha mestra, ajudando a provar a sua ideia principal.

Matt Abrahams, professor de comunicação da Universidade de Stanford, escreveu um excelente livro de comunicação cuja edição em português tive a honra de prefaciar: *Pense rápido, fale melhor*. Para ele, há três objetivos a serem definidos na comunicação:

- O que você deseja que as pessoas **saibam**?
- O que você deseja que as pessoas **sintam**?
- O que você deseja que as pessoas **façam**?

Perceba que a maioria das pessoas, ao refletir sobre seus objetivos de comunicação, considera apenas as ideias que quer transmitir (o conteúdo que deseja ensinar). Ao refletir também sobre o que você quer que a audiência sinta (as emoções que deseja que as pessoas vivam) e faça (as ações concretas que deseja que elas tomem), você estará na frente de 95% dos oradores. Voltaremos a falar sobre como emocionar e mover pessoas na parte três do livro.

Por fim, é de bom tom que o conteúdo delimitado seja condizente com o tempo de que você dispõe para falar, de modo a não estourar o cronômetro.

2) USE LINGUAGEM DE SINALIZAÇÃO

Existe um conceito em inglês chamado *signposting language*, que podemos traduzir como "linguagem de sinalização". Essa é uma técnica poderosa para se tornar um comunicador mais organizado e menos prolixo, e podemos resumi-la assim: diga ao público o que vai falar, o que está falando e o que falou, dando bastante ênfase nas transições.

Em outras palavras, a linguagem de sinalização nada mais é do que pegar na mão do público e guiá-lo por meio da sua fala. Isso faz com que o conteúdo fique mais organizado e gera uma coesão entre as ideias, reduzindo a sensação de prolixidade e evitando que o ouvinte se perca no meio da mensagem.

E agora, vamos para a terceira técnica... (percebeu a linguagem de sinalização?).

3) ENUMERE AS IDEIAS

Quando você organiza seus pontos em uma sequência numerada, sua fala ganha didática e clareza. Assim como a delimitação do assunto e o uso da linguagem de sinalização, isso mantém o público focado e te ajuda a não sair do tema principal. Veja, por exemplo, o que estou fazendo aqui: estamos no terceiro ponto sobre como não ser prolixo. Eu enumerei as dicas para te guiar de uma maneira mais prática e direta.

Na verdade, eu sou **tão** entusiasta de enumerar as ideias que criei vários métodos com base nisso, como os Três Cs da Comunicação.

Quer que suas ideias fluam de forma ordenada e objetiva? Enumere-as. Inclusive, existe até uma técnica de oratória chamada "regra dos três", pois nos recordamos mais facilmente de tríades. Experimente dividir sua apresentação em três pontos principais, e nem precisará de slides para lembrar o que falar!

4) EVITE REPETIR O MESMO ARGUMENTO

A pessoa prolixa, além de confusa, é repetitiva. Entenda: se você já explicou um ponto, siga adiante e resista ao impulso de reafirmar a mesma ideia (a não ser para criar ênfase). A repetição prolonga o discurso desnecessariamente e faz parecer que você não confia na sua mensagem. Uma vez (bem) explicado, siga para o próximo ponto.

Mas atenção! Estamos falando de eliminar a repetição **desnecessária**. Não confunda com anáfora, uma figura de linguagem que consiste na repetição de uma mesma palavra ou expressão no início de várias frases ou versos a fim de enfatizar uma ideia e criar um ritmo cadenciado.

A anáfora é comum em discursos e poesias justamente porque a repetição estratégica aumenta a força do discurso, atrai a atenção do ouvinte e cria uma sensação de urgência e importância. Um exemplo clássico de um orador que usou a anáfora com maestria foi Martin Luther King Jr., em seu icônico discurso "I Have a Dream", no qual começou cada frase com a mesma expressão: *I have a dream* (em português, "eu tenho um sonho").

O ativista repete essa frase para reforçar sua visão de igualdade e justiça, e isso gera um efeito emocional poderoso e inspirador na audiência. Isso, meus amigos, é oratória!

5) LIMITE SEUS ÁUDIOS A UM MINUTO

Certa vez, estava conversando com um amigo sobre prolixidade e ele me contou que utiliza uma técnica tão surpreendentemente simples que resolvi compartilhar aqui: ele não responde a áudios com mais de um minuto. Isso obriga quem manda o áudio a ser direto e conciso, pois sabe que, se ultrapassar esse limite, ficará sem resposta.

Você pode aplicar esse princípio aos seus próprios áudios. Está gravando uma mensagem e percebeu que ela passou de um minuto? Exclua! Eu confio na sua capacidade de usar as melhores palavras e construções frasais para passar a mesma ideia em menos tempo. Relembre as palavras de Shakespeare, em *Hamlet*: "A brevidade é a alma da sabedoria".

"Ah, já sei! É só enviar vários áudios de um minuto." Não! Acha que eu não sei que você pensou isso? Nada de querer burlar o sistema. Esse hábito vai treinar a sua mente para simplificar ideias e tornar sua fala mais objetiva.

"Mas, Giovanni, eu sou tão prolixo que não tenho nem ideia de como resumir esses áudios para caber em um minuto!" Calma, é por isso que temos a técnica número seis.

6) COMECE PELO MAIS IMPORTANTE

Imagine que hoje à noite será a formatura do seu filho na faculdade. Você precisa pedir permissão na empresa em que trabalha para sair uma hora mais cedo do trabalho e resolve começar assim:

— Então, chefe... Na semana passada, eu fiz uma reunião com o nosso fornecedor para tentar resolver aquela questão que tinha ficado pendente, e ainda estou aguardando uma resposta, mas parece que vai dar tudo certo, e desde semana passada eu também já estava em cima daquela outra questão que você tinha me pedido...

Nisso, seu chefe já começa a ficar impaciente. Após uma rápida olhadela para o relógio de pulso, ele interrompe:

— Ok, e aí? Precisa de algo?

— É que hoje é a formatura do meu filho na faculdade. Cheguei mais cedo hoje para adiantar tudo, cuidei de todas as pendências e gostaria de saber se posso sair uma hora mais cedo para estar presente na cerimônia.

— Ah, por que não disse antes? — seu chefe exclama, abrindo um sorriso genuíno. — Está liberado, parabéns por essa grande conquista do seu filho!

No nosso cenário, houve um final feliz, pois o chefe hipotético é compreensivo. Mas perceba que você poderia ter evitado a interrupção e a impaciência do seu ouvinte se simplesmente tivesse cortado todo o início e começado direto com a parte mais relevante:

— Chefe, hoje é a formatura do meu filho na faculdade. Cheguei mais cedo para adiantar tudo, cuidei de todas as pendências e gostaria de saber se posso sair uma hora mais cedo para estar presente na cerimônia.

Se, por acaso, seu chefe implicasse, aí sim você poderia tentar algum tipo de argumentação. Por exemplo, talvez ele tenha a preocupação de um cliente importante ficar na mão, e você poderia explicar que já antecipou isso e encontrou alguém para te cobrir. Mas por que desperdiçar tempo de todos sem nem saber se essa argumentação será necessária?

Nada é mais frustrante do que uma história que começa e se arrasta sem um objetivo claro. Evite rodeios, inicie com a informação mais importante e desenvolva o contexto só quando for preciso. Até porque você não sabe quanto tempo a pessoa tem disponível para te ouvir – e pode estar gastando munição com informações irrelevantes.

Essa ferramenta poderosa de começar pelo que realmente importa garante mais clareza e menos prolixidade na comunicação. Os jornalistas chamam isso de "Não enterre o lead", ou seja, comece com as informações mais relevantes antes de entrar nos detalhes. Já no meio militar, essa abordagem é conhecida como BLUF (*Bottom Line Up Front*, que podemos traduzir como "Resultado Final Primeiro"). Essa estratégia facilita a vida de quem ouve ou lê, destacando o essencial logo de cara e poupando o público de se perder em uma enxurrada de informações secundárias.

"Mas, Giovanni, como eu identifico o que é mais importante? Como defino por onde começar?", você pode estar se perguntando...

Na obra *Brevidade inteligente*, os autores Jim VandeHei, Mike Allen e Roy Schwartz propõem um exercício interessante para ajudar a focar no mais importante. Imagine que você está em um elevador com a pessoa com a qual precisa conversar. No momento em que pretende começar a falar, a porta do elevador se abre e essa pessoa se encaminha para a saída. Você só tem aquele instante para falar o que é mais importante de que a pessoa se lembre. Por onde começaria? Pronto, essa é a informação mais relevante. Comece por ela.

Antes de prosseguirmos, um pequeno parêntese. Essa situação de pedir para ir à formatura aconteceu na vida real. Em 2020, eu me formei em Direito na Universidade Federal do Rio Grande do Norte (UFRN). Foram seis anos intensos, mas finalmente estava ali, pronto para receber o diploma após anos de dedicação. Na noite da colação de grau, uma grata surpresa: ao anunciarem o vencedor do concorrido prêmio de melhor aluno, meu nome foi chamado. *Consegui, cheguei lá. Os seis ônibus por dia e as noites sem dormir valeram a pena.* Sentindo aquele misto de euforia e orgulho, subi no palco para receber a medalha. Olhei para a plateia e vi minha mãe, vibrando por mim. Porém, quando fui tirar uma foto ao lado dela, o espaço ao meu lado estava vazio.

Era o lugar onde meu pai deveria estar.

Naquele dia, meu pai havia se aproximado do chefe e tentado uma conversa: "Chefe, meu filho vai se formar em Direito numa federal... Posso sair mais cedo para estar presente?". Esperava que, pelo menos naquele dia, seu chefe dissesse sim. Mas a resposta foi seca: "Não, você vai ter que trabalhar".

E sabe o que é mais louco? Meu pai perdeu a minha formatura e, dias depois, perdeu também o emprego.

Mas a escolha de meu pai me ensinou algo profundo sobre sacrifício. Ele colocou a segurança financeira da nossa família acima de tudo, até mesmo de momentos que jamais poderiam ser recuperados. Ele fez seu papel como provedor, mesmo que isso custasse tudo para ele. Esse episódio também me deu maior clareza sobre a vida que eu desejava ter no futuro. Naquele dia, sendo aplaudido pelos pais de todos os meus colegas, menos pelo meu, jurei que construiria patrimônio o suficiente para não precisar sacrificar momentos familiares insubstituíveis para sobreviver.

Neste capítulo, você aprendeu a delimitar o assunto de acordo com o objetivo, a usar linguagem de sinalização, a enumerar suas ideias, a evitar repetir o mesmo argumento, a limitar os seus áudios a um minuto e a começar pelo mais importante. Se você praticar essas seis técnicas, notará uma diferença significativa na clareza da sua comunicação. Eliminar a prolixidade é mais do que cortar palavras. É ganhar o controle da mensagem e torná-la irresistível.

Agora, você está quase conquistando por completo o primeiro C da comunicação. Preparado para o último passo em direção a um discurso mais claro e envolvente?

7
OS MELHORES COMUNICADORES DO MUNDO ENTENDERAM ISSO

Nelson Mandela uma vez disse: "Se você falar com um homem em uma língua que ele entende, isso toca sua mente. Se você falar com ele na própria língua, isso toca seu coração". A essência desse ensinamento é que devemos exercer a empatia na comunicação, nos colocando no lugar do nosso ouvinte. Afinal, comunicação não é sobre o que você fala, e sim sobre o que o outro entende, sente e faz.

Em 1936, Dale Carnegie abriu sua palestra para 3 mil pessoas em Nova York dizendo: "Vocês não estão aqui porque se interessam por mim. Vocês estão aqui porque estão interessados em vocês mesmos e na solução dos seus problemas". Quanto mais colocarmos o outro no centro da nossa comunicação, mais persuasivos seremos.

Até aqui você aprendeu a falar sem vícios de linguagem, com boa dicção e de forma objetiva. Mas é plenamente possível falar sem vícios de linguagem, com boa dicção e de forma objetiva e continuar incompreensível! E isso se dá pela escolha do linguajar.

Um erro que vejo comunicadores cometendo todo santo dia é falar de forma mais complicada do que o necessário. De todos os princípios de comunicação que eu poderia ensinar, existe um que com certeza estaria no top 5: a regra KISS – uma sigla para *Keep It Simple, Stupid* (em tradução livre: seja simples, cabeção!). Acredita-se que o conceito tenha surgido no contexto militar na década de 1960, quando Kelly Johnson, um engenheiro aeronáutico da Skunk Works, teria usado a frase para lembrar sua equipe de projetar sistemas que fossem simples e fáceis de manter mesmo em condições extremas. A filosofia por trás de KISS é que soluções mais simples geralmente são mais eficazes e menos propensas a erros. Ah, se todo comunicador entendesse isso!

Um dos conceitos mais clássicos no mundo da oratória é o de **auditório universal**. Imagine um político dando um pronunciamento para toda a nação. Ouvindo o discurso, estão pós-doutores e analfabetos, ricos e pobres, brancos e negros, homens e mulheres, sulistas e nordestinos. Para atingir o máximo de eficácia, esse político deve falar em uma linguagem que seja compreendida pelo maior número possível de pessoas. Ou seja, ele deve evitar uma linguagem restritiva, que não seja universal. Em outras palavras, quanto mais simples, melhor.

A seguir, veremos os quatro cavaleiros do apocalipse da complicação: i) jargões; ii) estrangeirismos e neologismos; iii) gírias e regionalismos; e iv) palavras difíceis. Vamos a cada um deles.

1) JARGÕES

Os famosos jargões, ou termos técnicos, são amados pelos especialistas. Eu sei disso, pois sou advogado. Quando estudamos Direito, nos orgulhamos de aprender expressões jurídicas como "jurisprudência" e "cláusula pétrea", e até mesmo alguns brocardos em latim. Um dos meus preferidos era o ditado de origem romana *"da mihi factum, dabo tibi ius"* (me dê os fatos, e eu te darei o direito), além do clássico *"in dubio pro reo"* (no caso de dúvida, a favor do réu).

Só tem um pequeno problema. Existe um viés cognitivo (uma tendência no nosso cérebro que às vezes distorce a realidade) chamado "maldição do conhecimento". Lembra daquela frase atribuída a Einstein: "A mente que se abre a uma nova ideia jamais volta ao seu tamanho original"? De modo simples, a maldição do conhecimento dita que, quando aprendemos algo, esquecemos como é não saber esse algo. Médicos, juristas, acadêmicos no geral... Nós estudamos tanto que esquecemos que nem todo mundo adquiriu os mesmos conhecimentos específicos que nós – incluindo nossos clientes.

Muitos profissionais falham em fechar mais contratos não por falta de conhecimento técnico, e sim porque não conseguem ser convincentes. Pior ainda: veem o cliente pagar mais caro por um serviço de pior qualidade da concorrência, mas com um vendedor mais persuasivo. Ouso dizer que um dos principais erros aqui é justamente não ser compreensível de fato. As pessoas compram o que elas entendem, e elas entendem o que é fácil. Vou repetir: **as pessoas compram o que elas entendem, e elas entendem o que é fácil**. Qual foi a última vez que você assistiu a uma aula, um curso ou um vídeo e exclamou: "Nossa, eu adoraria que isso aqui fosse mais difícil, mas infelizmente estou entendendo tudo"? Essa ideia é absurda. Nós amamos o que é simples.

No entanto, sempre é bom lembrar: a diferença entre o remédio e o veneno é a dose. É importante saber diferenciar em que contexto um jargão é não só permissível, mas desejável. Se você está falando com seus pares, com outros especialistas, a linguagem específica do seu nicho é necessária. No contexto certo, o jargão não diminui a clareza. Pelo contrário, a potencializa na medida em que você usa uma linguagem mais precisa. Porém, mesmo nesses casos, a neurociência diz que vale a pena um esforço para simplificar as coisas na medida do possível. Inclusive, no meio jurídico, hoje existe um movimento para diminuir o uso de latim e do chamado "juridiquês", visto que isso dificulta que o cidadão comum, o cliente final do sistema de justiça, entenda seus direitos e o fundamento das decisões judiciais.

2) ESTRANGEIRISMOS E NEOLOGISMOS

Estrangeirismo é o uso de palavras ou expressões de outro idioma, geralmente quando não há uma tradução direta ou um equivalente exato na língua de destino. Já neologismos são palavras ou expressões criadas recentemente em uma língua, seja pela necessidade de nomear novos conceitos, objetos ou fenômenos, seja por tendências culturais ou criativas – inclusive podendo ter como base um estrangeirismo. Por exemplo, na frase "*scrollar* o *feed* das redes sociais", temos o estrangeirismo *feed* e o neologismo *scrollar*, que vem da palavra em inglês *scroll* (rolar).

Quando comecei a ensinar oratória, recebi muitas críticas como: "Nossa, ele diz que é professor de comunicação e usa vários termos em inglês, cometendo vários estrangeirismos". Há quem diga que quando falamos palavras em inglês, estamos sendo elitistas, pois existem pessoas que não tiveram a oportunidade de aprender inglês. Essa não é a minha visão, e explico o porquê.

O meu primeiro estágio profissional, enquanto me formava técnico em informática, foi na área de suporte de TI do Tribunal Regional Eleitoral do Rio Grande do Norte. Uma coisa que me chamou a atenção naquele ambiente formal era que as comunicações oficiais não falavam "site" ao se referir a páginas da internet, e sim "sítio". Desculpe, mas, para mim, isso mais confunde que clarifica. Imagine a confusão se alguém te fala "entrei em um sítio e peguei um vírus" em comparação a "entrei em um site e peguei um vírus". Você não saberia se deve recomendar um programa de antivírus ou uma vacina.

Estamos no século XXI. A internet (que já é um estrangeirismo por si só – derivado do termo em inglês *interconnected networks*, que significa "redes interconectadas") veio para acelerar o movimento de globalização, esse crescente processo de integração e interconexão entre países e regiões. Em especial em áreas onde há forte inovação ou influência externa, como tecnologia, moda, gastronomia e esportes, palavras importadas são comuns. Você provavelmente utiliza na sua comunicação termos como: on-line, app, link, marketing, streaming, spoiler, playlist, mouse – se bem que, quando morei em Portugal, eles realmente chamavam o mouse de "rato", o que sempre me arrancava algumas risadas. Essas palavras são tão presentes na nossa vida que inclusive já constam nos dicionários de português, mostrando que a língua é viva, dinâmica e permanece em constante evolução.

Portanto, eu não sou a pessoa que vai dizer que falar estrangeirismos é um crime na comunicação! Esse paradigma ficou para trás, sinceramente. O truque está em saber balancear e, principalmente, adaptar sua fala para o público. Por exemplo, nos negócios, existem muitos termos em inglês que fazem parte do cotidiano: brainstorming, follow-up, benchmarking, KPI (Key Performance Indicator), feedback, budget, deadline, briefing, checklist, lead, branding, startup, pitch, upsell, ICP (Ideal Customer Profile), ROI (Return on Investment), networking... Os exemplos são infinitos.

Dica: se você trabalha nessas áreas, pode ter certeza de que será mais bem-visto enquanto profissional se melhorar o seu inglês e pesquisar os termos que não conhece em vez de gastar tempo e energia reclamando do uso de termos em inglês.

A solução: não exagere, mas também não tenha medo ou vergonha de usar termos em inglês (ou em outra língua), ainda mais aqueles que já caíram no uso comum e que cabem no contexto da sua comunicação.

3) GÍRIAS E REGIONALISMOS

Quando eu tinha 11 anos, minha família se mudou de Campinas, interior de São Paulo, para Natal, no nordeste brasileiro. Certo dia, para escapar do sol escaldante da uma da tarde, eu estava sentado em uma parte sombreada da calçada, na frente da casa de um amigo. Foi então que o seguinte diálogo digno de Camões se sucedeu:

— Esse hômi tem muito jogo de videogame?

— Que homem? — respondi, olhando confuso à nossa volta e constatando que estávamos sozinhos.

— Ué, esse hômi.

— MAS QUE HOMEM?

— ESSE HÔMI!

— MAS NÃO TEM NINGUÉM AQUI!

Naquele dia, aprendi que, na cidade de Natal, "esse hômi" significa simplesmente "você". Inclusive – e essa virou uma das minhas expressões natalenses favoritas –, se você for para Natal, pode ser que alguém te diga: "Esse hômi é esse hômi mesmo, viu?". Se isso acontecer, relaxe. Essa pessoa acabou de dizer: "Você é incrível".

O motivo pelo qual eu tive tanta dificuldade naquela interação social é porque "esse hômi" é um regionalismo. Chamamos de "regionalismo" o uso de palavras ou expressões típicas de uma região geográfica, que muitas vezes refletem a cultura, a história ou o modo de falar das pessoas da área.

Já a gíria é um pouco diferente. É uma expressão ou palavra usada por grupos específicos, como jovens, skatistas, gamers...

O regionalismo tende a ser mais estável e pode permanecer na fala popular por muito tempo. Por exemplo, "guri" é um regionalismo usado no sul do Brasil para "menino", enquanto "moleque" é mais comum no sudeste. Já as gírias costumam ter um caráter temporário, mudando rapidamente com o tempo e as gerações. Por exemplo, "top", "da hora" e "massa" são gírias comuns entre as pessoas da minha geração para algo que é *supimpa* – se você entendeu essa gíria, acaba de denunciar sua idade.

Se você deseja ser um comunicador claro e persuasivo, deve tomar cuidado com o excesso de gírias e regionalismos. Não me leve a mal. Não se trata de preconceito, xenofobia ou algo do tipo. O motivo é: se você usar palavras que só determinados grupos entendem, logicamente estará restringindo o número de pessoas que serão impactadas pela sua mensagem. Você não presta atenção em um vídeo ou apresentação se não consegue sequer compreender o que é dito. Você sente que aquela fala não é para você.

Tampouco estou falando para você eliminar essas expressões da sua vida, até porque algumas delas podem fazer parte da sua cultura ou até mesmo da sua personalidade. Não se trata de apagar a sua história, assassinar a sua autenticidade ou padronizar a língua, mas sim ter uma simples questão em mente na hora de se comunicar: *Estou sendo entendido ou será que posso ser ainda mais claro?*

Essas dicas podem até parecer simples, mas muitas pessoas as esquecem. Se você faz parte da minoria que se preocupa em adaptar a sua linguagem para ser compreendido, parabéns. Esse hômi é esse hômi mesmo!

4) PALAVRAS DIFÍCEIS

Vamos fazer um teste.

Pense rápido: quem foi o melhor orador da história?

Pensou?

Quando pensamos em grandes oradores, o nome de Donald Trump dificilmente é o primeiro a vir à mente. Pensamos em nomes como Cícero, Winston Churchill, Martin Luther King Jr., Nelson Mandela, Mahatma

Gandhi, Sócrates ou até Jesus. Outros poderiam pensar em Steve Jobs, Barack Obama, Malala Yousafzai ou Oprah Winfrey.

Donald Trump, por outro lado, adota uma abordagem completamente distinta. Sua comunicação foge dos padrões clássicos de uma "boa oratória". Suas falas frequentemente são simples, repetitivas, por vezes desconexas, e até apresentam erros gramaticais.

Um estudo da Factbase analisou as primeiras 30 mil palavras proferidas por cada presidente norte-americano em exercício e utilizou a escala Flesch-Kincaid para medir o nível de complexidade das mensagens. Essa escala, criada em 1975 para a Marinha dos Estados Unidos, avalia a dificuldade de textos com base na compreensão do público. Trump atingiu o nível de leitura equivalente ao de um aluno da quarta série, o mais baixo entre os últimos quinze presidentes.

Durante sua primeira campanha presidencial em 2016, ele usou frases que se tornaram emblemáticas, como:

> *Vou construir um grande muro, e ninguém constrói muros melhor do que eu, acreditem, e eu construirei de forma bem barata, eu construirei um grande, grande muro em nossa fronteira sul. E eu farei o México pagar por este muro.*

Na época, muitas de suas falas foram recebidas com desprezo por críticos. Trump foi classificado como um fanfarrão vazio. No entanto, menos de um ano depois, foi eleito presidente dos Estados Unidos – e eleito novamente em 2024. Você pode até não gostar dele ou não concordar com suas ideias, mas uma coisa é inegável: a oratória de Trump moveu milhões de pessoas. Na comunicação pública, ser compreendido é muitas vezes mais eficaz do que exibir erudição. Mesmo que Trump fosse alvo de chacotas por sua simplicidade, isso o tornou acessível a uma ampla audiência.

Trump é um excelente exemplo de como não é necessário usar palavras difíceis para convencer.

Sabe quando uma criança aprende uma palavra nova e de repente fica encaixando toda hora essa nova palavra nas frases para mostrar que sabe? A criança está treinando seu vocabulário, e não tem nada de errado com isso.

O que eu não consigo entender são pessoas adultas falando palavras complicadas e pouco conhecidas, em um esforço infantil de parecerem cultas.

Você já deve ter ouvido falar que, se alguém não consegue ensinar algo de modo simples, é porque não aprendeu de verdade esse algo. O fundador do taoismo, Lao-Tsé, certa vez disse: "O ser da natureza é simples e fácil; os homens, porém, preferem o intricado e o artificial". Para ele, o caminho (ou *Tao*) natural é simples e direto, nós que complicamos as coisas. Eu não poderia concordar mais.

Uma das maiores mentiras no mundo da comunicação é que é necessário usar palavras difíceis para passar autoridade. Um dos elogios que mais me alegro em receber dos meus alunos e seguidores é que consigo explicar conceitos complexos de maneira simples, sem perder a profundidade. E o motivo de isso me alegrar tanto é que, a meu ver, essa é uma das maiores vitórias que qualquer comunicador pode alcançar: ser claro e cativante, mesmo ao abordar temas difíceis.

Porém, simplicidade não é ser simplista nem simplório. Adaptar seu vocabulário não significa usar uma linguagem chula ou vulgar. Assim como vimos com os jargões e termos técnicos, é indispensável adotar uma linguagem mais elaborada e formal em contextos específicos, como uma defesa de tese de doutorado ou a publicação de um artigo científico. No entanto, experimente utilizar esse mesmo nível de sofisticação em contextos informais e cotidianos – por exemplo, ao falar com amigos ou mesmo ao pedir frutas na feira. No melhor cenário, isso criará uma barreira desnecessária. No pior, vão achar que você enlouqueceu.

Ainda que eu pregue a simplicidade, acredito fortemente que todos devemos enriquecer o nosso vocabulário. Não, não são ideias conflitantes.

Uma técnica simples para aumentar seu vocabulário é o "caderno de palavras novas". Sempre que encontrar uma palavra desconhecida, anote-a, pesquise o significado e pratique usá-la em frases. Esse exercício constante ajudará você a internalizar novos termos.

Ter um vocabulário rico é, sim, essencial. A variedade de palavras expande nosso entendimento do mundo e nos permite expressar nuances. Apenas devemos usá-lo com cuidado, a fim de não afastar o público. Afinal, não há mérito em usar palavras difíceis se ninguém entende o que você quer dizer. Raras são as vezes em que faz sentido dizer "tenho apreço por confeitaria cacaueira de sabor acentuadamente amargoso" enquanto um simples "eu gosto de chocolate amargo" bastaria. Portanto, a chave é entender que **a linguagem deve ser uma ponte, não um muro.** Escolha suas palavras com cuidado e nunca perca de vista o verdadeiro objetivo de uma comunicação eficiente: ser compreendido.

P.S.: O MITO DO SOTAQUE

O sinal do intervalo soou como um convite à liberdade. Pré-adolescentes saíram correndo desesperadamente das salas de aula em direção ao pátio da escola, ansiosos por alguns preciosos minutos de recreio. Para muitos, esse era o momento mais aguardado do dia. Mas não para mim.

Com a sala já vazia, peguei meu fiel companheiro da mochila: meu *Game Boy*. Era um refúgio portátil no qual o jogo *Pokémon* me esperava, um universo do qual eu tinha controle, com mais de duzentas horas de jogo salvas. Naquele mundo, eu era um treinador respeitado. Mas, fora dele, tudo o que eu queria era desaparecer.

Para que sair da sala?, pensei enquanto ligava o console. *Para ouvir mais piadas sobre a minha forma de falar?*

Mais cedo, antes mesmo de a aula começar, veio o ataque de sempre:

— Fala, Carrefour! Carreeeefouuurrr!

— Fala poooorrrta!

As imitações exageradas do meu sotaque ecoaram pela sala, seguidas de gargalhadas que pareciam se multiplicar a cada segundo. A cada zombaria, eu sentia minha voz se calar um pouco mais. Não demorou para eu deixar de ser uma criança comunicativa e me tornar alguém que tinha vergonha de abrir a boca.

Eu tinha acabado de me mudar da cidade em que nasci, Campinas, para Natal, no Nordeste. O motivo: desemprego. Meu pai já estava há alguns anos procurando trabalho, todas as nossas reservas tinham acabado, e ele tomou uma decisão drástica: "Ou mudamos de vida, ou começaremos a passar fome". Em uma verdadeira odisseia, ele viajou 2.891 quilômetros, do interior de São Paulo até o ponto do Brasil mais próximo da Europa, durante três dias, junto ao motorista de caminhão e toda a mudança, com a missão de encontrar um lugar para eu, meu irmão e minha mãe ficarmos, para então chegarmos de avião.

Na época, eu não entendia direito o que estava acontecendo, mas senti na pele. Eu deixei de morar em uma boa casa para morar em uma rua de terra com esgoto a céu aberto. Saí de uma escola tradicional para uma escola de bairro de uma zona marginalizada. E foi estudando nessa escola que comecei a me fechar para o mundo. Eu vinha de um lugar onde todos falavam como eu, puxando o "R", mas de repente passei a ter vergonha de falar porque riam do meu sotaque. Foi então que desenvolvi uma grande timidez.

Já adulto, quando comecei a ter muita exposição na internet, volta e meia recebia comentários como: "Não passou credibilidade nenhuma com esse sotaque, o cara quer ensinar oratória e fala como um caipira".

E isso não aconteceu só comigo. A pesquisadora Brené Brown, amplamente reconhecida como uma das maiores especialistas em emoções do mundo, relata que já enfrentou preconceito no meio acadêmico devido ao seu sotaque texano, como se isso a desqualificasse como profissional. Hoje, ela reconhece que seu sotaque é parte essencial de sua identidade e demonstrou que é possível alcançar excelência profissional sem abrir mão da própria essência.

Todos devemos aprender com Brené Brown.

Antigamente, professores de oratória ensinavam a "perder sotaque". Não vou dizer que isso não é importante para determinadas áreas, como, por exemplo, na dramaturgia. Se você quer ser um ator, é útil saber controlar o próprio sotaque e eventualmente imitar o modo de falar de outros lugares. Porém, para a esmagadora maioria da população mundial, isso não é necessário.

Essa ideia de perder o sotaque se baseia em uma premissa de que existe um suposto "sotaque neutro", e que certas pessoas têm "sotaque forte". Isso é um mito. Todo mundo tem sotaque forte no seu próprio sotaque!

Especialmente no Brasil, se adotou como padrão o sotaque de Brasília e o da capital paulista por influência dos meios de comunicação em massa. Antes da internet, quem eram os exemplos de comunicadores? Os apresentadores de telejornal, os locutores de rádio, os atores de novelas... e todos eles falavam de forma padronizada. Pior ainda, outros sotaques eram motivo de chacota e até relegados a posições vistas como inferiores, como a "empregada nordestina da madame rica". Essa estigmatização e associação a papéis subalternos foi reforçando preconceitos linguísticos, criando no imaginário popular a ideia de que certos sotaques são inferiores.

É uma realidade difícil de mudar. Mas estou aqui para apresentar uma perspectiva diferente. Imagine um brasileiro trabalhando em uma multinacional. Na sua equipe, há um indiano falando inglês, um chinês falando inglês, um italiano, um grego, um alemão, um francês... todos se esforçando para falar em outra língua e serem compreendidos. Será que o brasileiro pensaria: "Hmm... não senti firmeza no que ele falou, muito sotaque. Perdeu a credibilidade"?

Estou aqui para afirmar: esse negócio de perder sotaque ficou para trás. Vivemos em uma era multicultural e digital. A internet deu voz aos mais diferentes tipos de comunicadores, dos rincões do país e do mundo, comunicadores reais. Do sul ao norte, pessoas com diferentes modos de falar têm conquistado resultados incríveis sem precisar mudar sua essência – pois sua principal arma é exatamente a autenticidade. Se sua fala é compreensível, é isso que importa.

Criticar o sotaque de alguém me parece tão inadequado como criticar o tom de pele ou o tipo de cabelo. Sim, existem pessoas inconvenientes que vão criticar a forma como você fala. Justamente por isso, aprenderemos, na parte II deste livro, a não ter medo de desagradar os outros. Existem muitas coisas que precisamos lapidar na nossa oratória. Sotaque não é uma delas.

P.S. 2: PORTUGUÊS DO BRASIL × PORTUGUÊS DE PORTUGAL

Durante meus estudos na Universidade de Coimbra, eu frequentava aulas em português e em inglês. Não vou mentir, nas primeiras semanas, eu entendia muito mais as aulas em inglês.

Se você já teve a oportunidade de falar com um português, deve ter notado o uso de diversas palavras diferentes, por mais que seja o "mesmo" idioma. Lembro quando uma pessoa falou para mim, nos corredores da Universidade: "A malta é bué fixe". Não entendi nada. Depois, aprendi que "malta" é galera, "bué" é muito e "fixe" é legal. Juntando tudo, temos "A galera é muito legal". Se você tiver muitas gírias e regionalismos na sua comunicação, é assim que vai soar para quem não vem do mesmo lugar que você.

Palavras como "malta" (grupo de amigos) e "boleia" (carona) são exemplos de variações lexicais entre o português do Brasil e o português de Portugal. Essas variações não são exatamente gírias ou regionalismos, mas sim termos que fazem parte do vocabulário corrente de cada país.

Enquanto gírias costumam ser usadas por grupos específicos, e regionalismos se referem a termos restritos a regiões dentro de um mesmo país, as diferenças lexicais são variações padronizadas no vocabulário entre duas variantes de uma mesma língua (nesse caso, o português europeu e o português brasileiro).

Essas diferenças refletem influências culturais, históricas e evoluções independentes do idioma em cada país. São naturais e enriquecem as variantes do português, sendo reconhecidas como parte da identidade linguística de cada região.

Assim como o sotaque, não acredito que seja saudável focar em mudar completamente a forma como fala. Seja você um brasileiro em Portugal, seja um português no Brasil, tudo bem falar como se estivesse em seu país de origem. Não precisa "forçar" um sotaque diferente. Porém, para fins de clareza, é importante ter algumas coisas em mente.

Em primeiro lugar, faça um esforço para aprender novas palavras. Pode ser útil criar um bloco de notas no celular ou ter um pequeno caderno em que você anota cada novo termo e seu significado, como aprendemos com o caderninho de palavras novas para aumentar o vocabulário. Se você é um brasileiro que vai passar um tempo em Lisboa, veja vídeos na internet e até leia materiais em português de Portugal. Essa proatividade o ajudará a se acostumar mais rápido.

Em segundo lugar, adapte o seu vocabulário. Prefira falar as mesmas palavras que os habitantes do país usam, assim você será mais claro e criará maior conexão. O nome disso é "concretude linguística". Ao usar as mesmas palavras que a outra pessoa, ela sente que vocês são do mesmo grupo.

Por fim, sei que, para brasileiros, o sotaque de Portugal pode ser desafiador de compreender no início. Porém, é apenas questão de tempo para sua mente se acostumar. E se você tiver a oportunidade, não deixe de visitar esse país maravilhoso!

Olha só quanta coisa você já aprendeu! Desde técnicas para perder vícios de linguagem e melhorar a dicção até estratégias para não ser prolixo e melhorar o vocabulário. Sua fala está mais clara do que nunca. Mas e se eu te disser que não estamos nem na metade do aprendizado? Agora, chegou a hora de você dominar o segundo C da comunicação.

> **EM RESUMO**

O PRIMEIRO C (CLAREZA): QUATRO TÉCNICAS FUNDAMENTAIS PARA UMA COMUNICAÇÃO ASSERTIVA

1. Para perder os vícios de linguagem verbais e não verbais, os quatro estágios são: i) tomar consciência do vício; ii) cometer o vício e se arrepender automaticamente; iii) brecar o vício e comemorar; e iv) eliminar o vício por completo.
2. Ouvir seus áudios, assistir a seus vídeos e encontrar um parceiro de responsabilização são as melhores formas de tomar consciência de um vício de linguagem.
3. Para melhorar sua dicção: i) use a técnica da caneta; ii) leia em voz alta; iii) passe a língua sobre os dentes; e iv) repita trava-línguas.
4. Delimite o assunto de acordo com o seu objetivo: tenha uma linha mestra.
5. Use linguagem de sinalização: diga ao público o que vai falar, o que está falando e o que falou.
6. Enumere suas ideias, assim sua fala ganha didática e clareza.
7. Evite ficar se repetindo (a menos que seja para dar ênfase propositalmente).
8. Limite seus áudios a um minuto para treinar a objetividade.
9. Comece pelo assunto mais importante, destacando o essencial logo de cara e poupando o público de se perder em uma enxurrada de informações secundárias.
10. Seja simples, não fale mais difícil que o necessário. As pessoas compram o que elas entendem, e elas entendem o que é fácil.
11. Adapte seu vocabulário de acordo com o público. Cuidado com: i) jargões; ii) estrangeirismos e neologismos; iii) gírias e regionalismos; e iv) palavras difíceis.
12. Tenha orgulho do seu sotaque.

PARTE II

O SEGUNDO C (CONFIANÇA):
COMO PERDER O MEDO DE FALAR EM PÚBLICO

8

LIVRE-SE DOS TRÊS BLOQUEIOS QUE TRAVAM A SUA COMUNICAÇÃO

O medo de falar em público (glossofobia) frequentemente aparece em estudos entre os maiores temores das pessoas – por vezes até mesmo acima do da morte. Você tem esse medo? Até aqui, você aprendeu a se comunicar de forma clara, limpando sua fala de vícios de linguagem, lapidando sua dicção, sendo mais assertivo e adaptando seu vocabulário. Porém, de nada adianta fazer tudo isso se, na hora H, você travar e desistir de falar.

É por isso que o segundo C da comunicação é a **confiança**. Já falamos na primeira parte do livro sobre a importância de perder a timidez, se livrar do nervosismo e transmitir ideias de forma segura e confiante. Agora, chegou a hora de entender na prática como fazer isso. Nos próximos capítulos, você aprenderá a se livrar da ansiedade, do medo de falar em público e do medo de julgamento de uma vez por todas. Além disso, você dominará a arte de falar com confiança inabalável e segurança invejável. Preparado?

Certa vez, uma mulher estava preparando um pernil para o jantar e, como de costume, cortou as extremidades antes de colocá-lo na assadeira. Observando a cena, seu marido, curioso, perguntou:

— Por que você corta as pontas do pernil?

Ela respondeu, sem pensar muito:

— Porque minha mãe sempre fazia assim.

Naquela mesma noite, coincidentemente, a mãe dela estava presente para o jantar. Aproveitaram a oportunidade para perguntar por que ela cortava as pontas do pernil. A resposta foi a mesma:

— Porque minha mãe sempre fazia assim.

Intrigado, o casal decidiu telefonar para a avó da mulher, na tentativa de desvendar o mistério. Quando perguntaram por que ela sempre cortava as pontas do pernil, a avó deu uma risada e respondeu:

— Ora, porque minha panela era muito pequena e o pernil não cabia inteiro!

Um dos meus livros preferidos, Os segredos da mente milionária, de T. Harv Eker, traz essa história. Tive a oportunidade de assistir a uma palestra do autor ao vivo e adquirir um exemplar autografado. Aliás, sou tão admirador dessa obra que, antes de ter meu próprio livro, gritava aos quatro ventos: "Tirando a Bíblia, se você puder ler apenas dois livros na sua vida inteira, leia Os segredos da mente milionária e Como fazer amigos e influenciar pessoas." É claro que agora recomendo meu livro também...

Essa história ilustra de forma simples, mas poderosa, como muitas de nossas crenças e comportamentos existem não por uma escolha consciente, mas simplesmente porque em algum momento o nosso cérebro adotou aquele modelo mental como o padrão a ser seguido. Desde muito cedo, somos moldados por palavras, ações e exemplos daqueles que nos cercam. Durante a infância, absorvemos as mensagens do ambiente como esponjas, sem filtros ou barreiras. Esse "programa" – instalado no nosso cérebro pelos nossos pais ou cuidadores, pelos professores das escolas, e até pelos programas de televisão – governa de forma invisível nossa vida. Podemos achar que estamos no controle, mas a verdade é que, na maior parte do tempo, estamos vivendo no piloto automático, seguindo uma programação previamente instalada.

E isso não é um problema em si. É a forma como a mente funciona. Afinal, se fôssemos sopesar criticamente cada escolha que fazemos no dia a dia, não conseguiríamos viver, pois isso demandaria muito tempo e energia. Dependemos desses atalhos mentais para funcionar. O problema começa quando essas crenças impactam negativamente a maneira como vemos o mundo e a nós mesmos. É o que chamamos de "crenças limitantes" ou "bloqueios mentais".

Vamos supor que uma criança na escola levantou a mão para responder a uma pergunta. Eis que o professor replica com: "Essa é a resposta mais idiota que eu já ouvi em toda a minha vida". Todos os alunos riem da criança. Anos depois, durante a terapia, o agora adulto percebe que a raiz de seu medo de falar em público remete a esse primeiro episódio. O impacto emocional foi tão forte que formou em sua mente a seguinte crença: "Se eu falar em público, serei humilhado", o que o levou a, inconscientemente, evitar o palco a vida inteira. O filme *Divertida Mente* retrata bem como essas memórias emocionais se alojam no nosso subconsciente e impactam nossa personalidade.

Sem perceber, carregamos pensamentos que podem limitar nosso potencial. Não acha que está na hora de atualizar esse programa e criar um modelo mental alinhado com a prosperidade e o sucesso que você deseja?

Imagine um grande arquivo físico, cheio de pastas com documentos. Quando você se depara com qualquer situação, a sua mente inconsciente varre esse arquivo com imensa rapidez, em busca da pasta que contém a informação de como você deve reagir naquele momento. O que vamos fazer nas próximas páginas é mudar essas pastas, tirando as maléficas que atrasam sua vida e substituindo-as por pastas benéficas, que vão levá-lo em direção ao seu objetivo.

Esses arquivos mentais não surgiram do nada, eles foram implantados por meio de experiências, palavras e observações feitas durante nossos anos de formação. Mas da mesma forma que eles foram implantados, também podem ser expelidos. Aqueles que reprogramam seus arquivos para pensar como pessoas de mentalidade próspera conseguem atrair mais oportunidades e abundância em suas vidas.

Para superar esses bloqueios, é fundamental entender a diferença entre a mente consciente e a mente inconsciente. A mente consciente é lógica, analítica e nos ajuda a tomar decisões racionais no dia a dia. Já a mente inconsciente é um repositório de crenças, emoções e padrões que muitas vezes nos sabotam sem que percebamos. É na mente inconsciente que residem as crenças limitantes, como "não sou bom o suficiente" ou "não mereço prosperar" – mas é possível mudá-las. Inclusive, conforme traz Michael Arruda em sua obra *Desbloqueie o poder da sua mente*, a prática de hipnose nada mais é do que dar sugestões que atravessam o "fator crítico" (uma membrana imaginária que separa a mente consciente da mente inconsciente) e se alojam no inconsciente.

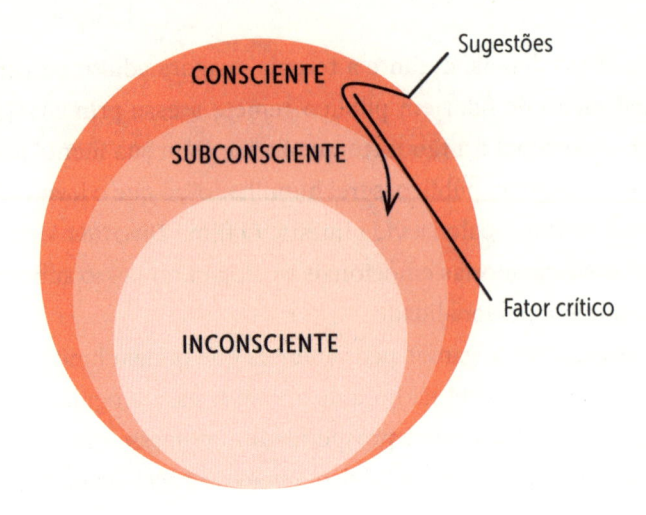

Para desbloquear nosso verdadeiro potencial, precisamos identificar e substituir essas crenças por padrões mais fortalecedores. A partir de agora, analisaremos aqueles que considero os três maiores bloqueios que prejudicam sua oratória: i) o bloqueio do agradador; ii) o bloqueio do perfeccionista; e iii) o bloqueio do comparador.

1) BLOQUEIO DO AGRADADOR

Vou te falar uma coisa que eu queria ter aprendido mais cedo.

Do lado de fora, o céu ainda estava escuro quando o alarme do meu celular tocou às 4h30 da manhã. Cada célula do meu corpo implorou por mais cinco minutos de sono, mas eu não podia perder o ônibus das 5h20. Para evitar cochilar, pulei da cama sem dar chance de a minha mente raciocinar e fui direto tomar um banho. Após me arrumar e engolir uma xícara de café, me dirigi ao ponto de ônibus. Era o primeiro do dia, de um total de seis – três para ir e três para voltar. *Droga, não tem lugar para ir sentado.*

Em uma época em que podcasts ainda não eram famosos (estamos falando de 2015), durante o trajeto de mais de uma hora eu ouvia áudio-aulas jurídicas que tinha baixado no wi-fi de casa no meu celular de segunda mão, pois não tinha dinheiro para um plano de internet móvel. Às 6h50, finalmente entrei na sala de aula da disciplina de Direito Constitucional, que começaria às 7h. Aproveitei esses dez minutos para estudar o conteúdo da aula.

Às 8h30, o sinal anunciou o primeiro intervalo. Sem grana para comprar um lanche, resolvi ficar na sala, estudando. No segundo intervalo, às 10h35, idem. Às 12h30, me dirigi ao restaurante universitário, lotado. Não quero parecer ingrato, mas eu não gostava nada daquela comida. Levava até sal e pimenta de casa para tentar aliviar o sabor um pouco. Mas como custava apenas alguns reais, era o jeito. Terminado o almoço, me dirigi para a biblioteca central, onde fiquei estudando por algumas horas.

O motivo de eu passar as tardes na universidade era porque eu era voluntário em um projeto extracurricular, liderado por estudantes, cujo foco era dar aulas para presidiários como forma de aumentar suas chances de ressocialização e diminuir a reincidência (quando uma pessoa que já foi presa volta a ser presa). De início, fiquei encantado com a possibilidade de promover uma melhora real na sociedade, de me doar para ajudar o próximo. Mas, na prática, já havia alguns meses que eu fazia parte daquele projeto e não tinha visto muito resultado.

Culturalmente, o brasileiro tem fama de ser atrasado. A reunião semanal do projeto estava marcada para acontecer às 17h, pois quem estudava de noite tinha que assistir a aula às 18h45. Passei a tarde na universidade exclusivamente para participar da reunião. Porém, às 17h, ninguém havia chegado ainda. Às 17h15, algumas pessoas começaram a aparecer. Às 17h30, a roda de jovens adultos estava animadamente falando mal de certos professores que eram muito rígidos. Entre conversas desfocadas aqui e ali, sabe que horas a reunião começou? 18h30. E nesses quinze minutos, não se resolveu nada. Eu me sentia um idiota por ter perdido meu tempo.

A minha vontade era de sair do projeto. Afinal, como é possível causar uma mudança real na sociedade assim, sem um mínimo de organização e comprometimento? Mas eu continuava lá. *Eu dei minha palavra de que me comprometeria nesse projeto, não posso abandonar o barco.* Então, eu só ia levando.

Até que aconteceu algo que me marcou muito.

Certo dia, foi marcado um encontro desse projeto no sítio de um integrante. A ideia era nos isolarmos durante um fim de semana para planejar as atividades do ano, nos conhecermos melhor e nos divertir. Marcamos no sábado, às 9h, em um ponto de encontro do lado da universidade, para que os estudantes que tinham carro pudessem dar carona aos que não tinham.

Como eu morava a uma hora de distância, e os ônibus não eram confiáveis (especialmente no fim de semana), planejei sair de casa às 7h. Assim, daria tempo tranquilamente de esperar o primeiro ônibus por 45 minutos (no pior cenário possível) e ainda chegar com antecedência – até porque eu não tinha plano de internet no meu celular para avisar que estava chegando caso me atrasasse. E a última coisa que eu queria era ser visto como "o cara pobre, chato e inconveniente que mora longe, depende de ônibus, é incomunicável e faz todo mundo esperar por ele".

O que aconteceu naquele dia me deixa triste até hoje.

Para sair de casa às 7h, eu acordei por volta das 6h20 e comi alguma coisa. Acabou que eu cheguei com muita antecedência, porque apesar de ter me preparado para um tempo de espera maior, o ônibus passou rápido. Sem problemas, isso foi planejado. Mas você consegue chutar a que horas o comboio (que deveria sair às 9h) finalmente partiu em direção ao sítio?

14h00. Duas horas da tarde.

Aparentemente, os outros integrantes do grupo acordaram umas 8h, sentiram preguiça e acharam que foi uma má ideia ter marcado tão cedo, então remarcaram para mais tarde. Porém, como eu saí de casa às 7h e não tinha internet no trajeto, não fiquei sabendo.

Mas a pior parte foi que a última pessoa a aparecer foi uma garota que morava em um condomínio de luxo literalmente do lado do ponto de encontro, tinha carro e, quando chegou, falou a seguinte frase que nunca esqueci:

— Desculpa a demora, pessoal, estava almoçando.

E lá estava eu, morrendo de fome por ter tomado café da manhã às 6h20 e gastando meus R$ 5 de emergência para comer um cachorro-quente e não passar mal.

Veja bem, eu não sou vitimista. Não estou pedindo tratamento privilegiado por morar longe e pegar ônibus. Foi escolha minha participar do projeto. Mas achei esse atraso uma falta de respeito. Para um grupo que prega empatia com pessoas vulneráveis, senti que faltou empatia comigo. Mas não falei isso para ninguém. Guardei meu descontentamento só para mim. Não queria desagradar ninguém, confrontar ninguém.

Talvez você esteja se perguntando: "Ah, mas depois dessa, você saiu do grupo, não é?".

Negativo.

Eu poderia ter falado algo como: "Pessoal, eu gostei da ideia do projeto, mas alguns acontecimentos me mostraram que estamos sendo ineficientes e eu prefiro usar meu tempo de outra forma". Mas a verdade é que eu morria de medo de sair do projeto e não conseguir entrar em nenhum outro. Esses grupos, importantes para o currículo, costumam ter muitos alunos em comum e alguém poderia me queimar, dizendo: "Ah, o Giovanni não tem compromisso! A gente o selecionou, e ele vazou logo depois".

Você já fez algo que não queria para não se indispor com alguém?

Em seu livro *Tribos*, Seth Godin argumenta que a espécie humana sobreviveu ao longo da história estando em bandos. Afinal, fazendo parte de um grupo, a probabilidade de sobreviver às intempéries da natureza aumentava consideravelmente. Podemos dizer que as pessoas que tinham mais habilidade de "se adequar" a um grupo acabaram tendo mais chance de passar seus genes para a frente, enquanto indivíduos que eram socialmente inaptos acabaram sendo expulsos do bando ou afastando pretendentes – e, portanto, tiveram menos chances de sobreviver e de ter uma prole. Ou seja, temos um certo "gene agradador". Gostamos de ser bem-vistos pelas outras pessoas. Queremos ser respeitados por nossos pares. Como dizia Aristóteles, o homem é um animal social.

O problema dessa nossa necessidade ancestral de agradar é que, com ela, vem o medo de ser julgado, medo de ser zombado, medo de ser excluído... Temos esse temor primal de que, se não gostarem da gente, nossa vida vai acabar! Daí vem a necessidade de não querer desagradar os outros membros do grupo, pois a opinião deles sobre nós pode definir o nosso destino. Para o cérebro primitivo, é uma questão de vida ou morte. Agradamos para sobreviver. Basta se lembrar da época de adolescente, quando você pagou um mico e achou que era o fim do mundo.

Na antiguidade, esse "gene agradador" foi um mecanismo eficaz de sobrevivência. Porém, hoje em dia, não dependemos mais de uma pequena tribo para sobreviver, e mesmo que sejamos "expulsos" de um grupo, facilmente encontraremos outros. Ainda assim, continuamos com esse medo irracional do julgamento alheio. Pior: muitas vezes atribuímos até mesmo nossa autoestima à opinião de um grupo ou de uma pessoa sobre nós mesmos.

A neurociência diz que o comportamento é influenciado tanto pela nossa herança genética quanto pelo ambiente, em especial nos anos de formação (infância e adolescência), quando o cérebro é mais plástico e suscetível a mudanças. Já vimos que somos "agradadores" por natureza. Agora, junte esse nosso DNA agradador à forma como somos criados desde pequenos e pronto: você tem a receita da ansiedade social.

Por exemplo, imagine que você falou algo em certa reunião de família quando era apenas uma criança e foi cortado bruscamente por alguém porque "os adultos estavam conversando". Isso fez você sentir que sua opinião não era importante. Desde crianças ouvimos frases como: "Não faça isso, o que os outros vão pensar?", "O que a visita vai dizer?", "Isso não é coisa de mocinha... cadê a mocinha comportada?".

Agora, multiplique esse exemplo por dezenas, centenas, milhares de microinterações que vão tolhendo nossa voz um pouquinho por vez. Eis a origem do medo de julgamento. Queremos ser aceitos e, para evitar críticas, cada vez mais vamos deixando de falar a nossa opinião, não impomos limites, temos vergonha de produzir conteúdo na internet, dizemos sim quando na verdade queremos dizer não...

Você tem dificuldade de dizer não?

Se a nossa necessidade natural de agradar e os bloqueios que sofremos nos anos formativos já não fossem o suficiente, junte tudo isso a um ingrediente final: o uso excessivo das redes sociais. "E se eu for cancelado? E se eu virar um meme? E se eu sofrer *hate*? E se uma foto 'delicada' vazar?" As redes sociais intensificaram à enésima potência esse processo de preocupação com a opinião dos outros. Como *millennial* (ou *zillennial*, por ter nascido próximo do início da geração Z), eu faço parte da última geração que conheceu a vida antes da onipresença das redes sociais. Com o advento das gerações Z, alpha e subsequentes, esse problema só tende a aumentar.

Tudo isso faz com que, tendencialmente, nos fechemos cada vez mais no nosso casulo. Sem nos dar conta, acabamos fugindo dos holofotes e evitando chamar atenção. Todo mundo conhece aquela pessoa que entra muda e sai calada dos ambientes, faz questão de passar em branco, despercebida, simplesmente porque na infância associou qualquer ação contrária a isso a um sentimento negativo que não quer voltar a viver. Assim, muitas pessoas enfrentam ansiedade ao falar em público ou mesmo em situações de comunicação mais simples, como perguntar as horas a um desconhecido ou pedir uma pizza por telefone – ainda bem que agora existem aplicativos para isso, ufa!

Uma coisa é certa: se quisermos desbloquear nosso pleno potencial de comunicação e viver nossa vida dos sonhos, precisamos superar esse medo instintivo do julgamento.

Se você fala o que pensa, mas sua opinião é diferente da maioria, você é julgado. Se algo que está sendo feito ou dito é considerado "normal" para um grupo, mas vai contra seus valores, e você se posiciona, você é julgado. Se te pedem favores e você diz não, seja porque não se sente confortável, seja simplesmente porque não quer, você é julgado.

Ironicamente, se você bebe, fuma, vive em festas sacrificando seu sono, trai sua parceira ou parceiro, muitas vezes isso não é julgado, mas aplaudido. Agora, experimente dizer "não" para três convites para uma "farra" por estar dedicando seu tempo livre e fins de semana para se espiritualizar, praticar atividades físicas e criar novas fontes de renda. Você será chamado de louco ou radical.

Tem gente que passa o resto da vida nessa versão "agradadora", tudo por medo de frustrar e desagradar pessoas que muitas vezes nem sequer gostam de nós – e, definitivamente, não pagam nossas contas. Pense comigo: você pode estar deixando de construir patrimônio, de realizar seus sonhos e de prover uma vida melhor para sua família, para seus filhos, para seus pais, tudo por conta da opinião de um colega de trabalho, de um tio inconveniente ou de um ex-professor que te segue nas redes sociais. Essa, para mim, é a verdadeira loucura.

Experimente falar o que você pensa, se posicionar, impor limites e dizer não. O efeito é quase instantâneo. Você começará a ouvir: "Nossa, como você mudou... Preferia você antes".

Deixar de ser agradador é difícil. Você vai perder algumas amizades, não vou mentir. E tudo bem – mais para a frente, ao te explicar sobre o poder da ambiência, você entenderá por que isso é bom. Ao mesmo tempo, porém, haverá gente que vai se aproximar por acreditar no que você tem a dizer, por gostar de quem você é de verdade, na sua essência. O que é melhor: ter gente por perto que gosta da sua versão agradadora que veste uma máscara, ou gente que gosta de você pelo que você é?

E se eu te disser que descobri o maior segredo do universo para se livrar, de uma vez por todas, da síndrome do agradador? Sim, esse segredo supersecreto vai fazer você deixar de ser um agradador para sempre... Quer saber qual é?

Novamente, vou te pedir para ler algo em voz alta.

Está pronto? Então lá vai...

REPITA EM VOZ ALTA:

VOU PARAR DE AGRADAR TODO MUNDO!

@ELPROFESSORDAORATORIA

Pare de querer agradar todo mundo. É impossível, eu tentei.

Coloque na sua cabeça: até JESUS tinha *hater*, e ele era perfeito. E você, alecrim dourado, quer agradar 100% das pessoas 100% do tempo? Não dá.

Atenção: não estou dizendo para você virar um chato mal-educado. Inclusive, estudaremos mais sobre carisma e rapport na parte III do livro. Quando digo desagradar, quero dizer não ter receio de frustrar as pessoas ao priorizar seus próprios interesses legítimos.

Vou passar três exercícios para você que identificou que sofre da síndrome do agradador. Mas precisa colocá-los em prática, combinado?

1. **Pare agora de seguir várias contas nas redes sociais:** chegou a hora de fazer uma boa limpeza e dar *unfollow* naquelas pessoas que não te agregam nada (por exemplo, *influencers* e artistas que divulgam produtos duvidosos) ou que você só segue por conveniência – e que assim que você parar de seguir, a pessoa vai retribuir. Se alguém perguntar o porquê do *unfollow*, diga que é um exercício de foco.
2. **Grave um vídeo em um lugar público:** fale sem se importar com os olhares, aos poucos vai ficando mais fácil.
3. **Bloqueie certas pessoas nas redes sociais:** se só de pensar em gravar um vídeo você já pensa naquele conhecido, parente ou colega de trabalho que vai rir de você e te ridicularizar, minha recomendação é simplesmente bloquear essa pessoa para conseguir se soltar mais. Depois, quando estiver completamente destravado, pode até voltar a desbloquear (ou não).

Esses exercícios podem parecer desafiadores para você, mas recomendo fazê-los mesmo que seu coração esteja acelerado só de pensar.

Você quer saber quando minha vida começou a mudar de verdade? Foi quando eu masterizei a sutil arte de desagradar as pessoas. E devo dizer: é libertador.

Lembra do projeto estudantil do qual eu queria sair e não conseguia? Esse ciclo só se encerrou quando ganhei uma bolsa para estudar fora e falei: "Pessoal, vou fazer um intercâmbio em Coimbra, então vou precisar sair do projeto". Na prática, eu poderia continuar on-line se quisesse, mas preferi o caminho da desculpa, tamanha era minha necessidade de agradar, de ser aceito. Tamanha era minha dificuldade de dizer não.

Que desrespeito você está tolerando? Quais espaços te tratam mal e você ainda permanece neles? Qual é o "não" que você está adiando com medo do confronto e do julgamento?

Vamos ser sinceros, eu não sei nada da sua vida. Mas se pudesse dar um conselho, seria: pare de ligar tanto assim para o que os outros pensam.

Anos depois, eu percebi por que eu tive tanta dificuldade de sair daquele projeto. Eu tinha o bloqueio do agradador. Quando abandonei essa necessidade de agradar os outros, minha vida mudou da água para o vinho. Recomendo que faça o mesmo.

2) BLOQUEIO DO PERFECCIONISTA

Talvez você tenha lido sobre o bloqueio do agradador e pensado: *Ah, eu até tive isso em algum momento da minha vida, mas já superei*. Se você pensou isso, é quase certo que possui este segundo bloqueio: o do perfeccionismo.

A pessoa que é perfeccionista deixa de fazer as coisas porque quer fazer algo muito elaborado. "Ah, não vou gravar este vídeo porque não tenho a melhor câmera, o melhor cenário, a melhor roupa." Aí, quando finalmente grava o vídeo, identifica uma pequena "gaguejada" e deleta, porque não ficou perfeito.

Você provavelmente conhece uma pessoa que deixa de aproveitar oportunidades de falar em público porque acha que não está preparada o suficiente – talvez você até seja essa pessoa. Uma vez, em uma aula das minhas mentorias de comunicação, uma aluna pós-doutora em neurociência relatou para a turma que não sabia o suficiente para produzir conteúdo no digital. Uma pós-doutora! Se ela não sabe o suficiente, então eu não sei quem sabe...

E se você se viu neste bloqueio, ou nos dois, não se preocupe. Todos nós os temos em algum grau. Eu mesmo, por exemplo, sofri com meu perfeccionismo para escrever este livro. Eu sou uma pessoa que ama ler, e livros transformaram a minha vida. Por isso, não queria escrever qualquer coisa, mas sim uma verdadeira obra-prima da oratória. E quase que não sai!

Se você, assim como eu, trava uma batalha constante contra o perfeccionismo, vou te ensinar três maneiras de superar isso.

1) BRINQUE COM OS SEUS ERROS

A vida não é um TED Talk. Essa é uma das sacadas mais incríveis do livro *Pense rápido, fale melhor*, de Matt Abrahams. A grande verdade é que a maioria das situações da vida envolvem uma comunicação espontânea, não planejada. E o grande problema é quando tentamos aplicar o paradigma da comunicação planejada (mais "perfeitinha", com menos erros) às situações de improviso. Quando isso ocorre, das duas, uma: ou a gente trava, ou a gente soa mecânico e artificial, perdendo naturalidade. Abrahams ensina que devemos abraçar a mediocridade: devemos renunciar à ideia de ser o orador perfeito do tipo TED Talks e nos sentir confortáveis com a perspectiva de talvez cometer algum erro. Quanto mais nos permitirmos ser "medíocres", mais nos tornaremos oradores excelentes. É um paradoxo.

O primeiro passo é entender que perfeição significa ausência de erros, e isso é impossível. Se o erro é inevitável, por que a gente se martiriza tanto?

Um exemplo disso é o orador que, durante uma palestra, identifica um erro crasso de gramática na apresentação de slides, por exemplo, casa com "Z". O coração acelera, o rosto fica vermelho, e de repente a pessoa está se justificando: "Pessoal, me desculpem, esse erro aí foi porque eu estava mexendo no slide ontem à noite e... Peraí, deixa eu arrumar aqui rapidinho". Aí o palestrante, de forma estabanada, clica na tecla "ESC", o arquivo trava, a apresentação inteira colapsa, e a pessoa tem um treco.

Em vez de ficar desesperado por conta de um simples erro ou imprevisto, o orador poderia ter feito um comentário espirituoso, usando o humor para contornar com elegância a situação: "E como vocês podem ver por esta grafia, o estagiário será demitido"... e pronto. Crise evitada.

Recebo muitos alunos que são empresários e têm dificuldade de se posicionar no digital. O motivo? Não sabem brincar com os erros. Por já terem galgado certo sucesso no off-line, acham que precisam ser perfeitos e sem erros nas redes sociais. Isso ou os deixa travados ou faz com que sua comunicação seja formal demais, séria demais... e isso não cria conexão.

Inclusive, muitos especialistas em negócios dirão para errar muito, errar rápido e errar barato. O que é um MVP (Produto Mínimo Viável) se não um teste, um protótipo, para ver se a ideia funciona na prática, antes de apostar todas as fichas nisso?

Lembro-me de estar lendo o livro A *psicologia financeira*, de Morgan Housel, quando uma passagem me chamou a atenção. Ele conta um episódio interessante em que Jeff Bezos, após um grande fracasso com o lançamento do Fire Phone, disse aos investidores da Amazon:

— Não se preocupem, estamos trabalhando em fracassos cada vez maiores.

A Amazon se permite perder dinheiro nesses "erros", porque o retorno de um produto que funciona vai fazer todo o investimento voltar – e com sobra. Após centenas de testes, vieram o Amazon Prime e o Amazon Web, que são responsáveis pela maior receita da companhia.

O Instagram, por exemplo, antes de lançar uma nova atualização no mundo inteiro, testa em algumas localidades para ver se as pessoas gostam e para corrigir *bugs*. Ou seja, até empresas multimilionárias se permitem errar, e você aí querendo fazer tudo perfeito!

Recomendação: não se leve tão a sério. Traga leveza para a sua comunicação, se divirta (e aprenda) com os erros.

2) FEITO É MELHOR QUE PERFEITO

Em abril de 2021, eu resolvi começar a produzir conteúdo. Fiz meu primeiro post, meu primeiro vídeo, minha primeira *live*... Sei que quase ninguém vai ter paciência de fazer isso, mas se por acaso você rolar o *feed* do meu Instagram até o início, verá que o meu primeiro vídeo foi um desastre total.

A imagem estava ruim, a iluminação estava estourada, eu estava feio... Tudo naquele vídeo ficou pavoroso. Eu estava ensinando a técnica da caneta. E adivinha? Ele viralizou.

Na época, eu tinha 2 mil seguidores e havia acabado de abrir meu perfil. O vídeo acumulou 100 mil *views* e começou a me render cinquenta seguidores por dia! Lembro que isso parecia muito para mim.

Sempre que penso em não postar algo por achar que não está bom o bastante, lembro-me daquele primeiro vídeo, que viralizou mesmo sendo tenebroso.

Quer se livrar de vez do perfeccionismo? Adote a seguinte filosofia de vida: feito é melhor que perfeito. Sei que parece uma daquelas frases clichês de gurus da internet (e talvez seja mesmo), mas a verdade é que isso me ajudou a superar esse bloqueio.

Qual é o ideal da comunicação? Ser SIMPLES! Jesus era simples, ele pregava em qualquer lugar, contando histórias, não tinha slide boladão nem roupa de grife, e veja quantas pessoas ele impactou.

Mas cuidado: "feito é melhor que perfeito" não significa fazer de qualquer jeito, entregar má qualidade, ser desleixado. Nada disso. Significa que é melhor você fazer o melhor que pode agora, com as condições que tem, do que se prender a uma utopia que só existe na sua cabeça e nunca agir.

3) AS PESSOAS TÊM MEMÓRIA CURTA

Até aqui, você aprendeu que é importante brincar com os próprios erros e que feito é melhor que perfeito. Mas eu sei que tem gente lendo isso aqui e pensando: *Mas, Giovanni, eu sou MUITO perfeccionista. Muito mesmo! Tem alguma dica a mais para me ajudar a destravar?* Calma, eu vou te ajudar.

Tente se lembrar de um professor que você adorava ouvir falar, seja na faculdade, seja na escola. Aquele professor cujas aulas você fazia questão de não faltar porque se sentia animado e inspirado. Pensou? Pronto, agora tente se lembrar do exato conteúdo que saía da boca do professor, palavra por palavra, nas dezenas de aulas a que você assistiu... Não consegue, né?

Nós nem precisamos ir tão longe: filmes, vídeos nas redes sociais... Pouco tempo depois de assistirmos, já esquecemos grande parte.

A escritora norte-americana Maya Angelou certa vez disse algo que faz muito sentido: "As pessoas podem não se lembrar exatamente do que você disse, mas elas sempre se lembrarão como você as fez sentir". Leia isso de novo.

Voltando ao exemplo do professor, você lembra que se sentia bem nas aulas, mas não as palavras exatas que eram usadas. Do mesmo jeito que você não lembra, ninguém mais lembra! As pessoas têm memória curta. Você pode se estabacar no chão no meio da avenida Paulista na manhã de um domingo, e cinco minutos depois ninguém se recordará. Então está tudo bem você cometer alguns errinhos durante uma apresentação ou interação social. Se você falar de forma autêntica, leve e bem-humorada, é disso que as pessoas irão se lembrar.

3) BLOQUEIO DO COMPARADOR

A última crença limitante da comunicação é a do comparador.

Nós já somos levados a nos comparar desde pequenos. Ao chegar em casa da escola, ouvíamos: "Por que você tirou 7 em Matemática (ou História), enquanto fulano tirou 10?". Nós somos avaliados todos pela mesma régua, ainda que tenhamos gostos e aptidões completamente diferentes. É aquele velho ditado: "Julgue um peixe por sua capacidade de subir em uma árvore, e ele vai passar toda a vida acreditando que é estúpido".

Assim como a síndrome do agradador, esse fenômeno foi intensificado com o advento das redes sociais. Agora não nos comparamos apenas com as pessoas do nosso entorno. Somos impactados por vídeos e anúncios de pessoas andando de carrão em Dubai, daquele menino de 15 anos que ficou multimilionário com marketing digital, do coach de finanças com um relógio de US$ 100 mil, do atleta com o "corpo perfeito", e com frequência pensamos: *Poxa, fracassei na vida.*

A verdade é que você não sabe se a Ferrari é alugada, se a pessoa está endividada ou em depressão, se o vídeo é *fake*, se a musa fitness fez lipoaspiração e mente dizendo que conseguiu aquele físico só com treino e dieta... Morgan Housel certa vez disse: "Nada é tão bom nem tão ruim quanto parece".

E mesmo nos casos em que o resultado da pessoa é de fato real, não é uma boa ideia se comparar em excesso.

Em minhas mentorias, atendo muitas pessoas que atingiram um sucesso inimaginável. E todas, sem exceção, se comparam. Tem gente que possui 100 mil seguidores e acha pouco, porque se compara com quem tem 1 milhão. Tem gente que possui 1 milhão de seguidores e acha pouco, porque se compara com quem tem 10 milhões. Tem gente que possui 10 milhões de seguidores e acha pouco, porque que se compara com o Cristiano Ronaldo e com o MrBeast (e esses dois certamente se comparam com outras pessoas).

Isso é uma grande armadilha!

Se você se identificou com o comparador, aqui estão três formas de lidar com isso.

1) NÃO COMPARE SEU BASTIDOR COM O PALCO DOS OUTROS

Vamos ser sinceros: a vida das pessoas nas redes sociais é uma tremenda mentira. Nós tiramos cinquenta fotos, escolhemos a melhor, editamos e só então postamos. Só o fato de gravarmos um vídeo no único canto do quarto que não está bagunçado já é uma forma de "mascarar" a realidade e fingir que ela é um pouco melhor para quem vê de fora.

E está tudo bem. Em certo grau, todos fazemos isso. Tiramos fotos do nosso melhor ângulo, gostamos de usar nossa melhor roupa...

O problema é quando a gente esquece que TODOS fazem isso – e que, portanto, existe praticamente uma garantia de que a vida "perfeita" que você vê nas redes sociais não é tão perfeita assim.

E a cereja do bolo é quando comparamos essa vida maquiada, que mais parece um comercial de margarina, à nossa vida real! Aos problemas, aos desafios e aos "corres" que todos nós temos. Às dúvidas, às incertezas e às inseguranças que todos nós sentimos.

Eu, você, todos passamos por altos e baixos, dias bons e dias ruins, até mesmo gurus de produtividade que acordam às 5h da manhã para entrar em uma banheira de gelo. Inclusive, existe uma grande diferença entre riqueza e fortuna. De acordo com Housel, riqueza tem a ver com altos rendimentos, já fortuna é aquilo que não se vê. É o dinheiro aplicado, são as propriedades. E tem muita gente rica que não tem fortuna, e muitas pessoas discretas com grande fortuna.

Cada vez mais, existem pessoas que gastam parte considerável do patrimônio para ostentar uma vida acima de seu padrão com o único objetivo de aparentar ter mais dinheiro do que têm na verdade – o famoso "dublê de rico". Muitas vezes, isso é feito não só por vaidade e ego, mas inclusive para conseguir, usando o gatilho mental da autoridade, fazer mais dinheiro com vendas. De acordo com Housel, ao ver alguém com um carro de 1 milhão de reais, a única certeza que temos sobre essa pessoa é de que ela tem menos 1 milhão na conta bancária do que poderia ter. Lembre-se: nem tudo é tão bom nem tão ruim quanto parece.

Além disso, tem outro erro que cometemos que nos leva a crer que a grama do vizinho é mais verde: nos comparar com quem já está lá na frente – o que nos leva ao nosso próximo tópico.

2) NÃO COMPARE SEU CAPÍTULO 1 COM O CAPÍTULO 40 DOS OUTROS

Eu quase desisti de ensinar oratória.

Em 2021, resolvi tomar a decisão mais difícil da minha vida. Eu larguei a advocacia, profissão para a qual me preparei por tantos anos, para seguir minha paixão de empreender com oratória. Isso se deu por um motivo muito simples: eu não estava feliz.

Novamente citando Morgan Housel, existe um viés cognitivo chamado "viés dos custos irrecuperáveis", que nada mais é do que ancorar decisões futuras em esforços passados que não podem ser recuperados. Sabe quando você começa a assistir a uma série, aí ela se prolonga muito e começa a perder qualidade, mas você continua assistindo mesmo sem gostar tanto porque, depois de tantas temporadas, você simplesmente TEM que saber o final?

Na vida, muitas vezes somos levados a caminhos que não queremos pela força de decisões passadas. Ou você acha que uma pessoa de 17 anos está preparada para definir seu futuro ao escolher uma faculdade?

Imagine que essa pessoa entrou em um curso inconscientemente influenciada pela pressão da sociedade e dos pais de buscar uma carreira que daria status e dinheiro. Na metade do curso, percebe que não é aquilo que quer para sua vida. Qual é o pensamento que ela terá? *Ah, já fiz metade do curso, é melhor terminar...*

Agora essa pessoa tem um diploma em uma área da qual não gosta e pensa: *Ah, já sou formado, vou procurar um trabalho...*

Depois de dois anos em um trabalho que ela odeia e ganhando menos dinheiro do que gostaria, pensa: *Ah, já tenho dois anos de experiência nessa área, agora vou continuar. Afinal, o mercado é muito competitivo e seria perigoso eu tentar algo novo nesta idade...*

E assim, pela armadilha do viés dos custos irrecuperáveis, essa pessoa vai trabalhar até a velhice com algo de que não gosta, se tornando provavelmente alguém frustrado que nunca viverá seu pleno potencial. Na linguagem de Paulo Coelho, em *O alquimista*, essa pessoa nunca viverá sua lenda pessoal, aquilo que veio à Terra para fazer.

Tentando escapar desse viés, eu procurei em minha história de vida pistas de qual seria meu caminho, já que a advocacia acabou sendo uma frustração. Nesse contexto, me veio um insight: *Ué, eu sou bicampeão brasileiro de oratória e professor de argumentação e oratória em inglês para crianças... E se eu fizesse um curso on-line de oratória?* A ideia parecia sólida.

Mesmo assim, eu quase me sabotei.

Olhei perfis de outros profissionais que ensinavam oratória e pensei: *Nossa, olha essas centenas de milhares de seguidores, olha esses milhões de faturamento, olha toda essa estrutura, acho que nem vale a pena eu começar, essa pessoa está muito na frente.*

Hoje tenho a honra de contar com milhões de seguidores nas redes sociais e milhões de reais de faturamento, e atingi o que para alguns pode ser considerado um baita de um sucesso profissional. Mas tudo isso quase não aconteceu porque eu comparei o capítulo 40 de uma pessoa com meu capítulo 1.

Então, lembre-se: toda jornada começa com o primeiro passo, e a direção da caminhada é mais importante do que a velocidade da passada.

3) NÃO SEJA MELHOR QUE O OUTRO, SEJA MELHOR QUE ONTEM

Durante cinco anos e meio, meu hobby era ser um debatedor competitivo. Modéstia à parte, eu não era de se jogar fora. Lembro que, no auge, trouxe os primeiros títulos em espanhol para o Brasil, me tornei vice-campeão mundial de debates em espanhol (o mais longe que um brasileiro chegou internacionalmente nesse esporte, até então) e fui o único brasileiro juiz-chefe de dois campeonatos mundiais. Pode não parecer muita coisa, mas na bolha do esporte isso é meio que considerado *bem* importante.

Em 2016, um camarada chamado Bo Seo, estudante de Harvard, ganhou pela segunda vez o campeonato mundial de debates em inglês, o maior do mundo. E ele fez tudo isso tendo apenas 17 anos de idade.

De repente, minhas conquistas não parecem tão brilhantes. Um cara da cidade de Natal, no Rio Grande do Norte, conseguiu algum resultado debatendo em espanhol aos 25 anos de idade. Grande coisa.

Mas se tem algo que eu aprendi é que, quando a gente liga o modo comparação, a gente adoece. A única pessoa com a qual você tem que se comparar é você mesmo.

Imagine se eu ficasse me comparando com aquele estudante de Harvard? Eu nunca seria capaz de curtir as minhas próprias conquistas e ter orgulho delas!

Vou passar um exercício excelente para praticar a máxima "não seja melhor que o outro, seja melhor que ontem". Esse exercício se chama "Reconhecimento de Biografia" e consiste nos seguintes passos:

1. Separe imagens dos principais momentos da sua vida. Se sua existência fosse um filme, quais seriam os destaques? Pode ser desde formatura e casamento a viagens inesquecíveis e conquistas profissionais.
2. Crie uma apresentação de slides e coloque uma foto por slide, em ordem cronológica e crescente de conquistas.
3. Programe a apresentação para passar os slides automaticamente e para tocar de fundo uma música animada, que te motive.
4. Uma vez por semana, assista a essa apresentação. Você também pode assistir a ela antes de momentos cruciais, como uma reunião com um potencial cliente importante ou um processo seletivo muito concorrido.

Após assisti-la, você vai pensar: *Nossa, isso que eu vou fazer agora é apenas o próximo capítulo natural dessa história incrível que estou escrevendo.* Isso vai te dar um *boost* de confiança. As pessoas te veem da forma como você se vê. Se você se vê como mais confiante, então as pessoas vão te ver como mais confiante – e mais persuasivo.

Neste capítulo, você aprendeu a parar de agradar os outros, a abandonar o perfeccionismo e a desligar o modo comparador. Agora, quero te fazer um convite: aplique este conteúdo. Não deixe que ele se perca no seu cérebro. Coloque-o em prática para fortalecer o C da confiança.

Falando nisso, tenho um desafio para você.

Saber e não fazer é igual a nada saber. Lembra do exercício de gravar vídeos em locais públicos? Pegue o seu celular e grave um vídeo seu neste instante, com a câmera frontal, falando. Pode ser falando sobre qualquer assunto. Poste no Instagram e me marque (@ElProfessorDaOratoria), pois quero acompanhar a sua evolução! O desafio está lançado.

9
A REGRA DE OURO PARA PERDER A TIMIDEZ

Até agora, falamos o básico do funcionamento do cérebro humano. Você aprendeu sobre a mente consciente e subconsciente, além de como superar três bloqueios que afetam a comunicação: agradador, perfeccionista e comparador. Agora, o que eu vou ensinar neste capítulo vai mudar a sua percepção sobre o medo de falar em público para sempre.

Já vimos que, apesar de termos a impressão de que somos seres racionais, a verdade é que na maior parte do tempo estamos rodando no piloto automático e sendo governados pela mente inconsciente. Isso ficou conhecido no ramo da neurociência como o "erro de Descartes".

De acordo com o professor de neurociência português António Damásio, o erro de Descartes foi dizer que a racionalidade era o que caracteriza o ser humano por natureza, "penso, logo existo". Isso se deu pelo fato de que, na época, os estudos da mente não eram tão avançados quanto hoje. Para Damásio, não somos máquinas de pensar que sentem, somos máquinas de sentir que (ocasionalmente) pensam. Damásio critica a visão cartesiana que separa razão e emoção, argumentando que as emoções desempenham um papel essencial no processo de tomada de decisão e no comportamento humano.

Certo, mas o que isso tem a ver com o medo de falar em público?

Em um dos meus livros preferidos sobre oratória, *Como falar em público e influenciar pessoas no mundo dos negócios*, Dale Carnegie falou algo muito interessante sobre o medo de falar em público:

1. Todo mundo tem esse medo. Não ache que você é estranho ou algo assim.
2. Certa dose de nervosismo é útil. Seu corpo se prepara para a ação, e você será capaz de pensar mais rápido e falar com mais fluência e intensidade.
3. Você nunca perde completamente o medo. Os maiores oradores da história admitem que esse nervosismo diante de uma plateia, em especial logo antes de começar a falar e nas primeiras frases, é normal. Portanto, em vez de perder o medo, nosso foco deve ser aprender a controlar o nervosismo.
4. A principal razão para o nervosismo é simplesmente não estarmos acostumados a falar em público. O cérebro teme o desconhecido, e esse mistério gera ansiedade.

Hoje, com os conhecimentos que temos sobre neurociência, podemos ter uma visão mais atualizada sobre o assunto. Mesmo assim, considero que o cerne sempre esteve nas obras clássicas – a ciência apenas comprovou o que tantos pensadores já haviam especulado.

Uma dessas atualizações foi justamente o argumento do psicólogo Daniel Kahneman, em sua obra *Rápido e devagar*. O ganhador do prêmio Nobel em Economia nos ensina que existem duas principais formas de pensamento que governam as decisões humanas: o Sistema 1 (cérebro primitivo), que é rápido, intuitivo e automático, e o Sistema 2 (cérebro racional), que é lento, deliberativo e requer esforço consciente.

Por exemplo, se você leva um baita de um SUSTO, você automaticamente dá um pequeno pulo, grita "ah!", e o seu coração acelera. Você não raciocina: *Acho que me assustei... Por favor, corpo, libere o hormônio adrenalina para me dar capacidade de reação rápida.*

Na obra *O código da persuasão*, os especialistas em neuromarketing Christophe Morin e Patrick Renvoise fornecem um comparativo muito útil entre o cérebro primitivo e o cérebro racional:

CÉREBRO PRIMITIVO	CÉREBRO RACIONAL
Parte mais antiga do cérebro.	Parte mais recente e evoluída do cérebro.
Composto pelo cérebro reptiliano ou Complexo-R + sistema límbico.	Composto pelo neocórtex.
Rápido e limitado.	Lento e inteligente.
Controla atenção, intuição, recursos emocionais e prioridades de sobrevivência.	Funções cognitivas superiores, como raciocínio, linguagem, previsões e cálculos complexos.
Pensa no presente.	Pensa no passado, no presente e no futuro.
É inconsciente e pré-verbal.	É consciente.
Age como se fosse um sistema operacional rodando milhares de tarefas automaticamente em segundo plano.	Age como se fosse a versão mais recente do pacote Office, em que clicamos para abrir os aplicativos que queremos para fazer tarefas complexas.

Por que isso é importante? Vou explodir a sua cabeça agora...

O nosso medo de falar em público tem 100% a ver com o cérebro primitivo! O medo é um mecanismo evolucionário que nos trouxe até aqui enquanto espécie. As pessoas que não tinham medo provavelmente eram menos cautelosas e mais precipitadas. Comiam uma fruta tóxica, faziam carinho em um leão... O fato de o nosso cérebro temer o desconhecido foi – e continua sendo – muito útil para a nossa sobrevivência. A famosa "reação automática de luta ou fuga" é exatamente isso.

Jack Schafer e Marvin Karlins, no livro *Manual de persuasão do FBI*, chamam isso de "sequestro límbico". Se estou diante de um perigo em potencial, meu cérebro recebe uma cascata eletroquímica que me ajuda a ter capacidade de reação. Porém, esses neurotransmissores acabam inibindo o senso crítico (o cérebro racional).

Em outras palavras, o medo de falar em público é irracional e não pode ser combatido por vias racionais. É óbvio que palestrar não é a mesma coisa que enfrentar um tigre, então por que deveríamos ter a mesma reação cerebral de "luta ou fuga"? Porque para o cérebro primitivo, que é rápido e limitado, essa diferença não é óbvia.

Portanto, grande parte do trabalho de superar esse medo é simplesmente tornar a atividade de falar em público algo familiar ao cérebro primitivo! Se o cérebro primitivo entende que isso não é como enfrentar um tigre, não ligará o modo "luta ou fuga". Assim, você poderá usar toda a força do cérebro racional para executar essa tarefa com maestria.

A grande pergunta, então, é: como acostumar o cérebro primitivo com a atividade de falar em público?

E é por isso que agora eu irei te ensinar um princípio que ensino a todos os meus alunos. Ele mudou minha vida e a de milhares de pessoas que passaram a colher mais resultados com essa simples mudança. Peço que você grave esse princípio bem fundo no seu coração, que você viva por ele. Preparado para ler em voz alta mais uma vez? Então, lá vai:

REPITA EM VOZ ALTA:

EU NUNCA NEGO PALCO!

@ELPROFESSORDAORATORIA

Nunca negue palco. Agarre com unhas e dentes toda e qualquer oportunidade de treinar sua oratória.

"Ah, Giovanni, mas eu não sou convidado para palestrar em vários eventos como você, como vou fazer isso?", talvez esse pensamento tenha passado pela sua cabeça.

"Não negar palco" não significa apenas aceitar convites para literalmente palestrar em um palco de um anfiteatro ou auditório. Não negar palco é puxar conversa com uma pessoa que você não conhece, como a secretária do seu trabalho ou o porteiro do seu prédio. Não negar palco é estar em algum grupo, como uma igreja, e se voluntariar para fazer uma leitura ou apresentação. Não negar palco é gravar vídeos.

"Nunca negue palco" é mais do que um princípio, é um estilo de vida.

Vamos relembrar as palavras de Dale Carnegie: a principal razão do nervosismo é simplesmente você não estar acostumado a falar em público.

Existe a zona de estresse e a zona de conforto. Sempre que fazemos algo que está fora da zona de conforto, o nosso desempenho cai. É por isso que um jogador de futebol acerta os pênaltis no treino e, no grande jogo, isola a bola. Quem se destaca é justamente quem consegue performar mesmo na zona de estresse. Quer um exemplo? Messi e Mbappé na final da Copa do Mundo de 2022. Com um bilhão de pessoas assistindo, eles não pipocaram, pelo contrário, foram decisivos. E é por isso que ganham tanto dinheiro.

Como fazer para não perder desempenho na zona de estresse e assim se tornar um Messi da oratória? A partir do momento que você não negar palco, ocorrerá um fenômeno psicológico chamado "dessensibilização". Sabe por que treinamentos militares são extremamente difíceis e desconfortáveis, inclusive fazendo soldados ficarem na selva com privação de sono? Para dessensibilizá-los para a guerra. Se a primeira vez que o soldado encontrar essas situações adversas for na batalha real, ele não terá um bom desempenho, acionará a reação de luta ou fuga e a guerra será perdida!

Falar em público é a mesma coisa. Não negar palco vai fazer o seu cérebro se acostumar com essas situações. Em outras palavras, vai ser normal, comum. Inclusive, no campo da psicologia, isso é chamado de "terapia de exposição", uma abordagem amplamente utilizada para tratar medos e ansiedades. Ao se expor gradualmente a situações que causam desconforto, o cérebro começa a entender que elas não são uma ameaça real, reduzindo a resposta de medo ao longo do tempo.

Portanto, da próxima vez que alguém te fizer um convite para falar em público, seja em uma entrevista, uma leitura em voz alta, uma breve apresentação ou até mesmo em um brinde, não negue palco! Mesmo se sentir que não está pronto, apenas aceite. Depois, você se prepara.

10
O QUE GTA NOS ENSINA SOBRE ORATÓRIA

A esta altura você já aprendeu sobre o funcionamento da mente, sobre o cérebro primitivo e o cérebro racional, e sobre como não negar palco vai ajudá-lo a se dessensibilizar para a oratória e superar o nervosismo ao falar. Mas fica muito difícil fazer isso se você estiver cercado de pessoas que te colocam para baixo.

Eu curto jogar videogame. E, sem dúvidas, um dos jogos mais marcantes da história dos *games* foi o renomado GTA (*Grand Theft Auto*) 5, da Rockstar Games. Um dos personagens principais do GTA 5 é um jovem "da quebrada" chamado Franklin. Trata-se de um garoto ambicioso que quer sair da periferia e ter uma vida melhor, não se deixando perder para guerras de gangues ou para drogas, como muitos de seus vizinhos. Em dado momento do jogo, Franklin começa a morar em uma casa incrível e ter muito dinheiro. O resultado? Começa a ser taxado como esnobe pelos seus amigos de infância. "Você mudou." Por certa lealdade a esses vínculos antigos, Franklin quase bate as botas inúmeras vezes para corrigir os erros dos outros.

O exemplo de Franklin em GTA 5 ilustra uma situação que muitas pessoas enfrentam ao buscar evolução pessoal: o choque entre a lealdade às raízes e a necessidade de crescimento. Embora o contexto do jogo envolva atividades ilícitas (Franklin é um criminoso), a essência da narrativa reflete um dilema real. Quando alguém muda de vida, seja financeiramente, emocionalmente ou em outros aspectos, isso pode gerar desconforto ou ressentimento nas pessoas que não acompanharam o mesmo ritmo de transformação.

A crítica do "você mudou" é comum porque, para muitos, a mudança de alguém pode ser percebida como uma ameaça, como um espelho que reflete aquilo que elas mesmas não conseguiram alcançar. Esse dilema envolve questões complexas: como manter vínculos genuínos sem sermos puxados para trás por lealdades que já não fazem sentido? Até que ponto vale a pena continuar frequentando os mesmos lugares de sempre, com as mesmas pessoas de sempre, quando embarcarmos em uma jornada de evolução pessoal?

O caso do Franklin ilustra bem o perigo de tentar equilibrar esses dois mundos. Muitas vezes, o custo – seja financeiro, emocional ou até físico – de permanecer nos mesmos ambientes e relações pode ser alto demais...

Você já deve ter ouvido falar que "santo de casa não faz milagre". Com frequência, estranhos ou recém-conhecidos vão torcer mais pelo seu sucesso e acreditar mais na sua carreira do que amigos de infância e familiares. Por quê? Porque é muito difícil para as pessoas entenderem que vocês saíram do mesmo lugar, tiveram as mesmas oportunidades, mas você está tendo um resultado que elas não têm. Assim, como um mecanismo de defesa da própria autoestima, esses indivíduos partem para a crítica e para o deboche. Haverá ocasiões em que pessoas próximas serão as últimas a enxergarem quem você se tornou, pois ainda estão presas a quem você era no passado.

Aqui vai um teste para você descobrir se uma amizade é boa ou não. Diga a esta pessoa, olhando nos olhos dela: "Eu serei milionário". Observe a reação dela. Se ela rir, debochar, ridicularizar, duvidar ou atacar, considere se afastar. Essa pessoa só vai atrasar a sua prosperidade.

Quando começo a falar essas coisas, de vez em quando alguém diz: "Ah, o Giovanni só fala de dinheiro. Nem todo mundo quer ser rico! Só quero ter dinheiro para pagar minhas contas e já está bom demais. Inclusive, não se fica rico sem prejudicar os outros, e isso é pecado".

Eu entendo de onde isso vem. Trata-se de uma programação mental que foi intencionalmente colocada na maioria das pessoas para limitar o desenvolvimento delas. Não vou focar nesse destrave financeiro aqui. Se você quer perder isso, leia o livro *Os segredos da mente milionária*, que eu já recomendei diversas vezes.

Mas uma coisa eu digo: se você não quer ganhar dinheiro, queime este livro agora. Se você ler este livro até o final e aplicar os ensinamentos aqui contidos, corre um sério risco de ganhar mais dinheiro do que jamais imaginou que seria possível.

Se sua mãe, cônjuge, filho ou outro familiar próximo precisar hoje de uma cirurgia que custa R$ 50 mil, sem a qual pode morrer, você teria dinheiro para pagar à vista? Se não tiver, parabéns, você acaba de matar essa pessoa. Viu como é importante ter dinheiro e não romantizar a pobreza? Então não tenha vergonha de lutar por um futuro melhor.

Robert Greene, em seu clássico *As 48 leis do poder*, fala que devemos nos afastar de pessoas negativas, pois acabamos "pegando" essa negatividade por osmose emocional. É aquela velha máxima: você é a média das cinco pessoas com que mais convive. Portanto, antes só do que mal acompanhado.

Se nós somos a média das cinco pessoas com quem mais convivemos, parece lógico que devemos andar com pessoas abundantes que nos desbloqueiam, e não com pessoas pessimistas que nos bloqueiam. Lembra daquelas três crenças limitantes que abordamos? As pessoas próximas de você enfraquecem ou fortalecem seus bloqueios.

Vou falar algo que pode doer... A verdade é que a grande maioria das pessoas está ferrada. A grande maioria das pessoas trabalha em um emprego de que não gosta, está com sobrepeso, vive cronicamente estressada e cansada, está endividada e tenta escapar da realidade com álcool, sexo com estranhos, entretenimento frívolo e fast-food. É essa a vida que você quer? Se você anda com pessoas que vivem assim, tenho uma péssima notícia... essa será a sua vida também.

Se você quer ter a vida que a maioria não tem, deve fazer o que a maioria não faz.

"Legal, Giovanni, mas como faço para melhorar a minha ambiência e potencializar meus resultados?" Siga estes quatro passos.

1) TENHA UM GRUPO DE APOIO

Existem três tipos de pessoas. O primeiro tipo é quem já trilhou a estrada que você está trilhando e agora está voltando. Essa pessoa é ótima de se ter por perto, pois vai poder falar: "Cuidado, pois lá na frente tem uma curva fechada sem sinalização e, se você não desacelerar, vai capotar". Essa é a importância de ter mentores.

O segundo tipo é a pessoa que está indo na mesma direção que você. Essa pessoa também é ótima de se ter por perto, pois vocês podem se incentivar, se ajudar, compartilhar recursos...

O terceiro tipo de pessoa é quem não está indo na mesma direção que você. Se você ficar perto dela, ela vai te sabotar. Ela vai te falar: "Desista, não é para você, não vai rolar".

Certa vez, um aluno de um dos meus cursos – que é barbeiro – me relatou que estava na barbearia e, entre um corte e outro, lia *Os segredos da mente milionária*. Ele estava focado na sua meta de leitura, pois queria mudar de vida. E adivinha? Os outros barbeiros olhavam torto e comentavam em tom de deboche:

— Ih, olha lá... O cara está lendo *Os segredos da mente milionária*! Haha, o cara acha que vai ser milionário, coitado! Se coloca no seu lugar, você é barbeiro...

Acredite: se você quer mudar de vida, é muito mais fácil mudar de ambiente do que mudar o ambiente. Você não vai se desbloquear no mesmo ambiente que te bloqueou.

Eu passei por duas grandes mudanças que me trouxeram até onde estou: a primeira foi quando passei um ano estudando na Europa; e a segunda foi quando saí da casa dos meus pais para morar sozinho em São Paulo. Por que isso foi um catalizador tão grande dos meus resultados? Porque quando mudamos de ambiente, nos abrimos a novas pessoas, novas ideias, novos projetos e novos estímulos.

Pensamentos geram sentimentos que geram comportamentos que geram resultados. Tudo começa com o pensamento, e o pensamento é fortemente condicionado pelo ambiente.

Busque uma torcida, esteja perto de pessoas que te apoiem. Isso vai mudar completamente a sua confiança na hora de se comunicar. Que criança você acha que tem mais chance de desenvolver a oratória: uma que sempre é criticada ao falar ou uma que é encorajada?

Mas, um adendo: ter um grupo de apoio é importante, mas tão importante quanto é saber trabalhar a solidão. Esteja confortável ao ficar sozinho. Para ajudar a treinar a solitude, experimente fazer uma viagem, ir a um restaurante ou ao cinema sozinho. Antes de querer que outras pessoas curtam a sua companhia, você deve aprender a se curtir.

2) SEJA O MAIS BURRO DA MESA

Já comentei com você que, em dado momento da minha vida, comecei a ganhar muitos prêmios de debate competitivo. Resultado de muita dedicação ao longo de seis anos, acabei ganhando mais de vinte prêmios de debate e oratória em três línguas diferentes. Só que ao longo do tempo eu notei uma coisa: eu não estava mais me desenvolvendo.

O principal motivo que me levou a praticar debate competitivo na faculdade, esporte também praticado por Dale Carnegie mais de cem anos atrás, era treinar as minhas habilidades de argumentação, oratória e pensamento crítico, ao mesmo tempo em que me divertia, pois era um jogo. Funciona assim: existe um tema (por exemplo, privatizar os presídios ou banir os zoológicos) e dois lados, a favor e contra. Mas a verdadeira graça vem agora. Você só descobre o tema e qual lado você vai defender quinze minutos antes do debate começar! Assim, muitas vezes somos levados a argumentar ferrenhamente sobre temas que não dominamos, com que não concordamos e, ainda por cima, sem poder consultar a internet. Ah, que saudades de um debate competitivo!

Mas, em dado momento, algo mudou. Eu comecei a focar mais em ganhar medalhas e troféus do que em me desenvolver. Eu não estava crescendo. Tudo o que eu queria era que uma cambada de universitários me desse um prêmio e falasse: "Olha lá, o Giovanni ganhou de novo". Foi aí que eu percebi que estava naquele ambiente apenas para alimentar o meu ego e buscar validação. Não queira ser "o bonzão" da mesa. Isso é carência. Se você está na mesa em que você é o melhor jogador, você está na mesa errada. A única mesa em que você tem que ser o melhor é na mesa dos seus clientes.

Foi nesse período que comecei a me sentar em outras mesas. A mesa do empreendedorismo, a mesa do digital... Mesas em que eu ouvia mais do que falava. É incrível a quantidade de talentos que desbloqueamos quando nos permitimos ser iniciantes em algo.

Eventualmente, ganhei medalhas e troféus também por conta da atuação empreendedora e na internet, como a famosa plaquinha do YouTube. Mas a principal métrica de sucesso, para mim, deixou de ser esse tipo de cacareco, e sim o número de vidas que transformamos diariamente.

3) FOQUE NO SEU CÍRCULO DE INFLUÊNCIA

— Vocês viram que absurdo aquela PEC que está tramitando no Congresso? Precisamos protestar imediatamente! — bradou o estudante do sexto período do curso de Direito de uma universidade do Rio Grande do Norte, na reunião do Centro Acadêmico.

— Não seria mais interessante utilizarmos o nosso tempo para pensar sobre como melhorar a vida dos estudantes do nosso curso, que nos elegeram, algo em que não só temos mais chance de obter êxito como também a responsabilidade de fazer, em vez de discutirmos macropolítica e macroeconomia de Brasília? — expus minha opinião para uma sala de universitários que me olharam como se eu fosse um alienígena.

Frequentemente, nos preocupamos demasiadamente com coisas que não impactam diretamente a nossa vida. Seja perdendo tempo com a vida de famosos, seja julgando escolhas de conhecidos, seja acompanhando polêmicas políticas nas redes sociais...

Eu mesmo já caí nessa armadilha. Vou fazer uma confissão: eu era viciado em Twitter. Adorava perder no mínimo uma hora por dia lendo vários tweets sobre políticos acusando uns aos outros. Hoje, depois de aprender sobre o gatilho mental da polarização, sei que muitas dessas polêmicas são fabricadas meramente para gerar engajamento.

As coisas começaram a mudar quando eu cheguei à conclusão de que, se eu morresse agora, nada mudaria na política nacional. Por outro lado, se eu pegasse essa mesma uma hora por dia e, por exemplo, investisse em leituras de qualidade, será que a minha vida melhoraria ou pioraria? A resposta é clara.

Stephen Covey, no clássico *Os 7 hábitos das pessoas altamente eficazes*, compartilha um conselho muito útil: foque no seu círculo de influência.

Existe o círculo de preocupação e o círculo de influência. O círculo de preocupação é bem grande e envolve tudo aquilo com que gastamos energia mental. Já o círculo de influência é menor e está dentro do círculo de preocupação. Nele, está contido tudo aquilo sobre o que temos influência, direta ou indireta. Influência direta é quando só depende de você, como ir à academia ou ler um livro. Já influência indireta é quando não é você quem vai fazer determinada ação, mas pode influenciar quem vai fazer – como falar para seu filho fazer a lição de casa caso queira jogar videogame.

CÍRCULO DE PREOCUPAÇÃO

CÍRCULO DE INFLUÊNCIA

Um grande fator que atrasa a vida das pessoas é focar demasiadamente no círculo de preocupação. Imagine aquele rebelde sem causa, que quer revolucionar o mundo, mas nem sequer resolveu a própria vida ainda. Ele fala com fluência sobre regimes políticos e geopolítica internacional, mas não tem liberdade de tempo ou financeira – muitas vezes, nem ao menos é saudável.

E sabe qual é o paradoxo? Quanto mais focamos no círculo de preocupação, mais o círculo de influência se atrofia e menos temos poder de transformar a realidade. Já quando focamos no círculo de influência, ele expande, nos dando mais poder para realizar mudanças.

E sabe o que está no nosso círculo de influência? Alimentação equilibrada, descanso adequado, exercícios físicos regulares, estudos, passar menos tempo nas redes sociais, oração, tempo de qualidade com pessoas que amamos, ajudar quem necessita...

"Giovanni, mas focar no círculo de influência e não no círculo de preocupação não nos torna alienados políticos que só pensam no próprio umbigo?" Eu acredito que não, e isso por alguns motivos. Em primeiro lugar, não disse que é para ignorar 100% a política ou questões mundiais, pois você ainda deve votar e precisa se inteirar dos candidatos. Apenas não perca tanto tempo da sua vida com coisas que fogem completamente do seu controle.

Em segundo lugar, até para ajudar os outros é preciso estar bem. T. Harv Eker certa vez falou: "O maior favor que você pode fazer para as pessoas pobres é não ser mais uma". Ao alcançar prosperidade financeira, você não só deixa de ser um peso para outras pessoas ou sistemas como também se coloca em uma posição de poder ajudar os outros de maneira significativa.

Quer mudar o mundo? Mude a si mesmo primeiro. Já dizia Gandhi: "Seja a mudança que você quer ver no mundo".

Focar no seu círculo de influência também é uma das melhores técnicas de networking que existem. Isso porque você não atrai quem você quer, você atrai quem você é. Se você quer andar com pessoas prósperas, abundantes, de princípios e com bons hábitos, torne-se essa pessoa.

4) TIRE O ATRASO DO DESENVOLVIMENTO PESSOAL

Em 2021, eu resolvi ler todos os livros clássicos de desenvolvimento pessoal. Afinal, se eles sempre estão na lista de mais vendidos, alguns depois de décadas, deve ter um motivo. Isso me gerou dois ganhos.

O primeiro foi entrar em contato com as mentes mais brilhantes que existem ou existiram, tendo acesso a metodologias validadas e que passaram no teste do tempo sobre como ter uma vida melhor. O segundo foi que eu adquiri certa "independência intelectual". De vez em quando, estou assistindo a uma palestra ou vídeo, e vejo que o orador está simplesmente recitando o que leu em dois ou três livros. Mas como a maioria das pessoas não lê, acham que aquele guru é um novo Einstein. Como li todos esses livros, consigo separar o joio do trigo, diferenciando quem de fato tem algo a agregar e quem está só copiando o conteúdo alheio.

"Ué, Giovanni, mas você mesmo fala de conteúdo de outros autores." Mas é claro! Você acha que eu inventei tudo isso aqui? A diferença é que eu cito a fonte. Quantos livros eu já mencionei aqui para você conferir depois? E, ainda assim, as pessoas continuam comprando meus cursos. Faço questão de citar todos os livros que me ajudaram a crescer para que você possa conferir depois e, assim como eu, ser um independente intelectual.

O que me irrita fortemente é quem desincentiva os outros a ler. De vez em quando eu vejo algum guru falando: "Pare de ler livros! Você é um obeso mental! Seu problema é que você lê muito!". Olha, é óbvio que não é só ler, tem que aplicar. Mas existem várias pesquisas sobre como os milionários leem em média, no mínimo, dois a cinco livros por mês. Então, por favor, não caia nesse papo. Fuja de quem te desincentiva a ler. Na maioria dos casos, essa pessoa não só leu como ainda vai tentar vender um curso baseado no livro!

Eu acredito que conhecimento deve ser compartilhado, e é por isso que resolvi deixar aqui para você um compilado dos melhores livros que eu já li, e que recomendo que você leia para mudar de vida. Mas cuidado: esses livros são altamente perigosos. Você corre um sério risco de mudar de vida completamente.

Se quiser ter acesso à minha lista pessoal de melhores livros, basta enviar para o perfil @ElProfessorDaOratoria, no Instagram, uma mensagem contendo: #livros. Boa leitura!

Já aprendemos a abandonar os principais bloqueios de comunicação, a nunca negar palco e a mudar a ambiência. Falamos sobre ter um grupo de apoio, ser o mais burro da mesa, focar no círculo de influência e tirar o atraso do desenvolvimento pessoal. Agora que já limpamos o terreno de qualquer timidez e ansiedade, chegou a hora de construir os fundamentos de uma comunicação segura e confiante. Vamos lá?

11
COMO SE TORNAR O BATMAN DA COMUNICAÇÃO

Na hora de falar de forma extremamente confiante, existem três "Ps" que vão te ajudar: i) preparação; ii) paixão; e iii) personalidade. Vamos a cada um deles.

1) PREPARAÇÃO

Batman é meu super-herói preferido. Sabe por quê? Ele não tem superpoderes como força sobre-humana, indestrutibilidade ou habilidade de voar, mas ainda assim consegue derrotar qualquer outro membro da Liga da Justiça – composta de seres com poderes divinos, como Super Homem, Mulher-Maravilha, Flash e Lanterna Verde. Isso ocorre por dois motivos principais.

Em primeiro lugar, ele atingiu o pico do desenvolvimento humano em termos físicos e mentais. Além de ser um excelente estrategista, conhecido como o "maior detetive do mundo", também possui vasto conhecimento em diversas áreas, incluindo criminologia, engenharia, ciência forense, medicina e até psicologia. Não só isso, Batman também é um dos lutadores mais habilidosos do universo DC, dominando 127 estilos diferentes de luta. Ele combina técnicas de várias artes marciais, o que o torna um oponente praticamente invencível em combates corpo a corpo.

Em segundo lugar, Batman é famoso por estar sempre preparado, com um plano para quase todos os cenários imagináveis. Embora trabalhe com indivíduos com poderes extraordinários, ele analisa as fraquezas de cada membro da Liga e desenvolve planos específicos para neutralizá-los, se necessário.

Eu tiro muitos aprendizados desse herói. Ele é a personificação do conceito de "focar no círculo de influência" e o exemplo perfeito de como a mente humana, quando devidamente treinada e focada, pode ser a arma mais poderosa de todas.

Se você quer falar de forma confiante, faça como o Batman: não subestime o poder de uma preparação adequada. Agora, irei te ensinar como se tornar um super-herói da comunicação!

1.1) ESTUDE MAIS DO QUE VAI ENSINAR

Imagine que você irá apresentar um trabalho acadêmico em grupo. Vocês dividiram o conteúdo entre os membros, mas, na correria dos estudos, ninguém se preocupou em entender o assunto como um todo. No dia da apresentação, a lei de Murphy entra em ação e um integrante do grupo falta. Sem jeito, você é obrigado a admitir na frente da turma e do professor:

— Essa parte era do fulano, mas ele faltou...

Um clima tenso se instala na sala, e no final todos têm a nota prejudicada por esse buraco na apresentação.

Agora imagine se você tivesse ido um pouco além na sua preparação, estudando não só a sua parte, mas também o contexto do trabalho e como cada pedaço se relaciona com o todo. Você estaria apto a explicar pelo menos um pouco da parte de qualquer membro do grupo que faltasse. Talvez a ausência nem sequer fosse notada, ou sua nota fosse até maior por demonstrar um grande domínio do assunto. Dale Carnegie chamava isso de "desenvolver energia de reserva".

Isso não serve apenas para apresentações em grupo. Quando você estuda além do mínimo, você também se sente mais preparado, o que te deixa mais relaxado e confiante. Você inclusive terá material a mais para compartilhar caso alguém da plateia faça uma pergunta. O contrário também é verdadeiro: a ansiedade e o nervosismo crescem de modo diretamente proporcional à falta de preparação.

Portanto, vá fundo no seu tópico de apresentação. Investigue as questões mais profundas do tema, mergulhe nas nuances do assunto. Sua apresentação subirá para outro nível.

1.2) ENSAIE E CRONOMETRE

Outra técnica poderosa para estar mais preparado é simplesmente ensaiar. Pode ser na frente de um espelho no seu quarto, ou mesmo no local da apresentação, quando o ambiente estiver vazio. Fato é que ensaiar acostumará o seu cérebro com a atividade, permitindo que a execução "oficial" seja satisfatória.

Os ensaios permitem que você faça dois tipos de testes: o humano e o técnico. O teste humano é quando você ensaia na frente de alguém que pode dar um feedback: a apresentação ficou clara? Os slides estão legíveis e atraentes? Foram cometidos muitos vícios de linguagem?

Já o teste técnico diz respeito a se acostumar com a tecnologia utilizada. Se estiver se apresentando on-line, por exemplo, é interessante testar se sabe como compartilhar a tela, projetar o som do computador caso mostre um vídeo etc. Isso também envolve você se acostumar com os slides, sabendo onde está cada informação. Nada mais desesperador que um orador passando os slides de forma desenfreada, atrás de uma informação que ele não sabe exatamente onde está. Um ensaio pode prevenir isso e trazer muito mais profissionalismo à apresentação.

E mais: ensaiar com um cronômetro permitirá que você tenha melhor gestão de tempo. Se sua apresentação estiver muito curta, terá tempo de incrementá-la. Se estiver muito longa, ainda dá tempo de aparar as arestas. Sem ensaio, você corre o risco de descobrir isso tudo quando estiver discursando para valer.

1.3) ANOTE DEZ POTENCIAIS PERGUNTAS

Nós temos medo do desconhecido. E talvez a mera possibilidade de alguém fazer uma pergunta que você não sabe responder já te deixe inconscientemente menos tranquilo para falar em público. Mas existe uma forma fácil de lidar com isso.

Redija com antecedência dez potenciais perguntas – inclusive algumas difíceis – que a plateia pode fazer sobre a sua apresentação. Depois, redija uma resposta para cada uma delas. Só isso já aumentará sua "energia de reserva", te deixando mais preparado para qualquer espertinho que tentar fazer uma pergunta para te pegar no pulo! Se o Batman fosse um palestrante, tenho certeza de que ele faria isso.

1.4) APRENDA COM O ERRO DOS OUTROS

— Olá! Tudo bem? Aqui é do programa *Pânico*! Gostaríamos de contar com a sua presença em uma entrevista, você tem interesse?

Foi essa mensagem que encontrei no meu Instagram quando acordei no dia 16 de agosto de 2022. Aquela tinha sido a semana mais louca da minha vida até então. Um dos meus vídeos viralizara, e meu perfil no Instagram havia ganhado 150 mil seguidores em sete dias, me tirando do anonimato para os holofotes digitais. E agora, a produtora de um programa de grande audiência no Brasil estava me contatando. Era um sonho virando realidade.

Minha participação ficou marcada para 2 de setembro de 2022. Conforme os dias passavam, o nervosismo foi crescendo. De repente, vários pensamentos tomaram conta de mim: *E se eu for mal? E se não gostarem de mim? E se me ridicularizarem por conta da brincadeira de "El Professor"? E se eu me queimar em rede nacional?*

Sim, mesmo sendo professor de oratória, também passo por isso. Mas no lugar de sucumbir a esses pensamentos negativos, resolvi me preparar ainda mais. No dia anterior, passei horas assistindo a entrevistas de outros convidados no programa para me habituar ao ritmo e ao estilo dos entrevistadores. Isso me permitiu aprender com a experiência de outras pessoas e me preparar para potenciais cascas de banana.

No dia e horário marcados, lá estava eu em um banquinho logo atrás das câmeras, esperando a deixa para entrar ao vivo. No YouTube, 100 mil pessoas acompanhavam em tempo real, fora o grande número de ouvintes da rádio.

O que se sucedeu foi um dos momentos mais gratificantes da minha vida. Nenhum dos meus medos se concretizou. Não fui ridicularizado, pelo contrário. Ainda que eu estivesse afiado e preparado para qualquer cenário, acabou que os integrantes do *Pânico* levantaram muito a minha bola, incentivaram os ouvintes a me seguir no Instagram e até fizeram propaganda do meu curso de oratória. Até hoje, tem gente que pensa que foi uma publicidade que contratei, tamanha a divulgação. Mas não, foi um presente de Deus. Naquele dia, bati 200 mil seguidores ao vivo no programa e recebi 11 mil mensagens no Instagram durante um intervalo de três minutos.

Se for participar de uma entrevista, experimente fazer isso. Assista a episódios anteriores para poder ajustar a sua fala de acordo com a "pegada" do programa. Além de aumentar as chances de sua participação ser bem-sucedida, essa preparação prévia te deixará ainda mais confiante e diminuirá as chances de você cometer algum erro evitável.

1.5) DEIXE SEU INCONSCIENTE TRABALHAR POR VOCÊ

Uma última dica para ampliar a sua preparação é simplesmente usar todo o tempo disponível para planejar a fala. Imagine que você recebeu a tarefa de fazer uma apresentação para sua empresa daqui a um mês. *Está distante, depois vejo isso*, você pensa.

Semana vai, semana vem, e nada de você se sentar para pensar nessa apresentação. Afinal, tem tarefas muito mais urgentes que demandam sua atenção imediata. Ou então é pura procrastinação mesmo.

Faltando dois dias para a apresentação, você finalmente resolve prepará-la. No fim, dá tudo certo, mas, mesmo assim, com certeza a apresentação não ficou tão boa quanto poderia. E o motivo é que você não usou o seu inconsciente a seu favor.

Caso tivesse tirado alguns momentos para planejar a apresentação com muita antecedência, o que ocorreria é que, ao longo das semanas, sua mente inconsciente estaria trabalhando por você. Temos esse poder! Nesse processo, ideias disruptivas surgem, histórias antigas reaparecem para serem contadas, os melhores exemplos se tornam claros. Quanto maior a antecedência da sua preparação, mais ela ficará lapidada e refinada.

Portanto, nada de deixar para a última hora, combinado?

2) PAIXÃO

Você foi convidado a falar em um evento. Você está muito nervoso e sente que nem toda a preparação do mundo seria suficiente. Agora imagine uma situação diferente. Você está conversando com seus amigos sobre séries e te perguntam qual é a sua preferida – a minha é *The Office*, apesar de *Suits* estar bem próxima.

Sua linguagem corporal muda e, com um sorriso no rosto e um entusiasmo elétrico, você passa a descrever por que todos deveriam assistir a essa série. Você discorre de modo fluido e convincente sobre a trama e os personagens. E o mais interessante: não precisou preparar o discurso com antecedência. Não precisou decorar dados tirados da internet. Não precisou ensaiar várias vezes. Mesmo assim, todos ficam vidrados no que você tem a dizer.

Esse é o poder de falar sobre coisas pelas quais somos apaixonados.

Se alguém está falando de modo apaixonado, todos param para escutar. Esqueça todas as técnicas de oratória. Nada é mais importante para falar de forma confiante do que a paixão. **A paixão convence.**

"Mas, Giovanni, eu não escolhi o tema da minha apresentação e fui obrigado a falar sobre algo pelo qual não tenho paixão, e agora?" Calma, singelo gafanhoto, existe uma solução.

Em 2015, eu estava cursando a disciplina de Direito Constitucional II na faculdade. Como parte da avaliação, o professor dividiu a sala em grupos e designou um tema para cada um. O tema do meu grupo? Tribunal de Contas da União. "Tribunal" e "contas" no mesmo nome... Existe algo mais chato que isso?

Porém, estudando mais sobre o assunto, me deparei com algumas informações superinteressantes. Descobri que os tribunais de contas, como o TCU, são essenciais para uma democracia saudável. Uma das responsabilidades do TCU, enquanto órgão auxiliar do Congresso Nacional, é emitir um parecer técnico sobre a regularidade das contas públicas do presidente da República. Esse parecer orienta os deputados e senadores eleitos na análise e decisão sobre a aprovação ou reprovação dessas contas. Se não fosse o TCU, como saberíamos se há superfaturamento, desvios e possíveis irregularidades na aplicação dos recursos públicos, vulgo corrupção?

Depois de entender tudo isso, fiquei empolgado. Minha apresentação, de repente, foi tomada por um senso de importância, e isso me ajudou a falar até mesmo das partes mais técnicas e chatinhas do tema de uma forma menos maçante. Então, a dica é: procure algo no tópico da sua apresentação que seja minimamente interessante, na sua opinião, e use isso como ponto de partida para tornar toda a fala mais cativante.

3) PERSONALIDADE

Quando eu comecei a produzir conteúdo para as redes sociais, queria falar como outro orador que eu admirava na época. Essa pessoa era conhecida por falar de modo "bravo", inclusive proferindo palavrões. Eu achava aquilo tão magnético que pensei: *Nossa, se eu quiser convencer os outros, tenho que falar assim também.*

Mas algo estava errado. Quando eu fazia vídeos assim, acabava esgotando minha energia e ficando muito estressado, pois não era meu jeito natural de falar. Até que, de repente, comecei a ver conteúdos de outra pessoa que era tão magnética quanto aquela que falava brava. Só que essa segunda era bem-humorada. Foi aí que eu percebi que o real magnetismo decorria de um único ponto: da autenticidade.

Certa vez, Dale Carnegie foi perguntado sobre qual seria o principal elemento de um grande orador, ao que ele respondeu: "Muito fácil: sua personalidade". E o que seria essa personalidade ou autenticidade?

Quando me mudei para Coimbra, em 2016, depois de receber uma bolsa de intercâmbio, de repente me vi longe de tudo que eu conhecia até então. Parece que todas as vozes que falavam incessantemente – parentes, amigos e professores – se calaram de uma única vez. E, nesse silêncio, eu comecei a escutar outra voz, uma que nunca tinha ouvido antes. Era a minha própria voz interior.

Até que ponto você é você, e não o que esperam que você seja?

Eu sou superfã da ideia de "modelar" pessoas com resultados. Modelar nada mais é do que incorporar as melhores práticas feitas por outras pessoas, adaptando-as para a nossa realidade. Isso é diferente de copiar. Ao longo da minha trajetória enquanto comunicador, eu fiz muitos testes – e continuo fazendo até hoje. Algumas coisas eu tentei e abandonei, porque funcionam para os outros, mas não para mim. Depois de certo tempo, encontrei o meu jeito. Descobri que eu sou um cara que fala de modo simples, porém profundo; que tem didática e bom humor, mas ao mesmo tempo consegue motivar e emocionar; que faz coisas diferentes para chamar a atenção, e ao mesmo tempo consegue gerar reflexão; que adora interagir e não usa slides; que tem sotaque do interior e é um tanto *geek*. Isso está na minha essência, na minha personalidade. Isso é autenticidade.

Silvio Santos, o maior comunicador do Brasil, usava terno. Chacrinha, outro grande comunicador, se vestia de palhaço. Silvio de palhaço não combinaria, assim como Chacrinha de terno não faria sentido algum.

Não existe jeito certo de falar, existe o seu jeito de falar. Qual é o seu jeito?

É a sua personalidade, aliada à paixão e ao preparo necessário, que o transformará no Batman da comunicação.

12
9.5 TÉCNICAS PARA EXTERMINAR A ANSIEDADE E O NERVOSISMO

A té aqui, falamos muito de como acessar a segurança e a confiança que existem dentro de você. Dos bloqueios à ambiência, passando pelos três Ps da oratória confiante, seu arsenal de oratória está ficando cada vez mais repleto de ferramentas para se tornar um comunicador de excelência.

Mas para não corrermos o risco de existir qualquer resquício de timidez e ansiedade dentro de você, vamos abordar 9.5 técnicas adicionais que te ajudarão a controlar o nervosismo na hora de falar. Preparado?

1) CONHEÇA SEUS PONTOS FORTES

"Eu sou o melhor. Posso não ser, mas na minha cabeça, eu sou o melhor." Essa frase de Cristiano Ronaldo pode parecer arrogante e prepotente para alguns, mas eu a vejo de forma diferente. Trata-se de confiar nas próprias habilidades.

T. Harv Eker já falava que uma das grandes diferenças entre pessoas de mentalidade pobre e mentalidade rica é justamente que as mais prósperas sabem se vender, comunicar seu valor de forma assertiva e sem medo de se destacar, enquanto as outras acham que autopromoção é algo negativo.

Não é pecado você ser bom em algo e dizer que é bom. O problema é que, na sociedade em que vivemos hoje, autoconfiança assusta as pessoas. Nos acostumamos a ser "humildes" de um jeito errado, como se fosse feio ter ambição. Assim, quando alguém com autoestima elevada aparece, a tendência é acharmos essa pessoa convencida.

Humildade não é baixar a cabeça e achar que o outro é superior. É saber que ninguém é melhor que ninguém e que todo mundo tem seu valor, inclusive você. Mas se nem você acredita em si mesmo, quem vai acreditar? Se tem alguém que tem que te achar a pessoa mais incrível do planeta, essa pessoa é você mesmo!

Para ajudá-lo a construir autoconfiança e autoestima, um exercício incrível é fazer uma lista com 21 coisas boas sobre você começando com "eu sou". "Nossa, Giovanni, 21? É coisa demais! Não sei se consigo." Consegue, sim. Eu confio em você. Na verdade, vou até colocar aqui a minha lista de pontos positivos para você ver que é possível!

1. Eu sou inteligente.
2. Eu sou comunicativo.
3. Eu sou bem-humorado.
4. Eu sou bonito.
5. Eu sou carismático.
6. Eu sou ambicioso.
7. Eu sou carinhoso.
8. Eu sou leal.
9. Eu sou resiliente.
10. Eu sou criativo.
11. Eu sou sonhador.
12. Eu sou pragmático.
13. Eu sou empático.
14. Eu sou visionário.
15. Eu sou proativo.
16. Eu sou líder.
17. Eu sou inspirador.
18. Eu sou inovador.
19. Eu sou organizado.
20. Eu sou determinado.
21. Eu sou disciplinado.

2) AJUSTE SUA POSTURA

O criador dos escoteiros, Robert Baden-Powell, certa vez disse: "Se estiver triste, sorria". Essa frase pode parecer trivial à primeira vista, mas carrega uma verdade essencial: o que fazemos com o nosso corpo influencia diretamente a nossa mente.

Quando pensamos em confiança, é fácil imaginar que ela vem de dentro para fora, surgindo primeiro na mente para depois transparecer no jeito como agimos. No entanto, o contrário também acontece: ajustar a postura e as expressões externas pode impactar diretamente nosso estado emocional e transformar a forma como nos sentimos.

Quando você sorri, mesmo sem estar sentindo alegria, seu corpo envia um sinal ao cérebro de que as coisas estão bem. Essa resposta corporal, conhecida como "feedback facial", faz com que sejam liberados endorfina e outros neurotransmissores que elevam o humor.

E o sorriso é apenas um exemplo de como as expressões externas podem redefinir o estado interno. A postura física tem um papel igualmente significativo nesse processo. Quando você está em uma posição de poder, como em uma postura ereta, com os ombros para trás e a cabeça elevada, seu corpo assume uma imagem de confiança e domínio. Você comunica ao cérebro que está no controle e preparado para enfrentar qualquer situação.

Essa técnica ficou conhecida como *power pose*, também chamada de "pose da Mulher-Maravilha" ou "pose do Super-Homem". Ela ficou famosa graças à pesquisadora Amy Cuddy, especialista em linguagem corporal, que apresentou essa ideia em um dos TED Talks mais vistos de todos os tempos. A técnica é simples: manter-se em uma postura confiante, como a de um super-herói, com as mãos na cintura, o peito aberto e o queixo levantado, por alguns minutos antes de uma apresentação ou situação desafiadora. Essa postura heroica ajuda a aumentar a sensação de autoconfiança.

Mas por que isso funciona? A explicação está na conexão entre mente e corpo, que funciona como uma via de mão dupla. Se nossa mente influencia o corpo, o corpo também influencia a mente.

Experimente fazer a pose da Mulher-Maravilha/Super-Homem antes da sua próxima apresentação!

3) PROCURE ANJOS DA GUARDA

Esta técnica eu aprendi com um amigo músico. Ele me relatou que, quando está tocando e cantando ao vivo em um bar, nem todos ali estão na mesma *vibe*. Enquanto existem pessoas curtindo o som, sorrindo e balançando a cabeça, também tem gente no celular ou até mesmo olhando de cara feia. Perguntei como ele lida com essa situação aversiva e desconfortável.

— Giovanni, se eu focar nessas pessoas que não estão gostando da minha apresentação, posso acabar perdendo a concentração, então eu busco anjos da guarda na plateia.

— Anjos da guarda? — indaguei.

— Os anjos da guarda nada mais são do que aquelas pessoas que estão gostando da minha apresentação. Ao me concentrar nelas, me sinto mais à vontade e entrego o meu melhor!

Imagine que você está fazendo uma apresentação e tem pessoas com olhar entediado ou de desaprovação. Se mantiver contato visual com elas, é capaz de você começar a ter o seguinte diálogo interno: *Nossa, sou tão chato assim? Será que eu falei alguma besteira?* Isso tem o potencial de aumentar seu nervosismo e até mesmo de colapsar a apresentação.

Agora, se você foca em quem está te observando com uma expressão positiva, balançando a cabeça em concordância e até anotando o que você diz, a mensagem que chega no seu inconsciente é: *Uau, estou arrasando!* Você se sente entre amigos e se solta mais, o que aumenta a sua segurança e, consequentemente, sua persuasão.

Portanto, da próxima vez que for falar em público, não se esqueça de buscar anjos da guarda na plateia!

4) PASSE A BOLA

Vamos supor que você está no meio de uma apresentação importante. Você aplicou todas as técnicas aprendidas até então: conhece seus pontos fortes, ajustou sua postura, buscou anjos da guarda... e estava indo tudo bem. Mas, de repente, ocorre nada menos do que o famoso branco! Sua mente simplesmente trava e você não consegue lembrar de jeito nenhum qual é o próximo ponto do discurso. Isso acontece até mesmo com os oradores mais experientes, e o desconforto e a ansiedade podem facilmente tirar você do controle da situação. Mas existe uma estratégia prática e eficiente para lidar com esse momento sem perder o ritmo: a "técnica de passar a bola".

Basicamente, quando o nervosismo ou a insegurança baterem, você pode desviar o foco fazendo uma pergunta para a plateia. Essa ação não só ajuda a ganhar um tempo valioso para reorganizar as ideias, como também traz a audiência para dentro da apresentação, tornando-a mais interativa e dinâmica.

Imagine que eu esteja dando uma palestra sobre os três pilares da oratória. Eu ensino o primeiro, ensino o segundo e, no terceiro, sofro um branco. Para me salvar, poderia passar a bola para a plateia da seguinte forma:

— Agora, vamos para o terceiro pilar da oratória. E esse é o mais importante de todos! Alguém chuta qual é?

Então, na maior cara de pau, eu caminharia entre as pessoas, acenando com a cabeça para incentivar a participação. *Alguém se arrisca?* Até que eu ouço algo de alguém sentado lá atrás:

— Opa, espere um pouco, porque eu escutei algo! — digo enquanto me dirijo rapidamente até a pessoa que interagiu. — Você, por favor, qual seu nome?

— João.

— Show, João. Diga para todo mundo no microfone o que você disse antes. Qual é o terceiro pilar da oratória, na sua opinião?

— Storytelling.

— EXATAMENTE! Já vi que você entende de oratória, João. Nunca subestime o poder do storytelling... — E então eu sigo a minha fala sobre como contar histórias que inspiram e engajam multidões (abordaremos isso na parte III do livro).

A questão é que pouco importa o que ele falasse: storytelling, linguagem corporal, confiança, humor, autenticidade... O que importa é que a plateia não sabe o meu roteiro! Então eu posso continuar o raciocínio a partir do que a pessoa disse sem ninguém reparar que esqueci completamente o que ia dizer. Esse é um pequeno segredinho que estou compartilhando com você, mas não conte para ninguém, ok?

Quando você está preparado até mesmo para um eventual branco, nada mais te abala. Assim, você se torna a confiança em pessoa. Por isso que hoje em dia eu não preciso mais de slides ao palestrar. Posso simplesmente improvisar se esquecer algo e ainda assim será bom, pois estarei aplicando os três Cs da Comunicação. Até o final deste livro, você também ganhará esse superpoder.

E não sei se você reparou, mas eu não só passei a bola, como também validei a participação do João. Perguntei seu nome, fiz um elogio sincero...

Perceba que um dos truques para que a técnica de passar a bola funcione de verdade está em validar as respostas do público. Quando alguém responde à sua pergunta, é essencial reconhecer o esforço e agradecer a participação. Isso faz a pessoa se sentir valorizada e cria um ambiente mais acolhedor e colaborativo. "Premiar" quem se dispõe a participar encoraja os outros a participarem também. Do contrário, se alguém participa e você dá um "fora" na pessoa, enviará para toda a plateia a mensagem de que, se interagir, será humilhada.

5) NÃO CHAME ATENÇÃO NEGATIVAMENTE

Quando a música-tema do programa começou a tocar, senti o nervosismo bater. *Será que foi mesmo uma boa ideia?* Por dentro do macacão vermelho e por trás da máscara da série *La Casa de Papel*, minha visão era extremamente limitada, e eu temia tropeçar em um fio enquanto caminhava em direção ao sofá da entrevista. *Seja o que Deus quiser*.

Participar do *The Noite*, com Danilo Gentili, foi ao mesmo tempo uma das minhas maiores felicidades e um dos maiores desafios da minha vida. Afinal, estar em frente às câmeras no maior *talk show* do Brasil (e do mundo, em visualizações no YouTube) e face a face com um apresentador famoso pela sua irreverência pode fazer até o mais confiante dos oradores hesitar.

Quando o programa foi ao ar, absolutamente ninguém notou quão nervoso eu estava. O motivo: eu não chamei atenção para isso. Se eu fizesse um comentário do tipo: "Nossa, estou nervoso" ou "Me desculpem se eu errar qualquer coisa", teria guiado a atenção do público exatamente para onde eu não queria: minha insegurança. Isso diminuiria minha autoridade e, por consequência, meu grau de convencimento.

Imagine que você está em uma festa e, de repente, percebe que se esqueceu de fechar a braguilha ao sair do banheiro. Sim, seu zíper está aberto. O que seria melhor a se fazer: discretamente fechar sem ninguém perceber ou anunciar "Pessoal, que cabeça a minha, me esqueci de fechar o zíper quando fui ao banheiro, mas vou fechar agora"? Nesse momento, todos instintivamente olham para suas partes íntimas e essa interação estranha ficará por muito tempo na cabeça deles quando pensarem em você...

Um erro comum de muitos oradores é acreditar que todo mundo está percebendo o nervosismo deles. A verdade é que a maioria das pessoas não nota sinais sutis de ansiedade, como mãos ligeiramente trêmulas ou respiração acelerada. Mas, ao chamar a atenção para isso, você confirma para a audiência que há algo de "errado" e os coloca no papel de avaliadores do seu desempenho.

Se eu te digo: não pense em um elefante rosa, no que você pensa? Exatamente naquilo que eu falei para não pensar. Quando você começa uma apresentação ou discurso falando "Pessoal, peço desculpas de antemão pelo nervosismo", em que a plateia focará a partir de então? Mesmo pessoas que nem repararam que você estava nervoso começam a perceber sua mão um pouco trêmula, a voz um pouco embargada...

Muitos oradores, ao se sentirem ansiosos, têm o impulso de pedir desculpas ou de fazer algum comentário sobre estarem nervosos. Embora isso possa parecer uma tentativa honesta de ser transparente, na prática, diminui sua credibilidade. Pedir desculpas pelo nervosismo faz com que você pareça menos preparado. A impressão que fica é a de que você está inseguro e que talvez não domine tanto o conteúdo quanto deveria. Pedir desculpas coloca o foco nos seus erros e tira a atenção do que realmente importa: a mensagem.

Tampouco recomendo pedir desculpas pelo nervosismo como estratégia para gerar identificação, pois existem formas muito melhores de fazer isso, como contar histórias. Lembre-se de que o público não está esperando sua falha; ele está ali para ouvir o que você tem a dizer. Ninguém está torcendo contra. Quando mantemos o foco na mensagem e nas pessoas que estão realmente prestando atenção, ganhamos força e confiança para seguir adiante.

A partir de hoje, experimente isto para manter a sua autoridade e transmitir confiança mesmo sob pressão: nunca chame atenção para pontos fracos que você não precisa destacar. Se você assistir à minha entrevista no canal do *The Noite* no YouTube, verá que estou muito sorridente e com uma aura relaxada, mesmo que por dentro estivesse tremendo!

Em último caso, se o nervosismo for tão aparente a ponto de você sentir a necessidade de falar algo, prefira dizer: "Pessoal, é que eu estou muito emocionado de estar aqui". Essa pequena mudança faz toda a diferença. Não é nervosismo, é emoção!

6) PRATIQUE O DIÁLOGO INTERNO POSITIVO

Ai, meu Deus. Vai ser um desastre. Todo mundo vai odiar a minha apresentação. Aliás, com a minha sorte, é capaz de eu tropeçar a caminho do palco. Todo mundo vai rir de mim, vou virar um meme! Será que minha braguilha está aberta? E se meu dente estiver sujo? E se eu esquecer o que falar? Com certeza vou esquecer. Na verdade, já esqueci! O que é para fazer com as mãos, mesmo? E se alguém na plateia souber mais que eu sobre esse tema, levantar e começar a me refutar do nada? Parando para pensar, eu sei muito pouco sobre o que vou falar. Isso vai me queimar para sempre. Minha vida vai acabar. Socorro!

Isso é tudo o que você NÃO quer na sua mente antes de falar em público.

Se você quer falar de forma confiante, aprenda a controlar os seus pensamentos. Em momentos de tensão, especialmente antes de uma apresentação importante, é fácil deixar o medo e a insegurança dominarem a mente. Só que isso abaixa a energia e aumenta o nervosismo.

Nessa hora, o diálogo interno positivo é o seu maior aliado para manter-se firme. A chave está em lembrar a si mesmo de que você é a pessoa mais preparada naquele espaço para falar sobre o tema. Você não está ali por acaso. Tem conhecimento e experiência para compartilhar. Ao reafirmar isso para si mesmo, você reforça sua autoconfiança.

Tem um mantra que gosto de repetir antes das apresentações: "Eu sou a pessoa mais preparada daqui para falar sobre esse assunto, e esse assunto é extremamente importante para todos os presentes". Esse mantra cumpre dois objetivos: em primeiro lugar, tira da mente aquele pensamento: *Será que minha palestra é muito básica para esse público? Será que eles sabem muito desse tema e não conseguirei contribuir?*

Uma vez, falei isso em um podcast, e o entrevistador perguntou:

— Ué, mas e se for mentira? E se de fato você não for o mais qualificado dali para falar sobre aquele assunto?

Minha resposta foi:

— Dois oradores têm o mesmo nível técnico. Um deles ficou repetindo para si que era o mais preparado dali. O outro ficou repetindo que não era o mais preparado e que havia outras pessoas mais qualificadas naquele mesmo ambiente. Qual você acha que falará de forma mais confiante?

O segundo objetivo do mantra é relembrar a relevância do nosso tema. É comum que oradores iniciantes, e mesmo alguns experientes, duvidem logo antes de subir ao palco se sua palestra é boa mesmo. *Acho que eles não precisam desse conhecimento. Vai ser inútil. Eu deveria ter trazido outro tema.* Não dê ouvidos a essas dúvidas de última hora! Entenda que seu tema é, sim, relevante e que todos ali precisam ouvir o que você tem a dizer.

"Ok, mas e se, sem querer, eu pensar algo negativo?" Está tudo bem. Nossa mente é rápida e isso acontece. Apenas não fique preso nesse pensamento. Deixe-o ir embora na mesma velocidade que veio.

Conforme expõe Jonah Berger em seu livro *Palavras mágicas*, uma variação mais avançada da "técnica do diálogo interno positivo" foi descoberta pela Universidade de Michigan. Em um estudo, um grupo de candidatos foi orientado a pensar qual seria seu emprego dos sonhos. Depois, eles tinham apenas cinco minutos para preparar uma apresentação sobre por que seriam a escolha ideal para o cargo ante a centenas de outros candidatos. Uma situação estressante que deixa qualquer um ansioso. De fato, observou-se um aumento do ritmo cardíaco e no nível de cortisol dos participantes.

Para testar a força do diálogo interno positivo, uma parte dos participantes foi orientada a se encorajar em primeira pessoa: "Por que eu estou me sentindo nervoso? Eu consigo!". Já o restante dos participantes recebeu a mesma instrução, porém com uma ligeira alteração: deveriam falar consigo mesmos na terceira pessoa – por exemplo, dizendo: "Você está preparado", em vez de "Eu estou preparado".

E o que os pesquisadores descobriram é que a técnica de diálogo interno positivo somada à linguagem externa deixou os participantes consideravelmente mais confiantes e menos nervosos! O motivo? Essa técnica ajuda a criar uma "distância psicológica", o que torna mais fácil ser objetivo sobre a situação e ameniza o impacto das emoções intensas.

Imagine que seu melhor amigo vai fazer uma apresentação para a qual se preparou muito. Você sabe que ele é incrível, mas ele está nervoso. Automaticamente, você liga o modo motivacional:

— Como assim, você está nervoso? Se tem alguém que domina esse assunto, é você! Você é inteligente, comunicativo, estudou para caramba! Você consegue!

Que tal começar a falar consigo com o mesmo grau de confiança?

7) TRATE DE IGUAL PARA IGUAL

Você já se sentiu inferior? Eu já.

Durante grande parte da minha vida, convivi com um complexo de inferioridade. Acreditava que a opinião dos outros era mais importante do que a minha, que o tempo dos outros era mais valioso do que o meu... Uma verdadeira situação de subserviência disfarçada de humildade.

Uma grande dificuldade para quem quer se conectar com novas pessoas, seja para fazer networking, ou até mesmo para flertar, é a sensação de ser inferior. Isso dá margem para pensamentos como "Não sou digno de andar com essa gente", "Não sou famoso como eles", "Eles têm um Rolex e eu não", "Ela nunca olharia para mim", "Ela é muita areia para o meu caminhãozinho". Esse tipo de autoimagem limitada e baixa autoestima bloqueia oportunidades, nos isola e, muitas vezes, nos mantém presos a uma realidade que não condiz com o nosso potencial.

Para mudar essa mentalidade, é fundamental lembrar que, no fundo, as pessoas são iguais. Se você for falar com um grande empresário, lembre-se de que ele não é uma divindade ou um super-herói. É um ser humano como você. E, assim como você, ele também tem pontos fracos, dúvidas e inseguranças.

Quando vou me conectar com empresários bilionários e políticos de alto escalão, gosto de lembrar que não importa o quão "grande" alguém seja, sempre existe uma maneira de ajudar aquela pessoa naquilo que eu sou bom.

Da mesma forma que não recomendo olhar para as pessoas de "baixo para cima", isto é, se achando menor que o outro, tampouco você deve olhar as pessoas "de cima para baixo". Sabe aquela pessoa que muda completamente quando descobre que estava falando com alguém importante?

Isso é extremamente deselegante. Trate as pessoas de forma educada e cordial, independentemente do cargo e status social – esse comportamento o levará longe.

8) BANALIZE A TAREFA DE FALAR EM PÚBLICO

Existe uma tática de vendas conhecida como "banalizar o valor". Tem gente que, na hora de falar o preço para o cliente, olha para a calculadora, hesita e diz algo como: "Nossa, o valor ficou salgado mesmo, achei que ia ficar mais barato, mas não se preocupe que temos formas de pagamento bem camaradas". O grande problema nessa situação é comunicar com a linguagem verbal e a não verbal que o preço está alto, reforçando essa ideia na mente do comprador! Erro de principiante.

O correto seria falar com naturalidade o preço, até levemente surpreso ao ver o valor na calculadora: "Nossa, achei que ia ficar um valor maior, mas juntando tudo, ficou só isso".

E se eu te disser que o mesmo princípio se aplica a falar em público? A gente tende a exagerar e superestimar essas ocasiões. Quando eu estava no Ensino Médio, os professores simplesmente amavam passar seminários. Essa modalidade de avaliação consistia em dividir a sala em grupos, cada um com um tema para apresentar. Lembro que, certa vez, eu tinha que apresentar três seminários no mesmo dia. Comecei a surtar. *Como vou conseguir estudar para três apresentações no mesmo dia?* Mas aí, parei e pensei: *Meus professores dão aula o dia inteiro, todo dia, para diferentes turmas, sobre diferentes assuntos. Por que eu estou reclamando tanto de fazer três pequenas apresentações? Isso é muito mais fácil que o trabalho dos meus professores, e se eles conseguem, eu também consigo.*

Hoje, sou muito grato por ter apresentado tantos seminários no Ensino Médio e na faculdade, pois isso me ajudou a me dessensibilizar ainda mais para falar em público.

Vamos supor que você foi convidado a dar uma entrevista no jornal ao vivo da sua cidade. Talvez fique pensando: *Caramba, a cidade inteira vai ver, isso pode fazer minha carreira decolar ou afundar, tenho que falar muito bonito e não posso gaguejar de jeito nenhum.* Nesse caso, aumentam as chances de você ficar nervoso. Uma estratégia mais efetiva seria pensar: *Entrevista? Tranquilo. Vou tirar de letra*. Assim, seu cérebro entende como uma situação familiar, não ativa a reação automática de luta ou fuga e evita o famoso sequestro límbico.

9) UTILIZE A REGRA DOS TRÊS SEGUNDOS

Quantas vezes você já se pegou hesitando ao ver alguém com quem gostaria de iniciar uma conversa? Essa pequena janela de oportunidade, quando temos vontade de nos conectar com alguém, é frequentemente perdida por causa do medo e da indecisão. A regra dos três segundos é uma técnica simples ensinada por Nicholas Boothman no livro *Como convencer alguém em 90 segundos*, que ajuda você a vencer essa barreira inicial e começar uma interação sem pensar demais. É bem fácil: ao ver uma pessoa com quem gostaria de falar, conte até três e inicie a conversa.

Muitas vezes achamos que temos que ter uma pergunta perfeita ou uma abertura brilhante para falar com alguém. Mas o real truque está em não se preocupar demais com o que vai dizer. Se você está em um evento e vê uma pessoa com quem gostaria de se conectar, primeiramente faça uma rápida análise da linguagem corporal, para ver se ela também está aberta a novas conexões. Em caso positivo, em vez de traçar mil planos, simplesmente chegue nessa pessoa e fale algo. Pode ser uma pergunta aberta que faça sentido no contexto. Por exemplo: "Oi! E aí, o que está achando do evento?".

Vou contar um segredo. É muito mais sobre o jeito que você fala do que as exatas palavras que saem da sua boca. Pense em três dos seus amigos mais próximos. Agora, tente se lembrar de qual foi a primeira frase que saiu da boca deles ou da sua ao iniciar a primeira interação que deu origem à amizade. Ninguém lembra. Mas se você chega usando uma linguagem corporal aberta, um sorriso no rosto e fazendo contato visual – falaremos disso na parte III do livro –, as chances de sucesso na conversa aumentam drasticamente.

Na próxima vez que quiser falar com alguém, não dê tempo de o seu cérebro te boicotar. Conte 1... 2... 3... e fale!

9.5) TENHA UM ALTER EGO

Já mencionei que eu gosto muito da série *The Office*. Não sei explicar, mas algo naquele humor constrangedor simplesmente me cativa.

Em dado episódio, o personagem Andy Bernard, então gerente de uma filial da empresa de papel Dunder Mifflin, resolve perseguir o sonho de se tornar ator. Porém, seu primeiro "trabalho" é menos glamouroso do que gostaria: ser a cobaia em um vídeo de segurança do trabalho de uma indústria. Mesmo assim, ele topa o desafio. Tudo vai bem até que o diretor pede para ele fazer uma cena inusitada:

— Ok, aqui você acabou de derrubar um béquer, os produtos químicos espirraram nos seus olhos, o que é extremamente doloroso...

— Sim, e eu já escolhi algumas memórias de infância para explorar e realmente expressar essa dor — interrompe Andy.

— Isso é ótimo. Então o que você vai fazer é vir aqui para o lava-olhos e depois, você sabe, lavar os olhos, para tirar os produtos químicos.

Andy entra em pânico. A perspectiva de manter os olhos abertos diretamente em um jato de água o deixa extremamente desconfortável e ele pensa em desistir. Andy confessa para seu amigo Darryl, em tom choroso:

— Não posso lavar meus globos oculares, não posso fazer isso. Não consigo...

Com ar sereno, e ansioso para acabar com aquilo o mais rápido possível e ir para casa, Darryl responde:

— Andy Bernard não consegue esguichar água nos olhos e agir como se isso não o assustasse... Mas você sabe quem consegue? O assistente de laboratório de meia-idade número um — conclui Darryl enquanto lê o nome do personagem no crachá de Andy. No final, o recém-ator entra no personagem e consegue gravar a cena.

Dale Carnegie já falava disso há cem anos: a "técnica do alter ego". Se você é uma pessoa introvertida e tímida, imagine-se como um ator que recebeu o trabalho de fazer um personagem extrovertido e confiante.

O fato de não ser "você", e sim um personagem, ao menos na sua cabeça, tira um pouco do peso da tarefa e te deixa mais tranquilo para tentar coisas novas. Eu fiz muito isso – e, verdade seja dita, continuo fazendo em muitas situações. É aquele conceito do "finja até se tornar": ao praticar o comportamento desejado, ele eventualmente se tornará parte de você.

A neurociência oferece uma explicação interessante para o poder do alter ego. Quando atuamos como um personagem, estamos, na verdade, criando conexões neurais que nos permitem adquirir novos padrões de pensamento e comportamento. Isso significa que, com o tempo, a repetição do papel desse alter ego pode reconfigurar o cérebro, transformando a nova postura confiante em uma segunda natureza. Dessa forma, essa técnica não apenas "disfarça" a insegurança como tem o potencial de realmente transformar a maneira como você se vê.

Criar um alter ego é uma prática usada por muitos profissionais de alto desempenho, desde atletas a artistas e empresários. Beyoncé, por exemplo, criou sua persona "Sasha Fierce" para conseguir acessar um lado mais ousado e confiante quando subia ao palco. Essa prática deu a ela liberdade para explorar uma energia que talvez não sentisse como Beyoncé. Da mesma forma, ao adotar um alter ego, você pode acessar uma versão de si mesmo que é corajosa e segura, que enfrenta desafios e supera barreiras que antes pareciam impossíveis.

A técnica do alter ego não é apenas uma estratégia para quem quer disfarçar a timidez, é uma maneira poderosa de acessar partes de nós mesmos que muitas vezes ficam ocultas ou reprimidas. Quando adotamos um alter ego, nos damos permissão para agir sem as limitações impostas pelo nosso "eu" habitual, liberando uma confiança que talvez não viesse à tona de outra forma. Ao transformar-se mentalmente em outra pessoa, você pode se libertar dos medos e das inseguranças que costumam te segurar, permitindo-se agir com mais coragem, desenvoltura e espontaneidade.

Assim como um ator em cena, você também pode "vestir" um alter ego em momentos cruciais. Por exemplo, imagine que precisa falar em público, mas sente aquele frio na barriga. Em vez de se prender ao nervosismo, entre no papel de um comunicador seguro e destemido. Visualize como esse personagem se comportaria: ele andaria de cabeça erguida, faria contato visual com todos na sala e falaria de forma clara e assertiva. Não se trata de enganar as pessoas ao seu redor, e sim treinar sua mente para manifestar um lado seu que talvez precise de mais prática para florescer. Ao agir como esse personagem, seu cérebro passa a associar essa postura com os benefícios da confiança e segurança, e logo você perceberá esses comportamentos se tornando naturais.

13
ROTINA SECRETA DE SETE PASSOS PARA FALAR BEM EM PÚBLICO

Nos últimos anos, estive nos bastidores de alguns dos maiores palestrantes do Brasil, além de dar minhas próprias palestras e treinamentos empresariais. Estando nessa posição privilegiada tanto de "jogador" quanto de "treinador", tive a oportunidade de aprender em primeira mão o que torna uma apresentação bem-sucedida e o que faz ela colapsar.

Assim como uma guerra é vencida ou perdida na barraca do general, o sucesso de uma apresentação depende muito da preparação antes de entrar no palco – lembra do Batman?

E se eu te disser que existe um passo a passo validado para aumentar seu desempenho em qualquer apresentação? É isso mesmo. São sete técnicas que chamo de Rotina de Preparação Pré-Palestra – mas que podem ser aplicadas em qualquer fala, até em um trabalho em grupo. Eu sempre realizo esses passos antes de palestrar, assim como os meus mentorados. E, agora, chegou a sua vez.

1) TÉCNICA DA CANETA

A primeira técnica já vimos na parte I do livro. Pegue uma caneta, coloque-a na boca de frente e conte de um a doze. Depois, diga os meses do ano, fazendo um esforço para articular cada palavra de forma clara. Exagere nos movimentos dos músculos da face. O objetivo dessa técnica é melhorar sua dicção, tornando a fala mais clara e agradável de ouvir.

2) TÉCNICA DAS CARETAS

O segundo passo da rotina é a "técnica das caretas". Antes de subir ao palco, vá a um lugar reservado – o banheiro, por exemplo – e faça as expressões faciais mais exageradas que conseguir. Isso desperta os músculos do rosto e ajuda a deixar sua apresentação mais viva e cativante, evitando que sua fala seja "inexpressiva".

3) VISUALIZAÇÃO POSITIVA

A terceira técnica é a "visualização positiva". Feche os olhos e imagine sua apresentação acontecendo de forma incrível. Visualize cada detalhe em sua mente: você falando com confiança, o público atento e envolvido, pode até imaginar as pessoas se emocionando com as suas histórias e aplaudindo de pé ao final. Essa prática é comum entre atletas de alto nível, como o nadador Michael Phelps.

Por que acordamos suados e com o coração acelerado quando temos um pesadelo? Porque nosso cérebro primitivo não sabe a diferença entre o que é real e o que é imaginário. Assim, ao fazer visualização positiva, para o cérebro primitivo, que só vive no presente, é como se estivesse acontecendo de verdade! Isso causa dessensibilização e, então, quando você for lidar com a apresentação na "vida real", sentirá que já viveu aquela experiência antes e ficará mais tranquilo.

4) RESPIRAÇÃO DIAFRAGMÁTICA QUADRADA

A "respiração diafragmática quadrada" é a quarta técnica da nossa rotina. Esse tipo de respiração, usada por cantores e atletas, permite que você utilize toda a capacidade pulmonar, reduzindo o ritmo cardíaco e controlando a ansiedade. Inspire profundamente durante quatro segundos, expandindo o abdômen, segure o ar por quatro segundos, e depois expire lentamente durante quatro segundos. Repita o ciclo algumas vezes.

5) ESCOLHA A MÚSICA CERTA

A quinta técnica envolve escolher a música certa para ouvir antes de falar. Grandes atletas, como Kobe Bryant, usavam essa estratégia para entrar no estado emocional ideal antes das competições. Escolha uma playlist com músicas que te motivem e que tenham letras positivas. Evite músicas que aflorem sentimentos negativos ou que possam baixar sua energia.

6) RETIRADA ESTRATÉGICA

Antes de qualquer apresentação importante, pratique a "retirada estratégica". Tire alguns minutos para se desconectar de distrações – desligue o celular, afaste-se de conversas paralelas e foque totalmente na missão à sua frente. Muita gente, antes de subir ao palco, comete o erro de ficar nas redes sociais, respondendo mensagens ou assistindo a vídeos aleatórios, o que dispersa a atenção e aumenta as chances de erro. A retirada estratégica permite que você organize seus pensamentos e entre em um estado de concentração, pronto para dar o seu melhor no palco.

7) RECONHECIMENTO AVANÇADO DO TERRENO

O último passo é o "reconhecimento avançado do terreno". Sempre que possível, visite o local da apresentação com antecedência. Suba no palco, observe a disposição do espaço, familiarize-se com o ambiente. Por onde você vai entrar e sair? Onde fica a escada caso queira descer do palco e caminhar? Essa prática ajuda a reduzir o desconforto de estar em um lugar desconhecido. Mesmo em apresentações on-line, é útil conhecer a plataforma que será usada. Ao se familiarizar com o ambiente, seja físico ou virtual, você elimina surpresas e aumenta sua segurança para o momento da fala.

BÔNUS: TÉCNICA DO SACO DE BATATA

Esta é uma das minhas estratégias preferidas para liberar tensão, e eu usava muito na minha época de ator. A "técnica do saco de batata" consiste em separar as suas pernas na largura dos ombros, deixar os joelhos semiflexionados e, então, subir e descer rapidamente, "sacudindo" o corpo. Procure deixar os braços moles, como um saco de batata. Você parecerá uma mistura de boneco de posto de gasolina com boneco de Olinda. Faça isso por alguns segundos e se sentirá mais leve e solto.

Essas técnicas compõem minha Rotina de Preparação Pré-Palestra e são práticas que uso para alcançar resultados consistentes nas minhas apresentações e falar com segurança. Agora é sua vez: aplique cada uma dessas técnicas antes de sua próxima apresentação e observe a diferença. A preparação é fundamental para qualquer orador, e essa rotina vai te dar a confiança e o controle de que precisa para brilhar em qualquer palco. Para facilitar, deixei esta rotina no formato de checklist no Apêndice A, ao final do livro. Confira-a sempre antes de uma apresentação!

Ufa! Vimos bastante coisa até aqui. Na parte I do livro, abordamos vícios de linguagem, dicção, prolixidade e vocabulário para aumentar a clareza. Agora, na parte II, você aprendeu sobre bloqueios mentais, sobre não negar palco e sobre ambiência. Também estudou os três Ps da oratória confiante e teve acesso a 9.5 técnicas para exterminar o nervosismo, além da minha rotina de sete passos para falar bem em qualquer apresentação. Mas o melhor ainda está por vir...

Preparado para aprender o terceiro e mais poderoso de todos os Cs da comunicação?

EM RESUMO

**O SEGUNDO C (CONFIANÇA):
COMO PERDER O MEDO DE FALAR EM PÚBLICO**

1. Existe a mente consciente e a mente inconsciente, em que estão alojadas algumas crenças limitantes como a do agradador, a do perfeccionista e a do comparador.

2. Pare de querer agradar todo mundo. Até Jesus tinha *hater*.

3. Abandone o perfeccionismo. Saiba brincar com seus erros e lembre-se de que feito é melhor que perfeito e que as pessoas têm memória curta.

4. Não compare seu bastidor com o palco dos outros e não compare seu capítulo 1 com o capítulo 40 dos outros. Não seja melhor que o outro, seja melhor que ontem.

5. Existe o cérebro primitivo e o cérebro racional. Perder o medo de falar em público está 100% relacionado a tornar essa atividade familiar ao cérebro primitivo.

6. Nunca negue palco. Agarre com unhas e dentes toda e qualquer oportunidade de treinar a oratória para se dessensibilizar.

7. É mais fácil mudar de ambiente do que mudar o ambiente. Você é a média das cinco pessoas com quem mais convive. Tenha um

grupo de apoio, seja o mais burro da mesa, foque no seu círculo de influência e tire o atraso do desenvolvimento pessoal.

8. Torne-se o Batman da oratória: não subestime o poder da preparação. Estude mais do que pretende ensinar, ensaie e cronometre, anote dez potenciais perguntas, aprenda com o erro dos outros e deixe seu inconsciente trabalhar por você.

9. A paixão convence. Fale sobre assuntos de que gosta.

10. Não existe jeito certo de falar, existe o seu jeito de falar. O principal elemento de um bom orador é sua personalidade. Seja autêntico.

11. Para exterminar a timidez e o nervosismo, conheça seus pontos fortes, ajuste sua postura, procure anjos da guarda, passe a bola, não chame atenção negativamente, pratique o diálogo interno positivo, trate de igual para igual, banalize a tarefa de falar em público, utilize a regra dos três segundos e tenha um alter ego.

12. Antes de apresentações, use a Rotina de Preparação Pré-Palestra: técnica da caneta, técnica das caretas, visualização positiva, respiração diafragmática quadrada, escolha da música certa, retirada estratégica, reconhecimento avançado do terreno e técnica do saco de batata.

PARTE III

O TERCEIRO C (CONVENCIMENTO):
O PASSO A PASSO AVANÇADO PARA SER HIPERPERSUASIVO

14
O SEGREDO PARA CONVENCER E PERSUADIR QUALQUER PESSOA

Se você chegou até aqui, já dominou dois dos três Cs da comunicação: clareza e confiança. Parabéns! Você já completou dois terços da jornada para se tornar um melhor comunicador.

Agora, chegou a hora de finalmente aprender o terceiro e mais importante de todos os Cs: **convencimento**. O 80/20[1] da comunicação é ser convincente. Afinal, de nada adianta ter coragem de falar, e sua fala ser clara e cristalina como água, se o ouvinte não gostar de você, não se lembrar de você, não comprar seu produto ou serviço, não te seguir... Os dois primeiros Cs foram responsáveis por preparar o terreno e erguer os fundamentos necessários da sua oratória. O terceiro C será responsável por construir o triplex que você vai alugar na cabeça das pessoas!

"Giovanni, então por que o livro inteiro não é sobre o terceiro C, se ele é de longe o mais importante?" Porque aí você iria tentar aplicar as técnicas avançadas que veremos a partir de agora, mas elas perderiam força por causa de vícios de linguagem, dicção ruim, prolixidade, vocabulário inadequado, nervosismo e insegurança. Agora que você domina a clareza e a confiança, tem os pré-requisitos para desbloquear o verdadeiro potencial do convencimento.

---

[1] Esse número diz respeito ao Princípio de Pareto, que afirma que, em muitos casos, 80% dos resultados vêm de 20% do esforço. Ou seja, o convencimento representa os 20% de esforço com potencial para trazer 80% dos seus resultados.

No início do livro vimos que, das seis formas de convencer alguém, a persuasão é a mais rápida, barata e eficaz. Você aprendeu que persuasão nada mais é do que fazer as pessoas quererem fazer o que você quer que elas façam. Na parte III deste livro, você vai aprender o passo a passo exato de como ter uma comunicação hiperpersuasiva.

Imagine o seguinte cenário. Você está em um cinema para assistir a um filme divertido com sua família. Se você é como eu, chegou cedo para conferir todos os trailers. Eis que começa um vídeo na telona seguindo esta fórmula: uma música instrumental emotiva começa a tocar, e então aparece uma senhorinha e uma criancinha. A senhorinha olha para a criancinha, a criancinha olha para a senhorinha, as duas olham para a câmera com olhar esperançoso, a tela fica escura no ápice da trilha sonora e uma frase bem clichê aparece, do tipo "viva os melhores momentos" ou "a felicidade está nas pequenas coisas". No último segundo do vídeo, apenas no finalzinho, aparece o logo de um grande banco.

Agora, segue o meu raciocínio. Se tem alguém que tem dinheiro, é o banco. E eu sei disso mais que ninguém, pois sou o El Professor...

Os bancos possuem todo o recurso financeiro do mundo para contratar os melhores e mais conceituados especialistas em publicidade e propaganda, formados nas melhores e mais conceituadas universidades do planeta. Então por que será que as propagandas das instituições financeiras, pensadas por esses grandes gênios, não contêm argumentos racionais, apenas emocionais? Por que elas não mostram gráficos e porcentagens que provam logicamente que o serviço do banco tem o melhor custo-benefício quando comparado com o dos concorrentes?

Na parte II do livro, você aprendeu sobre o cérebro primitivo e o cérebro racional. Vamos retomar este conceito, desta vez para explicar a técnica de persuasão mais poderosa que existe. Este é o grande segredo por trás das propagandas não só dos bancos, mas de todas as maiores empresas do mundo.

Morin e Renvoise, as mentes por trás da obra *O código da persuasão*, cunharam um conceito que considero o estado da arte da neurociência do convencimento: o "Efeito Ascendente da Persuasão".

De modo muito simples, o cérebro primitivo é o responsável pelo fluxo de atenção. É ele que decide, rapidamente, em que vamos focar. Mas uma coisa que poucas pessoas sabem é que a atenção é um recurso finito do nosso cérebro. Literalmente gasta glicose, demanda energia.

Se tentamos prestar atenção em algo extremamente complexo, o que acontece? Tendemos a desfocar, nos entediar, viajar na maionese. Queremos dormir em aulas chatas e apresentações maçantes. Por quê? Porque, em uma rápida análise, o cérebro primitivo identificou que, para decodificar aquele estímulo, seria necessário muitíssima glicose, e como ele não entendeu a relevância disso para a sua sobrevivência, achou que não seria um uso adequado do recurso. Quando uma informação é muito "pesada", dizemos que falta **fluência cognitiva**. Um slide cheio de texto e letras miúdas é um exemplo de ausência de fluência cognitiva.

O que seria, então, o efeito ascendente da persuasão? Essa sacada de gênio vai explodir a sua mente. Nada mais é que primeiro chamar a atenção do cérebro primitivo e, apenas depois, convencer o cérebro racional!

É por isso que devemos usar mais imagens e menos textos nos slides. É por isso que precisamos fazer uma abertura impactante em palestras e apresentações. É por isso que os primeiros segundos de um vídeo são os mais importantes para ele viralizar.

Qual é o grande erro de oradores e palestrantes? Falar de forma demasiadamente técnica, difícil, complexa e chata. Isso prejudica a fluência cognitiva e não engatilha o efeito ascendente da persuasão. A mensagem pode ser superimportante, mas mesmo assim as pessoas não prestarão atenção nela.

Também existem aquelas pessoas que dominam a arte de chamar a atenção, seja com dancinhas nas redes sociais ou com polêmicas, mas não possuem profundidade. Assim, as pessoas até prestam atenção em um primeiro momento – o cérebro primitivo é atraído –, mas não ficam por falta de conteúdo – o cérebro racional não é convencido.

Para se tornar o orador mais persuasivo que você conhece, o grande truque está em convencer os dois lados do cérebro. Use a emoção e a razão, nessa exata ordem. Faça isso, e terá o mundo aos seus pés.

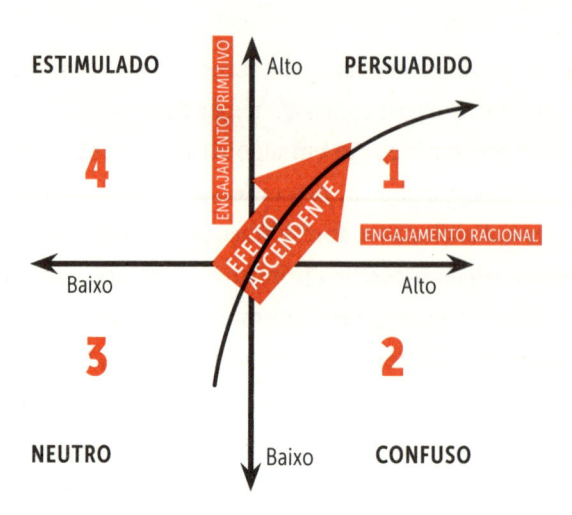

```
                    ENGAJAMENTO PRIMITIVO
                              ↑ Alto
   ESTIMULADO                      PERSUADIDO

            4            EFEITO        1
                      ASCENDENTE
                              ENGAJAMENTO RACIONAL
   ←————————————————————————————————————————→
        Baixo                     Alto

            3                      2

    NEUTRO          ↓ Baixo      CONFUSO
```

O efeito ascendente da persuasão mostra que mensagens são mais persuasivas quando primeiro capturam o cérebro reptiliano e o sistema límbico e só depois convencem o neocórtex. Nunca apele primeiro para o cérebro racional, pois a mensagem demandará muito esforço cognitivo e o cérebro primitivo a descartará.

Relembrando as palavras de António Damásio: "Não somos máquinas de pensar que ocasionalmente sentem, e sim máquinas de sentir que ocasionalmente pensam". Se você entendeu isso, entendeu tudo.

E sabe o que é mais interessante? Nada disso é uma grande novidade.

Séculos antes de Cristo, Aristóteles escreveu um livro chamado *Retórica*. Sua ideia era a de que as pessoas mais convincentes utilizam três meios de persuasão: *ethos* (credibilidade e autoridade), *pathos* (paixão e emoção) e *logos* (razão e lógica). Em outras palavras, mais de dois mil anos atrás, Aristóteles já nos ensinava: para ser hiperpersuasivo, tudo que você precisa fazer é passar confiança, emocionar e fazer sentido.

Hoje, a neurociência está apenas jogando luz sobre um conhecimento milenar, mas, no fundo, sempre soubemos disso. Pessoas persuasivas sempre existiram – e nos próximos capítulos você aprenderá a ser uma delas.

De todas as técnicas que eu já conheci durante mais de uma década de estudo de comunicação, três se destacam como as mais primordiais e essenciais para ativar o efeito ascendente da persuasão: canais de acesso, rapport e storytelling. Vamos a cada uma.

15
A TÉCNICA DA COCA-COLA PARA UMA ORATÓRIA DE IMPACTO

O que você vai aprender agora é a técnica mais poderosa de oratória e comunicação que conheço. Ela é aplicável em absolutamente todas as áreas da vida, seja para gravar um vídeo, seja para fazer uma palestra, seja para vender um produto, seja simplesmente para se conectar com as pessoas. Então, preste bem atenção.

A eficácia da comunicação depende 55% da expressão corporal, 38% do tom de voz e apenas 7% das palavras. É isso que diz um estudo realizado na década de 1960 na Universidade da Califórnia (UCLA) pelo professor Albert Mehrabian. Em outras palavras, 93% da nossa comunicação não tem a ver com O QUE falamos, e sim com COMO falamos!

Agora, você deve estar pensando: *Nossa, quer dizer que as palavras que saem da nossa boca não valem de nada, o que importa é falar bonito?* Calma, não é bem assim. Tente explicar esse estudo só com gestos, sem usar palavras... Essa interpretação equivocada da pesquisa inclusive deu origem ao chamado "mito de Mehrabian".

A pesquisa tinha como escopo falar de sentimentos. Vamos supor que você diga: "Estou muito feliz por estar lendo este livro". Mas você não diz isso com entusiasmo. Pelo contrário: sua linguagem corporal e tom de voz comunicam tédio. Você até revira os olhos ao falar... Nesse caso, saberei que preciso escrever melhor.

Deixe-me ser bastante claro: palavras são extremamente importantes. Porém, muitas vezes, não são o suficiente para de fato convencer. Esse estudo da UCLA nos dá uma grande pista sobre a importância de não só ter a mensagem certa, mas também de comunicá-la da forma certa. Dale Carnegie, Simon Sinek, Steve Jobs e todos os grandes comunicadores entenderam que não basta ter uma ideia brilhante, é preciso saber comunicá-la de forma brilhante. Vale relembrar as palavras de Schopenhauer: uma coisa é TER razão, outra coisa bem diferente é FICAR com a razão.

Agora que você entendeu que se não dominar esses 93% da comunicação não verbal, ninguém vai se convencer com as suas ideias, vamos ao que interessa: como dominar a linguagem não verbal?

Simples: utilizando os **canais de acesso**.

De acordo com a neurociência, todo ser humano tem três canais de acesso ou estilos de aprendizagem: visual, auditivo e cinestésico. Esses canais de acesso nada mais são do que as formas pelas quais percebemos o mundo, aprendemos e absorvemos informação. Algumas pessoas são mais visuais, outras mais auditivas, outras mais cinestésicas, mas todos nós temos os três canais. A pessoa visual aprende mais com o que vê. Já a pessoa auditiva aprende mais com o que escuta. A pessoa cinestésica, por sua vez, aprende mais quando faz algo na prática: movimento, interação física e experimentação.

Não faltam manuais por aí que ensinem técnicas mirabolantes para, em uma rápida conversa, identificar o canal de acesso preponderante de uma pessoa e, assim, adaptar a sua linguagem para aumentar o seu poder de convencimento. Por exemplo, ao identificar que você é uma pessoa visual, um vendedor de carros apelaria para palavras e argumentos que dialoguem com seu canal visual: "*Veja* só que *design lindo* tem este carro".

Mas, para ser sincero, nem eu faço esse esforço. A verdade é que acho isso uma total perda de tempo.

Primeiro, porque existe uma margem de erro ao tentar "adivinhar" o canal de acesso principal de alguém em uma rápida conversa. Segundo, porque isso só serve quando falamos com uma única pessoa. Agora imagine que você está falando com um grupo, com uma plateia ou em um vídeo: você estará se dirigindo a pessoas visuais, auditivas e cinestésicas ao mesmo tempo.

Para nossa sorte, existe um jeito muito mais fácil e garantido de convencer qualquer público...

Pense em um comercial da Coca-Cola. Ele começa com um urso-polar brincando na neve, numa belíssima animação gráfica (visual). Ao fundo, está tocando uma melodiosa musiquinha de Natal (auditivo). Eis que aparece uma mãe trazendo nas mãos uma Coca-Cola para a família (cinestésico). Um zoom é feito na garrafa (visual), as gotículas na superfície já dando uma pista sobre a temperatura da bebida (cinestésico). Então, ao finalmente abrir a garrafa, qual é o som que ela faz?

Tsiiiiiii. Só de ouvir esse chiado inconfundível (auditivo), já nos dá água na boca de tomar uma coquinha com gelo e limão...

Ao final, o milagroso líquido preto é derramado elegantemente em um copo em câmera lenta (visual). Ao beber, todos soltam um sonoro e refrescante: "Aaaaahhhhhh" (auditivo).

Sua comunicação deve ser igual a um comercial da Coca-Cola. Os melhores comunicadores atingem todos os três canais de acesso.

Lembra de que o conteúdo é apenas 7% da comunicação, enquanto os outros 93% dizem respeito à forma como o conteúdo é transmitido? Quando você utiliza os três canais de acesso, atinge 100% desses 93%, fazendo o seu conteúdo – que é o que verdadeiramente importa – brilhar!

Ok, Giovanni, mas como atingir os três canais de acesso? É o que iremos aprender agora.

CANAL VISUAL

As dez principais formas de utilizar o canal de acesso visual a seu favor são: i) postura; ii) gesticulação; iii) movimentação; iv) contato visual; v) expressões faciais; vi) objetos; vii) iluminação; viii) cenário; ix) slides; e x) imagem pessoal. Vamos a cada uma delas.

1) POSTURA

Já aprendemos na parte II deste livro sobre a importância de uma postura confiante. Quando você entra em um ambiente, a primeira coisa que as pessoas notam é a sua postura. Se estiver corcunda, cabisbaixo, com os ombros encolhidos e evitando contato visual, isso será associado inconscientemente a subserviência e submissão. Pessoas inseguras tendem a se encolher para não chamar a atenção. Já os oradores confiantes ocupam espaço. Experimente ajustar a sua postura: cabeça reta (nem para cima, nem para baixo), ombros para trás, peito aberto, coluna ereta e aura relaxada.

2) GESTICULAÇÃO

Se eu te falar em um vídeo ou palestra que "existem três canais de acesso", você adquire essa informação pelo canal auditivo. Porém, se durante a fala eu também gesticular, fazendo o sinal de três com a minha mão, você estará OUVINDO três e VENDO três. Ou seja, receberá a mesma informação de duas formas diferentes. Isso não só ajuda a tornar a mensagem mais memorável, como também é crucial para reter a atenção das pessoas.

Apenas tome cuidado para não cometer vícios de linguagem não verbais com gestos repetitivos, como vimos anteriormente.

"Giovanni, eu nunca sei o que fazer com as mãos ao falar!" Siga estes cinco passos simples:

1. **Desenhe o que está falando com as mãos.** A conexão entre corpo e mente é extremamente rápida. Enquanto você fala, suas mãos já querem participar da conversa e sabem o que fazer, você apenas precisa aprender a ouvi-las.
2. **Mostre as mãos.** Isso é um sinal universal de que você é amigável, ao passo que escondê-las (por exemplo, atrás das costas) aciona nos outros o instinto de sobrevivência do cérebro primitivo: "O que ele está escondendo? Será que tem uma faca?".
3. **Use a "técnica da caixa" para evitar exageros.** Imagine que existe uma caixa que começa mais ou menos acima do seu umbigo e vai até o seu queixo, com a largura pouco maior que o seu ombro. Ao confinar a maioria dos seus gestos nessa caixa, você corre menos riscos de ser exagerado e caricato. A exceção a essa regra é palestrar em grandes palcos. Nesse caso, você pode exagerar mais nos gestos e se libertar um pouco da caixa, pois as pessoas estão te vendo de longe e gestos muito pequenos passarão despercebidos.
4. **Tenha uma base.** Ao falar em público, tenha uma posição padrão das mãos à qual possa recorrer quando não estiver "desenhando"

o que estiver falando. Costumo deixar minhas mãos fechadas em concha, parecido com o gesto de bater palmas.
5. **Evite gestos pontiagudos.** Apontar para as pessoas também não é bem recebido pelo cérebro primitivo, pois pode ser interpretado como ameaça. Prefira um gesto de pinça, parecido com quando vamos segurar os hashis, aqueles pauzinhos da culinária japonesa. É uma ação elegante que indica precisão nas palavras. Barack Obama usava muito esse gesto em seus pronunciamentos.

"E a mão no bolso, Giovanni? Pode?" Eu cresci ouvindo que mão no bolso era um verdadeiro crime de comunicação. Porém, se você assistir à série *Suits*, verá que o personagem Harvey Specter, tido como modelo de persuasão, costuma falar de forma confiante com uma mão casualmente no bolso, inclusive em tribunais. Ao mesmo tempo, esse efeito positivo da mão no bolso só é atingido porque todo o resto da comunicação não verbal (olhar, expressão facial, postura, movimentação, tom de voz...) exala confiança pura, a ponto de a mão no bolso ser apenas um charme.

Minha sugestão é: evite deixar as duas mãos no bolso por muito tempo, pois isso não só pode passar insegurança (em especial quando acompanhado de outros sinais não verbais negativos, como postura corcunda), como também limita a força do canal de acesso visual. Mas uma única mão no bolso, se acompanhada de uma linguagem corporal confiante no conjunto, pode passar a ideia de que você está tão à vontade enquanto fala e que domina tanto o assunto que nem precisa se esforçar.

3) MOVIMENTAÇÃO

Quando você se move pelo ambiente ao falar, torna a apresentação mais dinâmica. Da próxima vez que estiver palestrando, experimente explorar o palco. Melhor ainda, desça do palco e caminhe em meio à plateia! A mensagem que isso envia para o subconsciente de todos é: *Uau, olha como essa pessoa é confiante e segura do que está falando*. Na internet, experimente gravar vídeos com algum movimento, andando, ou mesmo dando zoom. Tudo isso atinge o canal de acesso visual e torna o conteúdo mais interessante e magnético.

É claro que existem cenários em que a movimentação não é possível, como falar em uma tribuna com microfone fixo. Nesses casos, basta compensar com a gesticulação. Também tome cuidado com movimentações que podem ser vistas como vícios de linguagem não verbais, como ficar indo de um lado para o outro sem intencionalidade, trocar o peso de perna ou ficar girando a cadeira durante uma reunião.

4) CONTATO VISUAL

Nunca subestime o poder de olhar nos olhos. Esse é um aspecto crucial do canal de acesso visual. Estudaremos tudo sobre isso ao abordarmos rapport, mais adiante.

5) EXPRESSÕES FACIAIS

Expressões faciais são cruciais para transmitir emoções. Evite ser inexpressivo. Na parte II do livro, quando abordamos a Rotina de Preparação Pré-Palestra, a técnica das caretas serve justamente para potencializar suas expressões. Consulte sempre o checklist presente no apêndice ao final do livro antes de uma apresentação importante!

6) OBJETOS

Uma excelente maneira de capturar a atenção por meio do canal visual é utilizando objetos. Se durante uma palestra eu quiser falar sobre como perdemos tempo usando as redes sociais do jeito errado, perceba como isso ganha força se eu tirar o celular do bolso e fizer o movimento de passar o dedo de baixo para cima, como se estivesse rolando o *feed* de uma rede social. Aqui, estou combinando objetos com gesticulação, duas técnicas do canal de acesso visual. Isso é magnético.

Os exemplos são infinitos: usar uma caneta para demonstrar a técnica da caneta, pegar um copo para demonstrar que você deve ser humilde e esvaziar o copo mental para caber conhecimento... até exemplos mais ousados. Já vi palestrantes pegarem uma bola de futebol americano e jogarem para a plateia. Use a criatividade.

7) ILUMINAÇÃO

Em especial quando for gravar vídeos ou participar de reuniões on-line, uma boa iluminação é crucial. Até mesmo a resolução da imagem melhora. Se possível, invista em um *softbox* ou *ring light*, caso queira gravar vídeos melhores. Uma alternativa é simplesmente usar a luz natural do sol. Posicione a câmera sempre de modo a ficar entre você e a fonte de luz, nunca com a fonte de luz atrás de você, pois assim sua imagem ficará escura.

8) CENÁRIO

Ainda no caso dos vídeos e reuniões on-line, é útil pensar no seu cenário. Pode ser desde um cenário mais elaborado, como no meu canal El Professor da Oratória, no YouTube, até algo mais minimalista, como um simples fundo preto. Não precisa ser perfeito, mas é necessário que seja intencional. Imagine que você vai contratar um advogado e, durante a reunião de fechamento do contrato, o plano de fundo do profissional é uma parede mofada e um armário quebrado. Você certamente repensaria se esse profissional é de fato bom.

Durante meu primeiro ano como professor à distância de debates e oratória para crianças da China, eu coloquei uma bandeira do Brasil na parede do fundo para disfarçar a pintura descascada, e isso também servia como um assunto para quebrar o gelo, pois eu era o único brasileiro ali.

9) SLIDES

Você talvez já tenha ouvido falar da expressão *death by PowerPoint* (em português, morte por PowerPoint). É um conceito usado para descrever aquelas apresentações extremamente chatas, que matam de tédio. Não importa se você usa PowerPoint, Canva, Google Slides, Prezi, Keynote, inteligência artificial de slides ou qualquer outro aplicativo. Você pode estar acabando com o impacto da sua apresentação sem nem saber.

Olha, eu não sou contra usar slides. Slides são uma excelente maneira de chamar a atenção do ponto de vista visual, se usados do jeito certo. O problema é que 99% das pessoas os utilizam da maneira errada. As principais causas da morte por PowerPoint são: i) muito texto; e ii) design ruim.

O primeiro erro, e mais comum, é encher o slide de texto. Isso muitas vezes ocorre porque o apresentador não domina o assunto e sente a necessidade de uma "cola". Alguns problemas decorrem disso. Para começar, as pessoas não conseguem ler e ouvir ao mesmo tempo. Então, se estão lendo o slide, não estão te ouvindo, e você acabou de se tornar irrelevante na sua apresentação. Além disso, o pior uso do slide é como uma muleta para o apresentador, em vez de ser um recurso didático para ajudar a passar a mensagem. O público-alvo do slide deve ser a audiência, não o apresentador.

Por fim, encher o slide de texto desconsidera o efeito ascendente da persuasão, que já aprendemos anteriormente. Ao inserir grandes blocos de informação, isso acaba cansando a audiência, exigindo muita capacidade de processamento do neocórtex. Porém, como é o cérebro primitivo o responsável por controlar a atenção, ele acaba "despriorizando" a tarefa por demandar muita energia. Falta a fluência cognitiva.

O segundo erro é ter um design ruim. Desde usar imagens de baixa qualidade, tipografia ilegível, animações e transições excessivas que distraem do foco principal e tiram o profissionalismo, até simplesmente o slide ser esteticamente questionável – vulgo feio.

Para você que quer fazer slides maravilhosos que vão te potencializar e não te sabotar, basta seguir estas dicas:

Antes de tudo, se for uma ocasião profissional relevante, considere contratar um designer. Ter um slide feio baixa drasticamente a sua autoridade. Prefira palestrar ou conduzir uma reunião on-line sem slide do que com um design ruim. É claro que, para situações mais cotidianas, como uma apresentação escolar ou uma reunião interna na empresa, um modelo pronto pode quebrar o galho. Eu mesmo fiz minha apresentação de TCC no Canva, que possui modelos prontos de alta qualidade. Mas se você estiver no nível de palestrar para grandes audiências, precisa de ajuda especializada.

Em segundo lugar, e isso pouquíssimas pessoas fazem, procure passar uma ideia por slide. Você já deve ter ouvido alguém falar: "Não tenha texto, tenha tópicos". Porém, hoje em dia, até mesmo tópicos são desaconselhados! Eles não agradam ao cérebro primitivo, e já são logo relacionados ao neocórtex. Para deixar o slide verdadeiramente límbico e deflagrar o efeito ascendente da persuasão que estudamos anteriormente, tente colocar no slide apenas uma frase, uma palavra ou até uma imagem. Menos é mais.

Existem outros recursos visuais que podem substituir o slide, como o *flip chart*, aquele suporte com várias folhas grandes em que, depois de escrevermos, viramos a folha. Se você nunca usou, vale o teste. Ele é interessante porque permite uma personalização do conteúdo na hora, e existe algo de magnético em escrever algo à mão em tempo real.

Por fim, eu gostaria de propor um desafio: experimente fazer uma apresentação sem slide, como um comediante de stand-up. Já comentei que eu pessoalmente amo stand-up, e uma das coisas que mais me encanta é como os comediantes utilizam todas as técnicas possíveis de comunicação. Afinal, eles não usam slides e têm a tarefa de engajar uma audiência que pagou só para assisti-los. Eles dominam como ninguém storytelling, modulação vocal, linguagem corporal, *timing*, pausas, interação com a plateia, improvisação... Um show de comédia é uma aula de oratória, comece a observar isso.

E mais: se inspire nesses profissionais. Sinta o poder de ter a atenção de todos em você, apenas em você. É uma sensação única. Você vai desbloquear um novo nível de oratória, e talvez nunca mais queira voltar para o tempo em que usava slides.

10) IMAGEM PESSOAL

Sua vestimenta também é um elemento importante para o canal de acesso visual. A imagem pessoal conta muito. Já dizia Coco Chanel, um dos maiores nomes mundiais da moda: "Se você se veste mal, as pessoas reparam na sua roupa, mas se você se veste impecavelmente bem, as pessoas reparam em você". Não é sobre gastar muito dinheiro, mas sim sobre escolher roupas com bom caimento e harmonia.

Cuide da forma como você se apresenta ao mundo. Atente-se à sua higiene, mantenha seu cabelo, barba, unha, maquiagem etc. alinhados. Esteja asseado, com bom hálito e, de preferência, perfumado.

A partir de determinado nível de resultado e networking, os detalhes começam a fazer cada vez mais a diferença. Relógios, roupas de alfaiataria, bolsas de luxo... Tudo comunica e pode aumentar sua persuasão, se utilizado de forma intencional. Comecei a usar roupas feitas sob medida em minhas palestras e não foram só os elogios que aumentaram – mas o cachê também!

CANAL AUDITIVO

Certa vez, tive a oportunidade de palestrar no mesmo palco que Jordan Belfort, mais conhecido como "Lobo de Wall Street" e um dos maiores treinadores de vendas do mundo. Ele contou algo interessante. Arredondando os números da pesquisa clássica de Albert Mehrabian, ele argumentou que 45% da comunicação é linguagem corporal, 45% é tom de voz e 10% é conteúdo. Porém, em ligações telefônicas, a linguagem corporal é anulada completamente e o tom de voz dobra de importância!

Seja em ligações, apresentações ou conversas, dominar o canal auditivo te tornará perigosamente persuasivo. São três as principais formas de utilizar o canal de acesso auditivo: i) projeção vocal; ii) modulação vocal; e iii) outros recursos sonoros. Vamos a cada uma.

1) PROJEÇÃO VOCAL

Inunde o ambiente com a sua voz. Se as pessoas não te ouvem, como vão se convencer, se emocionar ou comprar a sua ideia? Projete a sua voz! A pessoa que está sentada na última fileira tem que te ouvir tão bem quanto a pessoa que está sentada na primeira fileira.

Ao mesmo tempo, tenha cuidado para não falar alto demais em conversas, pois isso é visto como deselegante. Sabe quando você está em uma roda e tem alguém que fala gritando? Essa pessoa está invadindo o espaço pessoal auditivo dos outros, o que é considerado falta de etiqueta.

2) MODULAÇÃO VOCAL

Ser ouvido é o mínimo, mas as pessoas podem te ouvir e ainda assim discordar completamente! Como, então, usar a sua voz para ser persuasivo? O segredo está na modulação vocal.

Modulação é alterar o volume, a velocidade e o tom da voz. Em relação ao volume, experimente falar mais alto em um momento e mais baixo em outro. Já no que se refere à velocidade, varie, falando rápido para mostrar entusiasmo ou devagar para enfatizar uma informação importante. Por fim, no que diz respeito ao tom de voz, ele serve para deixar sua fala menos monótona. Monótono significa mono tom, um único tom. Pequenas imitações e dramatizações, como fazer uma voz mais fina para representar uma criança em dado momento de uma história, deixam a apresentação mais envolvente. Vamos falar sobre como se tornar um bom contador de histórias mais adiante neste livro.

Perceba que não se trata de falar gritando ou sussurrando, rápido ou devagar, agudo ou grave, e sim de ter altos e baixos no seu discurso. Sempre que você modula a sua voz, as pessoas que não estavam prestando tanta atenção retomam o foco. Se você está sempre modulando volume, velocidade e tom, duvido que alguém vá desgrudar os olhos de você!

3) OUTROS RECURSOS SONOROS

Além de projetar e modular a voz, alguns outros recursos sonoros também estimulam o canal auditivo. Alguns exemplos são: o som de um estalo, de uma palma ou de um beijo, uma interjeição de susto (aaahhh!), um assobio, efeitos sonoros cômicos em programas de auditório na televisão, trilha sonora de filmes e vídeos... Tudo isso engaja do ponto de vista auditivo.

CANAL CINESTÉSICO

Como vimos anteriormente, o canal de acesso cinestésico consiste em fazer a pessoa se mexer de alguma forma. Agora, vou te mostrar algumas práticas comuns em palestras e *lives* que talvez você nunca tenha notado. Essas técnicas são sutis, mas eficazes:

1. **Levantar a mão:** "Levante a mão quem já passou por isso".
2. **Fechar os olhos:** "Fechem os olhos e imaginem...".
3. **Espreguiçar:** "Vamos levantar e dar aquela espreguiçada".
4. **Interagir com outras pessoas:** "Olhe para a pessoa ao seu lado, coloque a mão no ombro dela e diga: 'Você também consegue!'".
5. **Anotar:** "Anote isso que eu vou falar".

6. **Comentar:** "Comente aí no chat de qual cidade você está vendo esta *live*!".
7. **Repetir:** "Repita em voz alta: 'Vou parar de agradar todo mundo!'" – sim, eu usei esta técnica neste livro.

Vou te contar um segredo para engajar nas redes sociais: o Instagram foi construído para que você use os três canais de acesso! Quando você grava um *story* e usa um filtro, dá zoom, escreve um título e coloca legendas automaticamente, isso é visual. Quando escolhe uma música, isso é auditivo. Quando coloca uma enquete, reação ou caixinha de perguntas, isso é cinestésico. O Instagram quer que as pessoas passem o máximo de tempo possível nessa rede social, portanto aplicou os princípios do comportamento humano em seu design. Use você também a força dos canais de acesso.

Até aqui, você aprendeu a usar o efeito ascendente da persuasão e os três canais de acesso, uma das três maiores técnicas de convencimento. Só isso já vai te deixar mais persuasivo que 99% das pessoas. E se eu te disser que não estamos nem na metade do terceiro C? Chegou a hora de você aprender a técnica de oratória mais lucrativa de todas...

16

10.5 TÉCNICAS PARA SER EXTREMAMENTE CARISMÁTICO SEM ESFORÇO

Vamos supor que você descobriu uma máquina de dinheiro. É um passo a passo que, sempre que você faz, ao final, tem uma quantia financeira garantida. Seja sincero: você abriria esse passo a passo por livre e espontânea vontade para um inimigo? Óbvio que não. E para um completo estranho na rua? Dificilmente. E para um conhecido distante? Eu duvido.

Agora, contaria para sua mãe ou parceiro amoroso? Provavelmente sim. Por quê? Porque nós só contamos as informações mais importantes e privilegiadas, os maiores pulos do gato, para as pessoas que moram no nosso coração – e é por isso que você não aprende a fazer dinheiro na faculdade. Leia isso de novo.

Na parte I deste livro, eu contei sobre como virei sócio de uma startup milionária com uma única conversa. Lembra do Jeiel?

E se eu te disser que existe um passo a passo simples e validado para se tornar extremamente carismático sem esforço e fazer qualquer pessoa gostar de você em menos de noventa segundos? É isso que você vai aprender neste capítulo.

Poucas coisas te levam mais longe na vida do que simplesmente fazer as pessoas gostarem de você. Quando as pessoas gostam de você, elas veem o seu melhor e perdoam os seus erros. Já quando não gostam de você, veem o seu pior e não perdoam os seus erros.

As pessoas fazem julgamentos automáticos. Em poucos segundos, elas já decidem se você é bonito ou feio, rico ou pobre. "Ai, Giovanni, mas esses estereótipos são injustos!" Mas é assim que o cérebro funciona. Você pode ficar reclamando ou aprender a usar as regras do jogo a seu favor. A escolha é sua.

Você está sendo julgado a todo momento, essa é a verdade. Quando entra em um ambiente, as pessoas te classificam, de forma quase automática, como um potencial amigo, inimigo, indiferente ou parceiro amoroso. A maioria das pessoas cai na caixinha do indiferente. Se você quer vender ou fazer networking, deve mirar na caixinha do amigo. O problema é que tem gente que acaba na caixinha do inimigo por enviar, sem saber, certos sinais não verbais, como uma cara fechada. Ou então, por não saber ser marcante, é rotulado como indiferente.

Ao vender um produto, um serviço, uma ideia ou mesmo a sua hora, lembre-se de que primeiro as pessoas te conhecem, depois elas gostam de você, depois elas confiam em você, e só depois elas compram. Primeiro as pessoas compram o vendedor, depois o produto.

Já no caso do networking, de nada adianta pagar milhares de reais para estar em um grupo seleto de *mastermind* se você é inconveniente, chato e desagradável. Conheço muitas pessoas que têm dinheiro, mas a noção passa longe. Vestem-se da cabeça aos pés com roupas de grife e acessórios de luxo, mas não dominam o básico das relações humanas – que é ser uma pessoa leve, envolvente e agradável de se ter por perto.

Como vimos no início do livro, 85% do nosso resultado financeiro advém da nossa habilidade de causar uma boa primeira impressão e de estabelecer uma relação de confiança e respeito. E é por isso que considero que a técnica mais lucrativa de oratória que existe é o rapport.

Rapport é um conceito em francês que significa algo como "criar conexão". Eu gosto de dizer que rapport é a arte de fazer o santo bater. Sabe quando você conhece uma pessoa e pensa logo: *O meu santo não bateu com o dela*? É porque não houve rapport.

Existem inúmeros livros que tratam desse tema, sendo o mais notável o clássico atemporal *Como fazer amigos e influenciar pessoas*. *Manual de persuasão do FBI* e *Como fazer alguém gostar de você em 90 segundos* também merecem menções honrosas. Mas eu sempre senti falta de um compilado único, completo e pragmático com todas as melhores técnicas de rapport. Então resolvi eu mesmo criar esse guia, com as 10.5 técnicas que considero as mais simples e poderosas. Se você dominar todas, se tornará a pessoa mais persuasiva e influente que conhece. Aproveite.

1) FALAR O NOME DA PESSOA

As pessoas são egocêntricas. O som que elas mais gostam de ouvir em todo o universo é o do próprio nome. É por isso que falar o nome do garçom fará você ser mais bem atendido, e é por isso que advogados se esforçam para decorar o nome de jurados e desembargadores.

Eu recomendo fortemente que você passe a repetir o nome das pessoas ao falar. Isso atrai a atenção e cria conexão, fazendo com que gostem mais de você.

Se você costuma esquecer o nome das pessoas, existem algumas opções. Dependendo do contexto (como em uma conversa em grupo), às vezes você consegue dar uma escapadinha para conferir no celular um nome que já deveria saber. Outra possibilidade é pegar seu celular e perguntar como se soletra o perfil da pessoa nas redes sociais, disfarçando o fato de que esqueceu o nome.

Por fim, em certos casos, não é tão danoso dizer: "Perdão, seu nome fugiu da minha mente, como você se chama mesmo?". Eu faço isso às vezes. Apenas tente fazer isso apenas uma vez por pessoa. A partir de então, memorize o nome e utilize-o nas frases sempre que possível.

2) MANTER CONTATO VISUAL

Poucas coisas geram mais conexão do que olhar nos olhos.

Nicholas Boothman conta o caso do líder de uma equipe de vendas que queria aumentar os resultados do time. Após descobrir que contato visual aumenta o rapport e, por conseguinte, a conversão, ele fez um experimento. Chegou para seus vendedores e falou:

— Pessoal, estamos realizando uma pesquisa para saber se temos mais clientes de olhos verdes, azuis ou castanhos. Por favor, reparem na cor dos olhos dos clientes. Mas não informem a eles que estamos fazendo essa pesquisa, apenas anotem discretamente a cor dos olhos.

O resultado foi espantoso. Reparar na cor dos olhos obrigou os vendedores a manterem um contato visual mais qualificado, o que aumentou as vendas!

Se você tem dificuldade de manter contato visual, isso pode estar relacionado com baixa autoestima e insegurança. Lembre-se do que vimos na parte II do livro: conheça seus pontos fortes, pratique diálogo interno positivo, trate as pessoas de igual para igual e use a técnica do alter ego. Ter um grupo de apoio também eleva a confiança.

Como manter contato visual em vídeos e reuniões on-line? Muito simples: basta olhar para a câmera. É um pouco desafiador no começo, confesso, mas vale a pena. Todos do outro lado sentirão que você está olhando diretamente para eles.

E em palestras? Basta olhar para as pessoas. "Mas, Giovanni, não sei se tenho confiança para palestrar e olhar no olho da audiência sem perder o fio da meada." Nesse caso, vou te contar um segredinho meu. Experimente olhar para as paredes! Isso sempre funciona. Direcione seu olhar para as paredes da direita, da esquerda e do fundo. Você não estará olhando para ninguém, mas a impressão que todos terão é que você apenas está olhando para outra pessoa.

3) SORRIR

O ser humano é recíproco por natureza. Quando você sorri para o mundo, o mundo sorri para você. O sorriso é uma chave universal, abre portas no mundo inteiro.

Dos sutis sinais não verbais que existem, o sorriso é certamente um dos mais poderosos. Parece algo simples e óbvio, mas a verdade é que, na maior parte do tempo, estamos de "cara feia" sem nem perceber. Isso tem até um nome: carranca urbana. É o que diz Jack Schafer, ex-agente do FBI e estudioso de persuasão.

Nos grandes centros urbanos, onde a criminalidade e a violência são crescentes, nos acostumamos a "fechar a cara" como forma de defesa. De fato, assaltantes fazem um cálculo mental antes de abordar alguém, e uma pessoa sorridente aparenta ser uma presa mais fácil. No caso das mulheres, o rosto sério também é uma forma de evitar cantadas inconvenientes. Então fomos aprendendo a nos fechar para evitar problemas.

Só que isso gera outro problema: a gente se esquece de desligar a carranca urbana! No trabalho, nas festas, em casa... Todo mundo conhece aquela pessoa que é legal, mas está sempre com cara de brava. Isso manda um sinal para o inconsciente das pessoas de que ela é uma potencial ameaça, criando uma aversão natural.

Existe uma técnica que uso muito e que envolve o sorriso: fique empolgado ao ver alguém. Imagine que você chega à festa de aniversário de uma amiga e, ao cumprimentá-la, ela abre um sorriso simplório e diz, sem muita animação: "Que bom que você veio". Isso quebra o rapport e você tende a retribuir na mesma energia. Agora imagine que essa mesma pessoa, ao te ver, abre um grande sorriso e animadamente exclama enquanto te abraça: "Que bom que você veio!". Em qual das situações você se sentiria mais querido?

Uma pesquisa mostrou o poder do sorriso para deixar as pessoas mais bonitas. Pediu-se que voluntários julgassem quem era a pessoa mais bonita comparando duas fotos. Após a escolha, vinha a próxima foto para que fosse julgada ao lado da foto escolhida como mais bonita, e assim por diante. Só que – e isso foi uma jogada de mestre –, a partir de determinado momento, as fotos começavam a se repetir, mas com uma pequena diferença. Quem estava sorrindo aparecia sério, e quem estava sério aparecia sorrindo. Pela grande quantidade de fotos, os voluntários não perceberam que já tinham visto aquela pessoa, e algo surpreendente aconteceu: pessoas que antes eram consideradas atraentes caíram no ranking em sua versão séria, enquanto outras subiram nas preferências após começarem a sorrir! Resumindo: o sorriso te deixa mais bonito, e isso é comprovado cientificamente.

De vez em quando, recebo a seguinte observação: "Giovanni, isso só funciona para quem tem um sorriso bonito!". Aqui, é preciso destacar duas coisas. A primeira é a higiene. Como comentamos ao abordar imagem pessoal no capítulo anterior, obviamente é importante estar com os dentes limpos para a força do sorriso ser maximizada.

Em segundo lugar, existem pessoas insatisfeitas com o próprio sorriso. Eu mesmo era uma delas. Meus dentes eram muito separados. Mesmo usando aparelho por anos, ainda assim não ficaram do jeito que eu queria, o que afetava a minha autoestima e confiança. Só fiquei de fato satisfeito com o meu sorriso quando coloquei lente nos dentes. Hoje, amo sorrir nas fotos. Sim, existe muita futilidade e comparação no mundo de hoje, e tem gente que exagera com cirurgias estéticas desnecessárias. Porém, a diferença entre o remédio e o veneno é a dose. Eu te incentivo a se programar financeiramente para fazer procedimentos estéticos se há coisas que o incomodam no seu corpo – contanto que esse seja um descontentamento seu, e não uma pressão dos outros sobre você. Já coloquei lente nos dentes, fiz botox, tratamento para reduzir as espinhas na pele, transplante capilar... E provavelmente continuarei investindo na minha aparência. Apenas tenha parcimônia e não faça isso para agradar os outros. Faça por você.

"E se eu não estiver a fim de sorrir, é só forçar o sorriso, certo?" Errado.

O nosso cérebro é como uma máquina de detectar mentiras; nós geralmente conseguimos identificar falsidade. Isso porque um sorriso falso costuma vir desacompanhado de outras microexpressões que comumente vêm junto de um sorriso verdadeiro, como os cantos da boca estarem virados para cima, as bochechas se levantarem formando bolsas abaixo dos olhos, e rugas (pés de galinha) aparecerem ao redor dos olhos. A chave, portanto, é um sorriso sincero.

Assim, o ideal é não sair por aí sorrindo de forma forçada, pois isso vai surtir o efeito contrário. O grande ensinamento aqui é adotar uma atitude mental positiva e se permitir ser mais leve e alegre, de forma a sorrir espontaneamente mais vezes. Na próxima vez que você for ao supermercado, que tal testar abrir um sorriso para a pessoa que está atendendo no caixa? Treine seu sorriso no dia a dia, assim ele estará afiado para situações de vendas, networking e relacionamentos interpessoais.

Para aqueles dias que não estamos na nossa versão sorridente, eu desenvolvi uma técnica que batizei de "técnica *expecto patronum*".

Eu sou um grande fã da saga *Harry Potter* (minha casa é a Sonserina, caso esteja se perguntando). No mundo de magia criado por J.K. Rowling, existe uma criatura das mais abomináveis: o dementador. Ele é como uma personificação de tudo o que é mau. Essas criaturas são tão horrendas que só de ficar perto delas você se sente menos feliz, e se você der mole, elas sugarão toda a felicidade de dentro de você.

Em dado momento da trama, Harry Potter passa a ser perseguido pelos dementadores. Para solucionar isso, seu professor de Defesa Contra as Artes das Trevas, Remo Lupin, ensina um feitiço avançado chamado *expecto patronum*:

— O Patrono é uma espécie de força positiva. Para o bruxo que consegue conjurá-lo, ele funciona como um escudo, fazendo com que o dementador se alimente dele, e não do bruxo. Mas, para que funcione, você precisa pensar em uma memória. Não qualquer memória, mas uma memória muito feliz, uma memória muito poderosa.

Quando você se sentir para baixo e triste, procure uma memória feliz! Se estiver prestes a encontrar pessoas ou realizar algo importante, como uma *live*, um podcast ou uma reunião estratégica, e sentir que sua energia está baixa, feche os olhos por um instante e relembre um momento da sua vida em que estava muito feliz. Permita-se reviver isso na mente, sinta os cheiros, ouça os sons dessa memória. Após alguns instantes, você estará com a energia muito mais alta – e, por consequência, mais persuasivo!

Esse não é o único ensinamento de oratória que retiro de *Harry Potter*. Um dos mais sábios magos de todo o mundo bruxo, Alvo Dumbledore, certa vez disse: "Palavras são, na minha nada humilde opinião, nossa inesgotável fonte de magia. Capazes de causar grandes sofrimentos e também de remediá-los."

Aliás, na ficção, o que é uma magia senão falar a palavra certa, do jeito certo, com o gesto certo, para transformar a realidade? A oratória é a magia da vida real.

A Bíblia diz que a palavra tem o poder de construir ou destruir: "A morte e a vida estão no poder da língua; quem bem a utiliza come do seu fruto" (Provérbios 18:21). Para aqueles que acreditam, Deus criou o mundo com o poder de Suas palavras (Hebreus 11:3). Se os seres humanos são feitos à imagem e semelhança de Deus, nossa fala é mais poderosa do que imaginamos.

4) FAZER A PESSOA SE SENTIR IMPORTANTE

Somos naturalmente atraídos por quem nos faz sentir bem. Sabe quando você conversa com alguém e essa pessoa faz você se sentir mal e para baixo? Isso geralmente acontece porque nosso senso de importância foi ferido.

Nós, seres humanos, temos a necessidade de nos sentir importantes. Quem entende esse princípio fundamental do comportamento humano conquista a lealdade de qualquer um.

E sabe qual é a melhor maneira de fazer o outro se sentir importante? Muito simples. Seja genuinamente interessado na outra pessoa. Seja um bom ouvinte e incentive a pessoa a falar sobre si mesma. Converse sobre os interesses da outra pessoa. Considero que esse foi o maior ensinamento que o mestre Dale Carnegie nos deixou como legado.

A verdade é que ninguém ouve ninguém. Todos só querem falar de si e dos próprios interesses. Comece a ouvir mais e a falar menos, e perceberá que as pessoas são carentes. Elas vão amar se abrir para você. Temos uma boca e dois ouvidos por um motivo.

Também não estou falando para você fingir interesse. Não se trata de aplicar truques baratos para manipular os outros, e sim de mudanças de postura que te tornarão mais feliz e bem-sucedido. Mas, para isso, o sentimento precisa ser genuíno.

Aliás, Dale Carnegie sofreu essa mesma crítica quando lançou sua *magnum opus* em 1936. Acusaram-no de ensinar a ser falso e fingido para subir a escada corporativa. Prefiro ver as coisas da seguinte forma: imagine que existem duas versões dentro de você, uma que é chata, desagradável e insuportável, e outra que é educada, gentil e carismática. Qual delas tende a ter mais sucesso nos relacionamentos e nos negócios? Qual delas você escolhe mostrar ao mundo?

Certa vez, perguntei a um bilionário qual era a técnica de oratória mais poderosa do mundo para vender.

— Escutar — ele me disse, simplesmente. — Afinal, de que outra forma você consegue identificar as necessidades do cliente?

Quando escutar, vire seu tronco em direção à pessoa, olhe nos olhos dela e incline-se levemente para a frente para demonstrar interesse, e remova quaisquer obstáculos entre vocês dois. Interaja com expressões e palavras que mostrem que você está prestando atenção. Se estiver ocupado, em vez de tentar ser multitarefa, considere adiar a conversa – "No momento eu estou lidando com algo urgente e não consigo dar a plena atenção que você merece, podemos marcar nossa conversa para às 18h?". Isso mostra que você valoriza o que a pessoa tem a dizer, e assim ela se sentirá importante.

5) NÃO CRITICAR, NÃO JULGAR E NÃO RECLAMAR

Da série "Parece óbvio, mas não é": não critique, não julgue e não reclame. Sempre que ensino isso na internet, aparece alguém nos comentários do vídeo falando: "Sério que as pessoas pagam para ouvir uma obviedade dessas? O nome disso é ser educado, esse cara não ensinou nada demais. Tem otário para tudo mesmo". Mas se é tão óbvio assim, por que a pessoa acabou de desrespeitar essa regra, criticando gratuitamente?

O maior problema de ser uma pessoa reclamona, julgadora e demasiadamente crítica é que você é visto como negativo. Os outros começam a associar você a sensações ruins. E isso quebra o rapport.

"Meu filho não se abre comigo, só com os amigos." Sabe por que isso acontece? Porque, na maioria das vezes, ao se abrir, tudo o que seu filho recebe em troca é julgamento, e não apoio e acolhimento. Por isso, guarda tudo para si ou conta apenas com conselhos de más influências, o que pode trazer consequências nefastas. Como diria Dale Carnegie: se você quer o mel, não afaste a abelha.

A verdade é que adoramos criticar. Somos especialistas em apontar o dedo e dizer o que está errado. Você mesmo deve ter um bocado de críticas a fazer sobre este livro, talvez até tenha encontrado um errinho ou dois. Somos treinados para isso. Mas sabe no que as pessoas não são especialistas? Em elogiar. Falaremos disso em nossa próxima técnica.

Além de julgar e criticar, também adoramos reclamar. Todo mundo conhece aquela pessoa reclamona por natureza. Pode ser um colega de trabalho, um familiar... você conhece o tipo: adora falar mal dos outros, resmunga de tudo, e parece que a vida está sempre ruim. Curiosamente, a cada ano que passa, a situação dessa pessoa piora, quase como se ela atraísse problemas. E está atraindo mesmo. A nossa mente cria a realidade. Semelhante atrai semelhante.

Certa vez, uma pessoa próxima a mim me falou:

— Giovanni, eu vejo que você conseguiu mudar sua vida completamente, será que pode me ajudar a mudar também?

— Claro — respondi. — Comece lendo o livro *Os segredos da mente milionária*.

Aí, começaram as objeções:

— Giovanni, eu até queria, mas não tenho dinheiro para comprar.

Eu tinha uma teoria de que o problema dela não era dinheiro, e sim a mentalidade negativa. Para colocar minha teoria em teste, encontrei uma solução. Dei de presente um exemplar do livro e disse:

— Pronto, agora não tem mais desculpa, é só ler.

Aí eu te pergunto: você acha que ela leu? Toda vez que a encontro, faço a mesma pergunta:

— Já leu o livro que te dei?

— Giovanni, não tive tempo.

E mesmo que eu quebrasse essa objeção também, outra surgiria, como cortar a cabeça de uma hidra. E é por isso que a maioria das pessoas não sai do lugar. Sabe aquela pessoa que, para cada solução, tem um problema? Seja a pessoa que, para cada problema, tem uma solução. Seja mais forte que a sua maior desculpa, pois quem é bom em dar desculpas, reclamar, criticar e julgar não é bom em mais nada.

6) FAZER ELOGIOS SINCEROS E ESPECÍFICOS

Nas minhas mentorias, costumo fazer o seguinte desafio: "Me faça um elogio sincero e específico".

— Ãh... você... ãh... fala muito bem?

— Ok. Como podemos transformar esse elogio em algo mais específico? Me dê um exemplo de por que você acha que eu falo bem — respondo.

Após algumas lapidações, o resultado é algo como:

— Giovanni, admiro muito sua capacidade de se comunicar. Você se preocupa em dar exemplos e isso torna a sua didática espetacular. Em especial quando ensinou sobre o sorriso, a técnica *expecto patronum* foi sensacional, pois também amo *Harry Potter*. Parabéns!

Viu a diferença? Mas aí eu continuo o desafio.

— Muito bom. Agora, faça outro elogio.

Nesse momento, geralmente a pessoa trava. Por quê? Porque não estamos acostumados a elogiar, apenas a criticar. Nosso músculo do elogio está atrofiado.

As pessoas mal elogiam umas às outras. E, quando o fazem, ou o elogio não é sincero, ou é algo muito genérico como "você é ponta firme", "você é o cara" e por aí vai. Para funcionar, o elogio deve ser honesto. Você deve acreditar de fato no que diz. Caso contrário, é apenas uma bajulação – e as pessoas avistam de longe um "puxa-saco". Porém, a sinceridade não é o único requisito. Também é importante que o elogio seja específico.

Em um filme de 2024 chamado *A Forja*, o protagonista é um jovem que não quer nada da vida. Passa o dia jogando videogame e basquete, enquanto sua mãe solteira se esforça trabalhando no salão de beleza para pagar as contas sozinha, e nem recebe um "obrigado". As coisas começam a mudar quando esse rapaz encontra um mentor, um empresário experiente que começa a guiá-lo nos assuntos da vida, em especial autorresponsabilidade e espiritualidade. Em uma cena muito comovente, após sofrer uma grande transformação pessoal, o jovem finalmente demonstra gratidão à sua mãe. Agradece por tudo que ela fez por ele, reconhece que não estava sendo o melhor filho até então, se compromete a mudar e diz que a ama. A mãe desaba a chorar.

Qual foi a última vez que você demonstrou gratidão por uma pessoa que ama? Por que normalizamos as críticas serem frequentes, e os elogios, esporádicos?

Desafio: demonstre gratidão a alguém que você ama agora! Pegue o celular e mande uma mensagem. Não demora nem um minuto, e você verá o poder desta técnica em primeira mão.

Uma técnica excelente envolvendo o elogio é o "feedback sanduíche". Da próxima vez que for dar um feedback para alguém, evite começar criticando. Isso faz a pessoa entrar na defensiva, e existem até estudos neurocientíficos que mostram que ela para de considerar o que você diz. No lugar, siga a seguinte estrutura: comece com algo que foi bom (pão), fale sobre os pontos de melhoria (hambúrguer) e termine com algo bom (pão). Assim, o ouvinte terá mais chance de acatar o que você disse! Apenas cuidado: na parte do meio do feedback, não fale que está ruim, aponte o que pode melhorar. Use menos "mas", e mais "e".

Imagine que um professor está dando o feedback de uma apresentação para um aluno. Um exemplo de feedback ruim seria: "Não gostei. Até ficou legal o conteúdo, MAS o slide está muito feio". Isso não é construtivo e pode até traumatizar o estudante.

Um exemplo de feedback sanduíche seria: "Em primeiro lugar, adorei a abertura bem-humorada que você fez na sua fala, poucas pessoas conseguem usar o humor na comunicação. E, para sua apresentação ficar ainda melhor, recomendo dar uma atenção especial ao design. Vou enviar para todos da turma algumas opções de sites que fazem apresentações bonitas de modo rápido e fácil, vai ser muito útil na trajetória de todos. Por fim, vi que você trouxe muitas imagens para exemplificar os seus pontos. Isso é ótimo, pois deixa sua apresentação didática e cativante! Parabéns".

Sempre é bom lembrar a última crítica do personagem Anton Ego, um crítico gastronômico voraz, no filme *Ratatouille*: "De certa forma, o trabalho de um crítico é fácil. Nós nos arriscamos pouco e temos o prazer de avaliar com superioridade aqueles que nos submetem seu trabalho e reputação. Ganhamos fama com críticas negativas, que são divertidas tanto de escrever quanto de ler. Mas a dura realidade que nós, críticos, devemos encarar é que, no panorama geral, a mais simples porcaria talvez seja mais significativa do que a nossa crítica. Entretanto, há momentos em que um crítico realmente arrisca algo, como quando descobre e defende uma novidade. O mundo tende a ser hostil aos novos talentos, às novas criações. Por isso, o novo precisa ser incentivado".

Seja a pessoa que incentiva, não que critica.

Aliás, *Ratatouille* também tem muito a nos ensinar sobre comunicação. O lema principal do grande chef Gusteau é: "Qualquer um pode cozinhar". Eu acredito que qualquer um pode falar bem. Oratória não é dom, é treino.

7) EVITAR TEMAS POLÊMICOS

Lembra quando eu virei sócio do Jeiel após uma única conversa? Agora imagine se eu tivesse começado a minha primeira interação com ele falando algo como: "Ok, mas você é de direita ou de esquerda? Qual é sua opinião sobre aborto, cotas e castração química?".

Todos os dias, as pessoas perdem negócios, oportunidades e dinheiro por falarem demais. Já dizia Robert Greene: "Fale sempre menos que o necessário".

Evitar temas polêmicos não é sobre ser "isentão" ou não ter opinião própria. É sobre ler o momento e entender se determinado assunto te aproxima ou te distancia do seu objetivo – seja vender, seja fazer networking, seja atrair amigos, seja conquistar um parceiro amoroso.

"Giovanni, mas e as pessoas que fazem polêmicas na internet e ganham muitos seguidores?" Existe uma exceção à regra de evitar temas polêmicos, que é o gatilho mental da polarização. Como as polêmicas chamam a atenção, quem está na internet costuma usar essa estratégia. Até políticos usam isso. Ainda assim, perceba que eles nunca entram em polêmicas que não os beneficiam. Por exemplo, se você vende emagrecimento, vale a pena ter um forte posicionamento público contra a obesidade. Agora imagine que eu fale para meus milhões de seguidores nas redes sociais a minha posição política? Em um país polarizado como o Brasil, eu perderia metade dos meus clientes. Isso não é inteligente.

Certa vez, o internacionalmente renomado ator brasileiro Rodrigo Santoro foi questionado em uma entrevista na TV:

— Você ficaria sem graça se eu te perguntasse onde é que você se situa no espectro ideológico: à direita, à esquerda, ao centro, muito pelo contrário...?

Ao que Santoro elegantemente respondeu:

— Eu não ficaria sem graça. Toda vez que eu me deparo com esse tipo de pergunta, eu falo: depois que desligar a câmera, a gente senta ali numa mesa e conversa. Porque as duas vezes que eu resolvi falar... meu amigo, o resultado e a descontextualização viraram uma paçoca!

O ser humano tem um comportamento marcado pelo tribalismo. Pensamos em termos de "nós" contra "eles". Evite falar coisas que possam levantar muros entre você e o ouvinte. E, se for polemizar, calcule todos os cenários para ver se de fato vale a pena.

"Mas, Giovanni, se não é para falar de polêmica, sobre que assunto devo falar?" Uma das técnicas mais poderosas para criar rapport é procurar um assunto em comum. Imagine que você visita o escritório de um potencial parceiro de negócios e vê uma foto da família dele na mesa. Eis que você inicia o seguinte diálogo:

— Seus filhos?

— Sim, Lucas e Mateus.

— Nomes lindos, eu tenho dois também, João e Miguel. Qual a idade deles?

— 8 e 10! O mais novo agora inventou de querer aprender a tocar bateria, acredita?

— Sei como é! Os meus têm 12 e 14 e não saem do computador.

A conversa poderia seguir indefinidamente. Estou falando para você fingir que tem filhos para se conectar? Óbvio que não. Esse foi apenas um exemplo. Mas você pode reparar em algum objeto, como um livro, um troféu de algum esporte, uma peça de decoração...

Quando você encontra um assunto em comum, é como se isso fosse um lubrificante das relações sociais. As defesas baixam, e a pessoa sente que te conhece há muito tempo.

8) NÃO SUPERAR A HISTÓRIA DO OUTRO

Em 2015, eu recebi a melhor notícia da minha vida.

Eu estava no laboratório de informática da faculdade, fazendo um trabalho acadêmico do quarto período, quando de repente o meu celular tocou:

— Oi, Giovanni? — uma voz perguntou.

— Sim, sou eu.

— Aqui é da reitoria. Você se inscreveu em uma bolsa de intercâmbio?

— Sim, me inscrevi.

— Então, você foi selecionado, consegue passar aqui para a gente conversar?

Sabe naquele filme do Will Smith, *À procura da felicidade*, quando ele finalmente consegue o emprego dos sonhos, depois de tantas dificuldades, e diz: "Esta parte da minha vida, esta pequena parte da minha vida, chama-se felicidade"? Foi assim que eu me senti.

Eu saí do laboratório e parecia que o mundo estava mais colorido. A grama mais verde, o céu mais azul. Eu parecia enxergar as coisas em câmera lenta, um sentimento inexplicável de gratidão irradiava de cada célula do meu corpo. E o motivo de essa notícia ter sido tão importante para mim é que, não muito tempo antes, eu tinha sofrido uma tentativa de assalto, com uma arma apontada para minha cabeça.

Eu estava no meio do trajeto entre a minha casa e a academia de bairro que eu frequentava, em um trecho especialmente escuro e deserto. De repente, dois caras em uma moto surgiram do nada, um deles portando uma arma.

— Passa o celular!

E o pior, eu estava sem meu celular...

Eu não sei se já apontaram uma arma para você, mas a sensação é horrível. Em primeiro lugar, você trava completamente. Não acredite naqueles vídeos que vê na internet de que você terá uma reação estilo Kung Fu e irá desarmar o bandido. Em segundo lugar, não, não passa um filme na nossa cabeça, ao menos não foi assim comigo. Na minha mente, passava apenas um pensamento: *Vou morrer. Tudo aquilo pelo que batalhei, os problemas que estavam em minha mente, minha família, nada disso importa mais. É aqui que minha vida acaba.*

— Estou sem nada, estou indo para a academia — repliquei calmamente, levantando a camisa para mostrar que não tinha nada comigo.

Naquele dia, eu fui salvo. Graças a Deus, os meliantes partiram sem apertar o gatilho. E sabe qual foi o meu sentimento? Raiva.

Mas não só raiva daqueles caras. Raiva da minha situação. Raiva por viver em um lugar tão perigoso que eu tinha que temer pela minha própria vida a cada instante. Raiva por não saber o que é ter paz. Naquele dia, eu fiz uma promessa: *eu vou mudar de vida, custe o que custar. Eu não quero isso para mim nem para minha família.*

Já comentei sobre isso na parte II do livro, no tópico do bloqueio do agradador, mas esse período na faculdade foi o mais difícil da minha vida. Lembro que, em dias de prova, eu acordava às duas da manhã para estudar. Mas antes, um ritual: depois de tomar um café, eu pegava uma caixinha de veludo azul que uma amiga que estagiava em um banco havia conseguido para mim. Eu abria essa caixa, e dentro dela havia um broche dourado no formato do brasão da República Federativa do Brasil, com a inscrição: "Juiz Federal".

E sabe o mais louco? Eu nunca nem quis ser juiz. Eu já sentia que não era minha vocação. Mas aquele broche representava para mim uma vida melhor, afinal, um juiz ganha no mínimo seus R$ 30 mil por mês. Então, eu fitava aquele broche com intensidade durante alguns minutos. Eu nem sabia, mas já estava praticando visualização positiva. De volta ao mundo real, olhava à minha volta, o quarto com parede mofada em que eu dormia. Todo esse contexto fez com que eu estudasse que nem um maluco, o que acabou me levando, em dado momento, a ter uma nota média de 9.6 em uma universidade federal, o que por sua vez levou ao telefonema da reitoria.

E agora você sabe melhor por que eu fiquei tão feliz assim com aquela notícia do intercâmbio. Imagine, depois de ter comido o pão que o diabo amassou, de tantas noites em claro, de tanta raiva e medo, alguém chegar para você e falar: "Aqui está R$ 16 mil para você estudar onde quiser no mundo". Eu só pensava: *Valeu a pena. Cheguei lá.*

Eis que eu fui compartilhar essa notícia em um grupo de WhatsApp com cinco pessoas, o grupinho com que eu andava na faculdade, que eu achava que eram meus amigos:

— Pessoal, olha que massa: ganhei uma bolsa de intercâmbio e vou estudar em Portugal!

Lembro como se fosse ontem. Poucos segundos depois, o som da notificação. *Plim.* Na resposta à minha mensagem, estava escrito:

— Portugal é a periferia da Europa, sou mais Estados Unidos.

Outros membros concordaram:

— É verdade, kkkkk.

Na época, minha autoestima não era alta. Eu tinha me permitido estar rodeado de pessoas que me olhavam de cima para baixo, que não vibravam com as minhas conquistas. E o pior de tudo é que eu vivia relativizando isso. "Ah, é só o jeito delas."

Demorou muito para eu entender que não, não é o "jeito" delas. É inveja misturada com falta de educação e negatividade mesmo.

Acabou que esse ano em Coimbra mudou a minha vida. Eu era uma pessoa antes, e virei outra depois. Morar um ano fora foi crucial para desenvolver esse senso de autoestima elevada. Uma das coisas que mudaram em mim, e que mantenho até hoje, é selecionar bem as minhas amizades.

Mas perceba como aquele grupo cometeu um crime de rapport: tentou superar a minha história. Ninguém gosta daquela pessoa que está sempre competindo com os outros sobre quem está melhor ou quem está pior. Não importa o quão boa seja sua notícia, essa pessoa já fez ou conhece alguém que fez algo melhor, e faz questão de jogar na sua cara. Também não importa o quão mal você esteja, essa pessoa já passou por coisa pior.

Infelizmente, o ser humano é assim. Uma pesquisa feita na Inglaterra perguntou a pessoas aleatórias se elas prefeririam trabalhar na empresa A, onde ganhariam £ 2,5 mil e teriam o maior salário do departamento, ou na empresa B, onde ganhariam £ 3 mil (quinhentas libras esterlinas a mais), mas teriam o salário mais baixo de toda a equipe. A grande maioria dos entrevistados escolheu ganhar menos, mas ganhar mais que os seus companheiros. Nós preferimos estar na pior, desde que estejamos melhores que os outros. O poeta inglês John Milton escreveu: "É melhor reinar no inferno do que servir no céu".

Para não ser um completo sem noção, da próxima vez que alguém compartilhar uma boa notícia, comemore essa conquista como se fosse sua. Incentive a pessoa a falar mais sobre isso. Já se a notícia for ruim, não tente relativizar ou falar coisas como "isso não é nada". Empatize com ela.

9) FAZER PEQUENOS GESTOS SIMBÓLICOS

Um amigo meu tem uma empresa de produção de vídeos com cinquenta colaboradores espalhados pelo Brasil. Certa vez, ele me relatou que deu um notebook de ponta no valor de R$ 15 mil para quatro de seus colaboradores mais produtivos. Então, ele me falou algo de que nunca esqueci:

— Giovanni, o que são R$ 15 mil? Eles colocam por mês muito dinheiro no meu bolso e serão leais a mim a vida inteira.

Quando eu era advogado, certa vez vi uma colega do escritório sofrendo para cumprir um prazo processual. Ela não tinha sequer almoçado e estava nitidamente tensa. Notando seu estado emocional, resolvi dar para ela um cupcake, em uma tentativa de alegrar seu dia. Funcionou.

Seja um notebook de R$ 15 mil, seja um simples cupcake, qual é a ciência por trás da eficácia dos gestos simbólicos? O gatilho mental da reciprocidade.

Robert Cialdini, chamado por alguns de "o pai da persuasão", foi a pessoa que mais estudou atalhos (ou gatilhos) mentais na face da Terra. Ph.D. em Psicologia, ele dedicou sua vida a entender a influência, a arte de transformar um "não" em um "sim", como ninguém. Li sua obra-prima, *As armas da persuasão*, pela primeira vez quando era estudante de Direito, e posso dizer que ele foi um dos grandes responsáveis por eu me apaixonar por esse tema.

Gatilhos mentais nada mais são do que respostas automáticas que nosso cérebro dá a determinados estímulos. Eles são muito utilizados por golpistas. Por que todo golpista se veste bem? Porque, caso se vestissem mal, isso já levantaria um alerta no cérebro da potencial vítima. Nossa cabeça associa terno a autoridade, e isso faz com que os golpistas ganhem a confiança de vítimas inocentes. Para entender na prática como gatilhos mentais podem ser usados para o mal, recomendo assistir a série *O golpista do Tinder*, da Netflix. Existem muitos gatilhos extremamente poderosos, como: escassez, autoridade, prova social... Um estudo mais aprofundado desses gatilhos foge ao escopo deste livro. Para quem quiser se aprofundar, recomendo a leitura do livro *Gatilhos mentais*, de Gustavo Ferreira.

Desses gatilhos, existe um que se sobressai para criar rapport e que também é um dos mais poderosos: o da reciprocidade.

De modo simples, o gatilho da reciprocidade preceitua que, quando fazemos algo de valor por alguém, essa pessoa tende a retribuir, muitas vezes até de forma desproporcional. Por quê? Porque queremos evitar a sanção social de sermos considerados aproveitadores, parasitas e ingratos. Odiamos sentir que estamos em dívida e fazemos de tudo para nos livrar dessa sensação de desconforto psicológico.

Em um experimento, um garçom que trouxe dois bombons junto com a conta aumentou sua gorjeta em 14%. Outro experimento mostrou que, quando um funcionário do McDonald's dava um balão para a criança que entrava no estabelecimento, o consumo da família aumentava em 25%. Esse é o segredo por trás de tantos brindes que as empresas dão para colaboradores e clientes. Tudo é voltado para conquistar a lealdade das pessoas. Imagine um gerente que dá presentes de Natal para os filhos de seus liderados. Percebe o peso que isso tem? É natural supor que, da próxima vez que esse gerente precisar que o time "dê um gás" e fique até tarde para cumprir uma meta, eles tenderão a estar mais motivados, pois inconsciente ou conscientemente sentem que devem retribuir o "favor". Esse também é o segredo por trás da técnica de sedução mais antiga do mundo: pagar uma bebida para alguém.

Vasculhe em sua própria memória. Lembre-se de um momento em que alguém te deu um presente ou fez um gesto notável e memorável.

Isso causou um impacto profundo no seu cérebro primitivo, a ponto de você lembrar até hoje. Que tal começarmos a usar esse princípio a nosso favor?

Inclusive, esta é a maior técnica de networking que existe: gerar valor. Em vez de ser puramente interesseiro, se perguntando o que o outro pode fazer por você, seja também interessante, se perguntando o que você pode fazer pelo outro.

Imagine que um contato com quem você deseja aprofundar a relação lançou um livro. Uma técnica ainda mais avançada de networking é, em vez de perguntar: "O que posso fazer por você?", ser proativo e surpreender. Compre dez livros em vez de um e diga algo como: "Estou comprando a mais para presentear alguns amigos que precisam do seu conhecimento!". Ao guardar um livro para si e presentear cada um dos nove amigos com os livros restantes, você terá aprofundado o networking com dez pessoas usando o gatilho da reciprocidade. E garanto que o autor do livro jamais se esquecerá do seu gesto, pois quase ninguém faz isso.

Se a indireta ainda não fez efeito, estou dando a dica para você comprar dez exemplares extras do meu livro! Brincadeira... ou não.

E nem estou falando que você precisa gastar rios de dinheiro para ativar a reciprocidade. O gesto é simbólico. Fazer uma ligação para alguém no dia de seu aniversário é um gesto. Comprar flores é um gesto. Dedicar tempo de qualidade é um gesto. Muitas vezes, os gestos mais simples podem surtir os efeitos mais incríveis.

Lição de casa: faça um gesto simbólico para alguém hoje.

10) PRATICAR A SINCRONIA LÍMBICA

Esta técnica vai te tornar um verdadeiro camaleão social. Estou falando da "sincronia límbica", também chamada de "espelhamento".

Por que nós não gritamos em uma igreja e não sussurramos em um estádio de futebol? Porque sabemos intuitivamente a importância de nos adaptarmos ao ambiente. A técnica da sincronia límbica não é nada mais, nada menos, que espelhar de forma sutil a linguagem corporal das pessoas com quem estamos conversando.

Se a pessoa cruzar a perna, cruze a perna. Se a pessoa se inclinar para a frente, se incline para a frente. Se a pessoa coçar a cabeça, coce a cabeça.

"Mas, Giovanni, a pessoa não vai reparar que estou imitando-a?" Em primeiro lugar, ninguém falou em imitar. Não é para ser caricato como um episódio do *Mr. Bean*. Também não precisa espelhar no mesmo instante, você pode fazer o gesto um pouco depois. A palavra-chave aqui é sutileza. Em segundo lugar, nosso cérebro está programado para considerar normal esse tipo de comportamento, então dificilmente você será pego no flagra (eu nunca fui).

E por que você deveria fazer isso? Simples. Quando espelhamos a linguagem corporal de alguém, enviamos uma mensagem para o cérebro primitivo dela de que nós somos como ela. E nós gostamos de pessoas que são como nós. Leia isso de novo.

Até aqui, te ensinei um conteúdo básico sobre espelhamento que você encontra em dezenas de manuais de comunicação. Agora, vamos aprofundar. Além da linguagem não verbal, procure espelhar:

- Voz: se a pessoa está falando mais baixo, fale mais baixo.
- Energia: se a pessoa está falando de forma mais entusiasmada, responda de forma entusiasmada.
- Palavras: se a pessoa disser "Estou com problemas familiares", não diga "É complicado quando a gente tem desavenças com entes queridos", diga "Problemas familiares sempre mexem com a gente". Como vimos na parte I do livro, isso se chama "concretude linguística". Conforme explica Jonah Berger, repetir os mesmos termos usados pelo seu interlocutor aumenta a conexão.

10.5) INCORPORAR O RAPPORT COMO ESTILO DE VIDA

Até aqui, você aprendeu a falar o nome da pessoa, manter contato visual, sorrir, fazer a pessoa se sentir importante, não criticar, julgar ou reclamar, fazer elogios sinceros e específicos, evitar temas polêmicos, não superar a história do outro, fazer pequenos gestos simbólicos e praticar a sincronia límbica. Agora, vou ensinar a técnica de rapport mais poderosa de todas.

O real segredo não está em aplicar essas ferramentas separadamente e de vez em quando, e sim em utilizá-las em conjunto com consistência. Quando você masterizar isso, terá desbloqueado uma personalidade carismática e magnética.

Para ajudá-lo a incorporar o rapport como estilo de vida, eu tenho um presente para você. Criei um plano de fundo para você usar no seu celular com todas essas técnicas. Sempre que estiver no elevador, na fila do banco, no transporte ou mesmo quando for ver a horas, leia a lista, memorize-a e pergunte-se: *Qual técnica não estou usando?* "Nossa, faz tempo que não faço um elogio sincero e específico, vou elogiar alguém agora."

Se você quer ter acesso a esse plano de fundo especial, basta mandar uma mensagem dizendo "plano de fundo" no direct do meu perfil no Instagram @ElProfessorDaOratoria, e enviarei gratuitamente para você.

"Giovanni, e se eu aplicar todas essas técnicas e a pessoa ainda assim não se abrir ou não gostar de mim?" Comunicação não é uma ciência exata, então por mais eficazes que sejam essas técnicas de rapport, nada tem 100% de efetividade. E está tudo bem, o que importa é que você fez a sua parte e maximizou suas chances. Até mesmo interações malsucedidas são uma chance de aprendermos com os erros e fazermos melhor no futuro.

Não há fracasso, apenas feedback.

17
O SEGREDO DA ORATÓRIA DE JESUS

Você já aprendeu a usar os três canais de acesso e 10.5 técnicas de rapport para ser extremamente carismático sem esforço. Está sentindo o poder da oratória persuasiva começar a fluir em você? Mas calma, o melhor está por vir.

Se tem alguém que dominava a arte da comunicação, esse alguém era Jesus. Sua história talvez seja a mais conhecida no mundo, visto que a Bíblia é o livro mais lido de todos os tempos. O impacto de suas palavras foi tão grande que, mais de dois mil anos depois, seguimos citando seus ensinamentos. Mas qual era o segredo para Ele impactar e emocionar milhões de pessoas através dos séculos? O que fazia com que multidões largassem tudo para ouvi-Lo? A resposta está em uma técnica poderosa que ele usava com maestria: o storytelling.

Jesus não ensinava por meio de discursos acadêmicos ou teorias complexas. Ele ensinava contando histórias. Parábolas simples, mas profundas, que capturavam a atenção, faziam as pessoas refletirem e, acima de tudo, se enxergarem na narrativa. Ele entendia que, para transformar a mente de alguém, primeiro era preciso tocar o coração do indivíduo. E nada faz isso melhor do que uma boa história.

Histórias ativam o cérebro primitivo, potencializam o efeito ascendente da persuasão, geram identificação e são lembradas por toda a vida. Se Jesus, que tinha a mensagem mais importante de todas para transmitir, escolheu o storytelling como ferramenta principal, quem somos nós para ignorar esse poder?

Storytelling, em sua essência, é a arte de contar histórias. Ele envolve a transmissão de eventos por meio de palavras, sons e imagens. Por que os seres humanos pagam caro para se trancar em uma sala escura durante duas horas? Para assistir a uma história. Estou falando do cinema. Os seres humanos simplesmente amam histórias.

É cientificamente comprovado que contar histórias gera mais atenção, conexão e retenção (as pessoas lembram mais). Mais do que isso, as ondas cerebrais de quem está ouvindo a história entram na mesma frequência das ondas de quem está contando. Há uma conexão. A esse fenômeno, deu-se o nome de "acoplamento neural".

Nós sentimos histórias. A história cria emoção e inspiração, e isso gera mais ação. Afinal, 80% das decisões são movidas por emoção, e isso inclui vendas. Existe até mesmo o termo *storyselling*, a arte de vender com histórias. Uma imagem vale mais do que mil palavras, mas uma imagem construída na cabeça de alguém por meio de uma história vale mais do que mil imagens.

Poucas habilidades de comunicação são mais efetivas do que se tornar um mestre em contar histórias. E é isso que você vai aprender a partir de agora em sete passos.

1) TENHA UM ARSENAL DE HISTÓRIAS

Vou te contar um segredo: todo mundo é um poço de histórias. Você já passou por muita coisa na vida e tem muita história para contar. Qual é, então, o principal motivo de você ainda não dominar o storytelling? Simples: você esquece as próprias histórias! Elas estão perdidas no limbo da sua mente inconsciente. E o melhor jeito de resolver esse problema é montando um arsenal de histórias.

Um arsenal de histórias nada mais é do que uma espécie de banco de histórias, uma lista. Por que isso funciona? Porque o mero esforço de elencar, enumerar e estruturar essas histórias já as tornará mais facilmente acessíveis em conversas e apresentações.

Criar um arsenal de histórias é fácil. Abra um bloco de notas no seu celular e o intitule "Arsenal de histórias". O próximo passo é fazer um brainstorming das principais situações que aconteceram com você.

Então, quando se lembrar de uma história, não a escreva inteira! Apenas dê um nome mnemônico para ela. Um nome simples, composto de poucas palavras-chave, que o farão se lembrar da narrativa completa só de bater o olho nelas. Aqui alguns exemplos de histórias que constam no meu arsenal, batizadas com um nome mnemônico:

- Nerd antissocial.
- Sócio em 1 dia.
- Lamber o cuspe.

As duas primeiras eu contei no início deste livro. Já a terceira eu vou guardar para o final. Mas olha que interessante: "lamber o cuspe" pode parecer estranho para você, mas, para mim, faz todo o sentido e me faz lembrar da história completa!

Abaixo estão os dezenove melhores tópicos com potenciais histórias para o seu arsenal. Dica: já vá anotando as histórias de que se lembrar enquanto lê as descrições.

1. **Infância e primeiros anos de vida:** Histórias sobre escola, amizades e aprendizados da infância sempre despertam conexão e nostalgia no público.
2. **Superação de desafios:** Relatos sobre dificuldades enfrentadas e como foram superadas geram identificação e inspiram a audiência.
3. **Fracassos e lições aprendidas:** Histórias de erros e reviravoltas são poderosas, pois mostram vulnerabilidade e crescimento.
4. **Grandes decisões:** Escolhas difíceis, mudanças de rumo ou momentos decisivos sempre intrigam e envolvem o público.
5. **Primeiros passos na carreira:** Como você começou? Quais foram as dificuldades iniciais para conquistar um espaço nesse mundo competitivo? O que te levou a seguir determinado caminho? Histórias profissionais geram interesse e autoridade.
6. **Mentores e influências:** Pessoas que impactaram sua vida e o que você aprendeu com elas podem render histórias inspiradoras e carregadas de emoção.

7. **Momentos de risco e adrenalina:** Situações em que você precisou agir rapidamente, tomou uma decisão difícil ou viveu um episódio intenso prendem a atenção do público.
8. **Encontros com pessoas notáveis:** Relatar conversas e experiências com figuras marcantes ou personalidades conhecidas desperta curiosidade.
9. **Viagens e experiências culturais:** Contar sobre lugares que visitou e lições que aprendeu com outras culturas traz riqueza e diversidade à narrativa.
10. **Momentos engraçados e inusitados:** O humor é uma ferramenta poderosa para capturar e entreter a audiência, além de tornar qualquer história memorável.
11. **Dilemas morais e conflitos internos:** Reflexões sobre certo e errado, decisões difíceis e momentos de autoconhecimento são envolventes.
12. **Mudanças de perspectiva:** Episódios que fizeram você enxergar o mundo de outra forma ou mudar completamente sua opinião sobre algo fazem o público refletir.
13. **Paixões e hobbies:** Compartilhar algo que você ama fazer e o impacto que isso tem na sua vida pode contagiar e criar conexão com a audiência.
14. **Experiências incomuns ou improváveis:** Histórias sobre situações raras ou extraordinárias, como uma experiência sobrenatural, chamam a atenção e despertam a curiosidade.
15. **Crenças e valores pessoais:** Relatar algo que moldou suas convicções e seu propósito de vida pode gerar identificação e engajamento.
16. **Surpresas e reviravoltas:** Histórias que começam de um jeito e terminam de forma inesperada criam suspense e prendem o público até o final.
17. **Relacionamentos e conexões humanas:** Experiências com amizades, famílias e amores são universais e despertam empatia.
18. **Solidão e reflexão:** Histórias sobre momentos em que você precisou olhar para dentro de si e o que aprendeu com isso.
19. **Sonhos e ambições:** Compartilhar suas aspirações e os desafios de persegui-las cria identificação e motiva quem está ouvindo.

Aqui vai um desafio: coloque no seu arsenal ao menos uma história sobre cada um desses tópicos. Sua habilidade de contar histórias vai mudar da água para o vinho, pode acreditar.

Também é útil destacar pelo menos seis histórias que você costuma repetir com mais frequência, para fazer parte do seu branding pessoal. A repetição cria memória. Em todo lugar que vou, por exemplo, conto a história de como saí de nerd antissocial para bicampeão brasileiro de oratória.

Também é interessante inserir um ensinamento ao final da história, algo que você aprendeu com ela. Chamamos isso de "moral da história". No caso do nerd antissocial, a moral é: "Comunicação é treinável, e se eu consegui, você também consegue!".

Por fim, não se esqueça de ir atualizando o seu arsenal conforme viver novas histórias!

2) SEJA UM COLECIONADOR DE HISTÓRIAS

Você já aprendeu a inserir no seu arsenal histórias próprias sobre diversos tópicos. Porém, este é apenas um dos três tipos de histórias que devem constar no seu arsenal.

Para seu arsenal ficar ainda mais completo, além de histórias pessoais, vasculhe a sua mente atrás de narrativas de outras pessoas que te inspirem, além de histórias de conteúdo.

Histórias de outras pessoas que te inspirem podem envolver desde pessoas reais até mesmo personagens da ficção. Eu, por exemplo, adoro referenciar desde Dale Carnegie e Steve Jobs a até mesmo Rocky Balboa, personagem de Sylvester Stallone, pois me inspiro na sua trajetória de "zé-ninguém" a campeão mundial de boxe.

Outra categoria são as histórias de conteúdo. Quais são as histórias que envolvem a sua área de atuação e expertise? Se você é enólogo, faz sentido conhecer a história de como surgiram os vinhos, sobre Dionísio (Deus grego do vinho) e por aí vai. Se é médico, faz sentido saber de histórias sobre a evolução da medicina, desde Epicuro à invenção da penicilina. Se é advogado, saber a origem do Estado de Direito e da Constituição do país é interessante. Por quê? Porque quando você traz narrativas históricas, curiosidades ou casos reais que envolvem sua área, isso cria uma conexão mais forte com a audiência e te posiciona como um especialista no assunto. Contar histórias relacionadas ao seu campo de atuação reforça sua credibilidade e autoridade, além de tornar o conteúdo mais envolvente e memorável.

Então não se limite a colocar apenas histórias próprias no seu arsenal. Além do storytelling, domine o *"storylistening"*, a arte de ouvir histórias. Aprenda a colecionar histórias dos outros, e terá conteúdo para a vida toda.

3) CONTE SUA HISTÓRIA DE CRIAÇÃO

Peter Parker era um jovem nerd órfão que morava com os tios, era apaixonado por Mary Jane e não tinha um tostão no bolso. Um dia, ele foi mordido por uma aranha radioativa e ganhou superpoderes, incluindo força sobre-humana, agilidade e um "sentido-aranha" aguçado. Após um episódio traumático envolvendo a morte de seu tio Ben, Peter decide usar suas habilidades para proteger os mais fracos, levando consigo a lição que definiria seu caráter: "Com grandes poderes vêm grandes responsabilidades". Assim nasceu o Homem-Aranha.

Bruce Wayne era o filho amado da família mais rica de Gotham City e, quando criança, desenvolveu um medo profundo de morcegos. Em uma noite fatídica, ao sair do cinema com seus pais, Thomas e Martha Wayne, a família foi abordada por um criminoso em busca de dinheiro. O assaltante atirou e matou os pais de Bruce diante de seus olhos. Movido pelo trauma e pela sede de justiça, ele passou anos treinando seu corpo e mente ao redor do mundo. Quando retornou a Gotham, decidiu usar o medo que tinha dos morcegos para inspirar terror nos criminosos, tornando-se o Cavaleiro das Trevas. Assim nasceu o Batman.

O que Bruce Wayne, Peter Parker e todo super-herói famoso têm em comum? Todos eles têm uma origem.

Existem três perguntas que movem o ser humano:

- De onde viemos?
- Quem somos?
- Para onde vamos?

Nós temos uma curiosidade natural de saber de onde as coisas vieram. Comece a contar a sua história de criação. Como você se tornou a pessoa que é hoje? A gente nasce, morre e no meio disso escrevemos uma história. Qual é a sua?

"Giovanni, mas eu não sei nem por onde começar." Calma, eu vou te ajudar. Ao longo dos últimos anos, estruturei o storytelling de empresários bilionários, políticos, influenciadores com milhões de seguidores e até atletas campeões olímpicos. E eu sempre uso uma estrutura simples e extremamente poderosa: a Jornada do Herói em W.

"Jornada do Herói" é um termo cunhado pelo maior especialista em mitologia comparada da história: Joseph Campbell. Ele percebeu que sociedades distantes no tempo e no espaço, que, portanto, nunca se conectaram, possuíam pontos em comum em suas narrativas e mitos. Era como se fosse a mesma história contada mil vezes. Ele chamou essa história de Jornada do Herói e a descreveu em detalhes em sua obra *O herói de mil faces*. Em resumo, a Jornada do Herói se parece com algo assim:

> *O herói vive uma vida comum até ser chamado para uma aventura. Inicialmente, ele pode hesitar, mas acaba indo para um novo mundo ao qual não está acostumado. Ele ganha aliados, recebe objetos, enfrenta desafios e aprende lições valiosas. No auge da jornada, encara sua maior provação, quando tudo parece perdido. Superando o desafio, recebe uma recompensa.*

Enquanto você lia, provavelmente se lembrou de algumas histórias famosas que seguem esta estrutura, como a de Luke Skywalker.

> *Luke Skywalker vivia uma vida simples como fazendeiro até encontrar um droide com uma mensagem pedindo ajuda. Ele hesita em se envolver, mas, após o Império assassinar seus tios, ele aceita seguir com Obi-Wan Kenobi para aprender os caminhos da Força. Ao longo da jornada, ganha aliados como Han Solo, Leia e Chewbacca, recebe o sabre de luz e enfrenta desafios, como ser capturado e perder o seu mentor. No confronto final, confia na*

Força e destrói a Estrela da Morte, salvando a Rebelião e virando um herói.

Curiosidade: George Lucas, criador de *Star Wars*, se inspirou diretamente na Jornada do Herói descrita por Joseph Campbell para estruturar a saga. Ele chegou a afirmar em entrevistas que seu processo criativo foi profundamente influenciado pelo livro de Campbell. Esse formato funciona porque está enraizado no inconsciente coletivo e ressoa com as narrativas que a humanidade conta há milênios. É uma estrutura validada de histórias impactantes. Até mesmo a história de Jesus segue esse padrão, saindo de carpinteiro para salvador da humanidade, passando por provações com a ajuda de aliados – os apóstolos – ao longo do caminho.

Outro motivo pelo qual a Jornada do Herói funciona bastante é por ter altos e baixos. Se a história fosse linear, ela não teria graça, pois seria previsível. É preciso ter um suspense, uma tensão. Será que o mocinho vai vencer o vilão?

Agora que você já entendeu o que é a Jornada do Herói, chegou a hora de aprender como usá-la a seu favor.

Não é necessário trazer todos os passos exatos da jornada, apenas a ideia geral: você era uma pessoa, até que algo aconteceu. Você sofreu uma grande transformação e superou um desafio. Para deixar ainda mais fácil, utilize a chamada "Jornada do Herói em W", que explicarei a seguir.

Lembre-se de seus dois maiores "fundos do poço". Aquele momento em que a vida ia mal, que você chorou, pensou em desistir... Pronto, agora lembre-se dos seus dois pontos mais altos na vida, os topos da montanha, aquela vitória incrível que obteve. A Jornada do Herói em W nada mais é do que conectar esses pontos. Vou te mostrar a minha Jornada do Herói em W resumida:

Eu era um nerd antissocial, não tinha amigos, não era feliz e sofria bullying (fundo do poço). Até que decidi mudar, treinei bastante e virei bicampeão brasileiro de oratória (topo da montanha). Mas, ainda assim, eu era infeliz e pobre como advogado (fundo do poço). Até que eu resolvi empreender com a minha paixão, criei o El Professor da Oratória e hoje estou mais feliz e realizado do que nunca (topo da montanha).

INÍCIO DA JORNADA

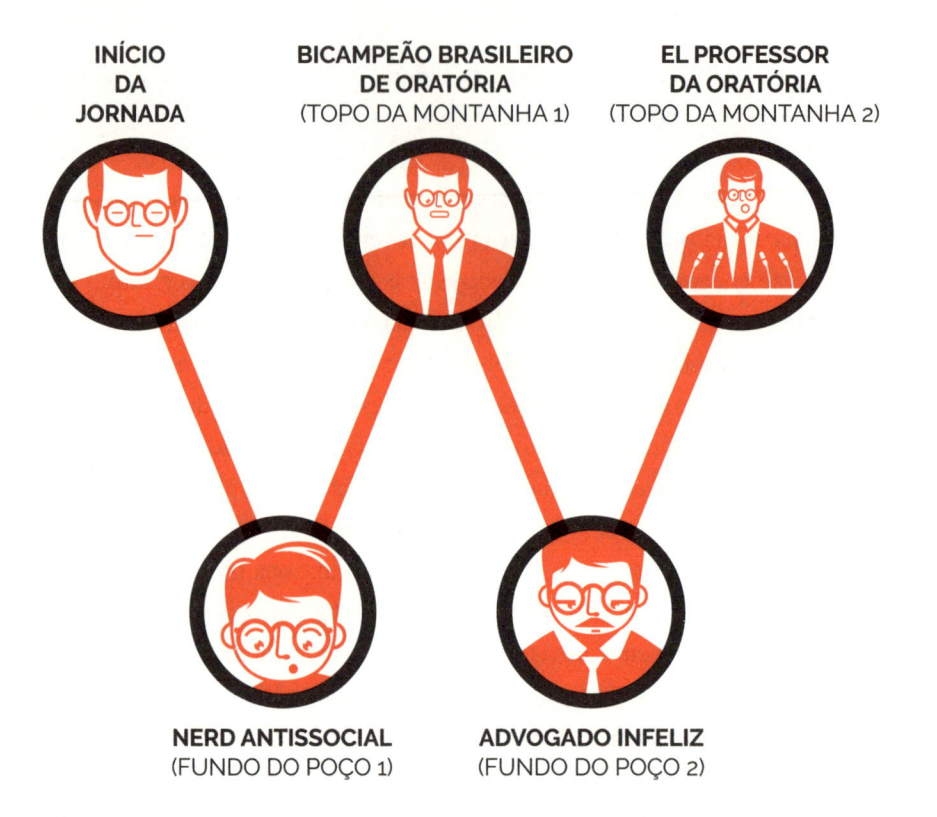

BICAMPEÃO BRASILEIRO DE ORATÓRIA
(TOPO DA MONTANHA 1)

EL PROFESSOR DA ORATÓRIA
(TOPO DA MONTANHA 2)

NERD ANTISSOCIAL
(FUNDO DO POÇO 1)

ADVOGADO INFELIZ
(FUNDO DO POÇO 2)

"Giovanni, minha história é pesada, será que devo compartilhar?" Muitas vezes as histórias mais poderosas têm a ver com os piores acontecimentos da nossa vida. Brené Brown, especialista em emoções, nos ensina sobre a importância de demonstrar vulnerabilidade. A verdade é que, quando se trata de storytelling, quanto pior, melhor.

Apenas cuidado: não compartilhe feridas abertas, compartilhe cicatrizes. Certifique-se de que você já superou o que vai contar. Já vi muita gente fazendo terapia no palco. Se você está no fundo do poço, ainda não é hora de contar essa história, pois ela não tem um final feliz.

"Giovanni, mas eu não tenho uma história interessante!" Ouço muito isso. **Não é sobre ter a história mais interessante. É sobre contar a sua própria história de modo interessante.**

E a aplicação disso vai além de apresentações e vídeos. Você também pode usar a história de criação para inspirar colaboradores, motivar uma equipe, fazer uma venda, conseguir um emprego... Se possui um negócio, conte a história de como ele surgiu. Se é um profissional, conte a história de por que você escolheu tal profissão. Sua persuasão aumentará drasticamente.

E por fim, lembre-se: se você só compartilha as suas vitórias, é visto como arrogante. Se só compartilha suas derrotas, é visto como vítima. Agora, se você compartilha uma jornada de como superou seus desafios e conquistou seus resultados, isso gera conexão automática.

4) COMPRE HISTÓRIAS

No ano de 2024, resolvi fazer a coisa mais louca da minha vida: pular de paraquedas vestido com um terno para divulgar o lançamento de um curso de oratória temático de 007, chamado "Operação Domine a Oratória".

No trajeto até o local em que o avião decolaria, uma pequena cidade chamada Boituva, eu estava cheio de coragem: *Um monte de gente pula, é de boa*. Porém, quando você está a 4 mil metros de altitude, um camarada abre a porta do avião e começa uma ventania danada, algo muda. Seu cérebro estranha. *Estou em um avião e a porta está aberta, é isso mesmo?*

Um sentimento de medo começou a aflorar em mim. *E se o paraquedas não abrir?* A ansiedade só aumentava enquanto via outras pessoas mergulharem no nada antes de mim. *Sou o próximo.*

O profissional que estava acoplado às minhas costas me instruiu a ficar agachado na porta do avião. Eu juro: pensei em desistir umas cem vezes. Mas, não sei como, reuni toda coragem que tinha e pulei.

Nos primeiros segundos, o sentimento é de terror puro. Em um instante, tem um chão sob os seus pés. No outro, você está em queda livre a 190 quilômetros por hora. Parecia um pesadelo.

Porém, depois dos primeiros segundos, você se acostuma com a situação e começa a curtir. A vista, a sensação... É realmente único. Quando o paraquedas abre, a viagem atinge seu ponto mais tranquilo, e você relaxa.

Olha, eu não sei se pularia de novo, mas estou muito feliz que pulei. Porque era algo de que eu tinha medo, pensei em desistir, mas fui lá e fiz. Isso mudou algo dentro de mim. Agora, sempre que me deparo com um desafio que faz meu coração acelerar, penso: *Eu já pulei de um avião! Nada mais me abala.*

Essa história faz parte do meu arsenal. Podemos dizer que eu comprei essa história.

Sabe aquela pessoa que volta de uma viagem ou intercâmbio cheio de histórias para contar? Para potencializar seu storytelling, é importante comprar histórias, isto é, viver experiências que rendem boas histórias.

Portanto, faça algo diferente. Conheça uma cidade ou país novo sozinho. Faça um programa inusitado. As outras pessoas vão adorar ouvi-lo compartilhar tais experiências.

5) ENRIQUEÇA SUA FALA COM DETALHES

Em 1986, os pesquisadores Melvin Manis e Jonathan Shedler conduziram um estudo que investigou como a especificidade dos argumentos influencia a credibilidade percebida. No experimento, os participantes ouviram argumentos a favor e contra em um julgamento simulado sobre a guarda de um filho. Os resultados indicaram que argumentos mais específicos aumentaram a credibilidade percebida em 34,8%.

O gatilho mental da especificidade é extremamente poderoso. Se eu falo para você imaginar um cachorro, isso te impacta de uma forma. Se eu peço para você imaginar um buldogue listrado, isso é mais forte. Por quê? Porque esses detalhes ajudam a pintar um quadro vívido da situação na sua mente.

Para sua história ser mais interessante, uma fórmula simples é usar cinco perguntas empregadas por todos os repórteres ao escreverem um artigo jornalístico: Quem? O quê? Onde? Quando? Por quê?

Na história do paraquedas, eu respondi essas perguntas. Quem? Eu. O quê? Pular de paraquedas. Onde? Boituva. Quando? 2024. Por quê? Para divulgar um curso de oratória.

Mas lembre-se: excesso de detalhes é pior que nenhum detalhe. Quando uma história se perde em minúcias irrelevantes, o público rapidamente perde o interesse.

Storytelling tem a ver com quais detalhes enfatizar e quais detalhes omitir. Tudo bem simplificar certos aspectos para tornar a narrativa mais envolvente. Dica: você pode romantizar a sua história, mas não minta. O principal tem que ser verdadeiro. Por exemplo, eu costumo falar que "passei quatro anos da minha vida ganhando R$ 1 mil por mês". Na realidade, não foi bem assim. Nos primeiros três meses, eu recebia R$ 600 e uns quebrados, e por três anos e meio recebi R$ 1.024 por mês, mais o vale-transporte. Porém, não faz sentido compartilhar esse grau de detalhe, pois a narrativa perderia impacto.

6) USE A ORATÓRIA PARA MELHORAR A ENTREGA

Tão importante quanto o conteúdo da história é a forma como você a entrega. No mundo da comédia stand-up, mesmo a melhor piada pode ser destruída por um delivery (entrega) ruim. No storytelling é a mesma coisa.

Não tenha medo de usar tudo o que aprendeu até aqui para caprichar na história, inclusive os três canais de acesso. Apele para o visual, para o auditivo e para o cinestésico. Faça caretas, efeitos sonoros com a boca, gestos exagerados... Vale tudo para contar uma boa história.

Uma boa técnica aqui é dramatizar sua fala ao empregar o diálogo. Você já deve ter ouvido alguém contar uma história em que muda um pouco a voz e o jeito de falar para mostrar que são diferentes personagens conversando (por exemplo, falar fino para representar uma criança e falar grosso para um cara fortão). O uso do diálogo confere às suas palavras a naturalidade de uma conversa casual, fazendo com que a comunicação soe autêntica, como se estivesse ocorrendo em um bate-papo à mesa.

7) AFIE SEU MACHADO NARRATIVO

Você quer o truque definitivo para se tornar um mestre contador de histórias? Afie seu machado narrativo.

Quando inserir uma nova história no seu arsenal, procure fazer um "test drive" o mais rápido possível. Inclua-a em conversas com amigos, familiares ou colegas de trabalho. Considere contar essa história em um vídeo ao vivo nas redes sociais.

Vou compartilhar um segredo dos maiores palestrantes do mundo. Quando você vê aquele palestrante no palco encantando multidões com uma história bem emocionante, eu te garanto que ele não está contando aquela história pela primeira vez!

Quando você vai contando a mesma história mais de uma vez, começa a perceber a melhor forma de contá-la. "E se eu tirar esses detalhes e passar mais rápido por este trecho para ficar menos maçante?" "E se eu fizer uma pausa aqui?" "E se eu terminar com essa frase enquanto faço esse gesto?"

Um comediante testa suas piadas em bares menores, e apenas as melhores piadas, em suas melhores versões, são inseridas no especial de comédia. Muitas são cortadas e as restantes são lapidadas. Faça o mesmo com as suas histórias, e seu storytelling mudará do vinho para o néctar dos deuses.

Nossa, quanta coisa aprendemos! No terceiro C, você teve acesso às minhas três técnicas preferidas para uma oratória persuasiva: canais de acesso, rapport e agora storytelling. Combinados, os três Cs vão transformar você em alguém capaz de persuadir qualquer pessoa em qualquer situação. Use com cuidado.

EM RESUMO

O TERCEIRO C (CONVENCIMENTO): O PASSO A PASSO AVANÇADO PARA SER HIPERPERSUASIVO

1. Sua comunicação deve ser igual a um comercial da Coca-Cola. Atinja os três canais de acesso: visual, auditivo e cinestésico.

2. As dez principais formas de utilizar o canal de acesso visual a seu favor são: i) postura; ii) gesticulação; iii) movimentação; iv) contato visual; v) expressões faciais; vi) objetos; vii) iluminação; viii) cenário; ix) slides; e x) imagem pessoal.

3. São três as principais formas de utilizar o canal de acesso auditivo: i) projeção vocal; ii) modulação vocal; e iii) outros recursos sonoros, como sons e músicas.

4. O canal de acesso cinestésico consiste em fazer a pessoa se movimentar, interagir fisicamente e experimentar na prática.

5. Rapport é a arte de fazer "o santo bater". Para criar conexão, experimente: i) falar o nome da pessoa; ii) manter contato visual; iii) sorrir; iv) fazer a pessoa se sentir importante; v) não criticar, não julgar e não reclamar; vi) fazer elogios sinceros e específicos; vii) evitar temas polêmicos; viii) não superar a história do outro; ix) fazer pequenos gestos simbólicos; x) praticar a sincronia límbica; e x.5) incorporar o rapport como estilo de vida.

6. Storytelling é a arte de contar histórias. Para se tornar um mestre contador de histórias: i) tenha um arsenal de histórias; ii) seja um colecionador de histórias; iii) conte sua história de criação; iv) compre histórias; v) enriqueça sua fala com detalhes; vi) use a oratória para melhorar a entrega; e vii) afie seu machado narrativo.

ORATÓRIA SALVA VIDAS

P ara você que chegou até aqui, os meus mais sinceros parabéns. Agora você tem todas as ferramentas para desenvolver a sua oratória persuasiva e alcançar todos os objetivos que desejar. Com esse novo superpoder, um mundo de oportunidades o espera.

Mas não esqueça: aprender oratória é como aprender a nadar. Ninguém fica bom de natação apenas lendo livros sobre o assunto. Tem que se jogar na piscina.

Uma das maiores honras da minha vida foi poder contribuir com o Grupo de Ações Táticas Especiais da Polícia Militar do Estado de São Paulo (GATE). Para você ter uma ideia, as cenas clássicas do treinamento do BOPE no filme *Tropa de elite* sofreram influências do treinamento do GATE. É a elite da polícia, a SWAT brasileira.

As responsabilidades do GATE vão desde desarmar bombas com trajes especiais, fazer intervenções táticas descendo de rapel e quebrando a janela de um apartamento, até realizar negociações complexas envolvendo *snipers*.

Nunca conheci pessoas tão estudiosas da arte de influenciar como a unidade de negociação do GATE. Tem gente que estuda técnicas de persuasão para conseguir levar vantagem em negociações contratuais e financeiras. Mas o GATE é diferente. Vidas estão em jogo. E é por isso que eles passam grande parte do tempo em que não estão em campo estudando oratória, negociação e persuasão.

Eis que me deparei com uma mensagem em meu Instagram do perfil oficial do GATE solicitando um treinamento para ajudá-los a aumentar o grau de convencimento, a fim de salvar mais vidas em incidentes críticos com reféns ou pessoas armadas com propósito suicida. Como eu poderia recusar um convite desses?

Assim, me dirigi até o GATE para realizar um treinamento de oratória persuasiva avançada. Já tinha ministrado esse treinamento antes para diversas grandes empresas, que vão desde a indústria farmacêutica ao mercado financeiro e ao agronegócio. Mas dessa vez foi diferente. Cada célula e fibra do meu corpo se empenhou mais de 100%, pois fui tocado pela nobreza do propósito do GATE.

Qual não foi minha felicidade quando, uma semana depois do treinamento, recebo a seguinte mensagem:

— Prezado professor, bom dia! Ontem, através da negociação, conseguimos a libertação de cinco reféns e a rendição de dois criminosos em um roubo a banco. Oratória realmente salva vidas.

Isso me tocou, porque me reconectou com o maior propósito que me levou a ser um estudioso de comunicação em primeiro lugar.

Qual é o maior problema do mundo hoje? Destruição do meio ambiente, miséria, guerra, perigos da inteligência artificial? Todas são respostas plausíveis. Porém, a meu ver, o maior problema do mundo hoje é a comunicação. Isso porque nós temos pessoas com MÁS ideias e uma BOA comunicação (como políticos demagogos e golpistas), e pessoas com BOAS ideias e uma MÁ comunicação (como doutores das universidades e empresários sérios). E as boas ideias não estão vencendo o debate.

Eu acredito veementemente que, se todos treinarem oratória, as boas ideias vão se sobressair naturalmente. Por quê? Porque se a oratória está empatada, o diferencial será a verdade. Parafraseando Aristóteles, se o *ethos* e o *pathos* são equivalentes, o diferencial será o *logos*, a racionalidade.

E é exatamente por isso que estudar persuasão não é antiético ou coisa de manipulador. Pelo contrário, se deixarmos de estudar persuasão, apenas os golpistas e manipuladores terão esse conhecimento!

Comunicação pode ser o maior problema do mundo, mas também é a solução. Em 2016, eu pude participar de um campeonato de debates em Paris. Lá, conheci a história de um velhinho chamado Alfred Snider. Ele foi um patrono do debate competitivo por muitos anos no Reino Unido, até o final da sua vida. E Alfred Snider tinha um sonho: imagine um mundo em que todo cidadão é um debatedor. Um mundo em que todos conseguem defender suas ideias de modo claro, confiante e convincente. Será que a política seria o que é hoje ou estaríamos prosperando mais enquanto sociedade? Eu me identifiquei com esse sonho de Alfred Snider e espero que você também.

Confesso que às vezes é difícil manter a esperança de que um dia teremos um país e um mundo mais educado, mais evoluído e mais próspero. Porém, quando estou me sentindo desanimado, lembro-me das palavras do gênio Ariano Suassuna: "O otimista é um tolo. O pessimista é um chato. Bom mesmo é ser um realista esperançoso".

Antes de nos despedirmos derradeiramente, quero te dar um último recado. Se este livro de alguma forma te ajudou, dê um exemplar de presente a alguém que precisa melhorar a oratória. Lembre-se: oratória salva vidas.

EPÍLOGO
LAMBA O CUSPE

Eu estava prestes a fazer a prova para entrar na faculdade quando me deparei com uma desagradável surpresa.

O local do exame era uma escola pública caindo aos pedaços no centro da cidade. Imagine fazer a prova mais importante da sua vida, que vai definir o seu futuro, em carteiras de madeira quebradas e pichadas, com carros de som em volta tocando música alta, em um calor infernal e com um ventilador enferrujado no canto da parede emitindo constantemente o seguinte som: TEC TEC TEC TEC TEC TEC TEC TEC.

Eu entrei em desespero. *Mas que injusto! Um monte de gente foi alocada para fazer a prova em lugares confortáveis, silenciosos e com ar-condicionado, e eu dei o azar de cair nessa espelunca dos infernos!*

Foi então que meu pai, que me levou para fazer a prova, me deu um dos melhores conselhos que já recebi na vida. Ele me disse que certa vez seu time de futebol preferido foi jogar uma partida decisiva no estádio do maior rival. A arquibancada ficava tão próxima do campo que, quando o goleiro estava entrando, um torcedor cuspiu na cara dele.

— Sabe o que o goleiro fez? — contou meu pai. — Ele passou a mão no rosto e depois na boca, lambendo o cuspe. Ele fez isso para mostrar que não estava intimidado.

A partir daquele momento, comecei a encarar a vida de outra forma. Fiz a prova, e em vez de reclamar da má sorte, usei todas as situações adversas como motivação. *Mesmo com tudo jogando contra, vou mostrar do que eu sou capaz. Vou lamber o cuspe.*

Eu não sei em que momento da sua vida você está lendo isto, mas imagino que possa estar passando por desafios. Quando as coisas estiverem difíceis, não desanime. Lamba o cuspe.

APÊNDICE A
CHECKLIST DA ROTINA DE PREPARAÇÃO PRÉ-PALESTRA ✓

- [ ] Técnica da caneta
- [ ] Técnica das caretas
- [ ] Visualização positiva
- [ ] Respiração diafragmática quadrada
- [ ] Escolha a música certa
- [ ] Retirada estratégica
- [ ] Reconhecimento avançado do terreno
- [ ] Bônus: técnica do saco de batata

REFERÊNCIAS

9 em cada 10 profissionais são contratados pelo perfil técnico e demitidos pelo comportamental. **G1. Globo**, 18 set. 2018. Disponível em: https://g1.globo.com/economia/concursos-e-emprego/noticia/2018/09/18/9-em-cada-10-profissionais-sao-contratados-pelo-perfil-tecnico-e-demitidos-pelo-comportamental.ghtml. Acesso em: 10 mar. 2025.

ABRAHAMS, M. **Pense rápido, fale melhor**: como se comunicar bem em momentos de pressão. Rio de Janeiro: Agir, 2025.

ACHOR, S. **O jeito Harvard de ser feliz**: o curso mais concorrido da melhor universidade do mundo. São Paulo: Benvirá, 2012.

AMERICA SUCCEEDS. **2021 Annual Report**. 2021. Disponível em: https://americasucceeds.org/wp-content/uploads/2022/02/AS-Annual-Report-2021.pdf. Acesso em: 10 mar. 2025.

ANDERSON, C. **TED Talks**: o guia oficial do TED para falar em público. Rio de Janeiro: Intrínseca, 2016.

ARRUDA, M. **Desbloqueie o poder da sua mente**: programe o seu subconsciente para se libertar das dores e inseguranças e transforme sua vida. São Paulo: Gente, 2018.

BARTLETT, S. **O diário de um CEO**: 33 leis para os negócios e a vida. Rio de Janeiro: Sextante, 2024.

BERGER, J. **Palavras mágicas**: o que dizer – e como dizer – para conquistar o sucesso. São Paulo: HarperCollins, 2023.

BOOTHMAN, N. **Como convencer alguém em 90 segundos**: crie uma primeira impressão vendedora. São Paulo: Universo dos Livros, 2012.

BOOTHMAN, N. **Como fazer alguém gostar de você em 90 segundos**: faça conexões instantâneas e significativas. São Paulo: Universo dos Livros, 2021.

BROWN, B. **A coragem de ser imperfeito**: como aceitar a própria vulnerabilidade, vencer a vergonha e ousar ser quem você é. Rio de Janeiro: Sextante, 2016.

BRYANT, K. **The Mamba Mentality:** How I Play. Nova York: MDC x FSG, 2018.

BUNYAN, J. **O peregrino.** São Paulo: Editora Berith, 2023.

CAMPBELL, J. **O herói de mil faces.** São Paulo: Palas Athenas, 2024.

CARNEGIE, D. **Como fazer amigos e influenciar pessoas.** Rio de Janeiro: Sextante, 2019.

CARNEGIE, D. **Como falar em público e influenciar pessoas no mundo dos negócios.** Rio de Janeiro: Record, 2018.

CASTRILLON, C. Por que as soft skills são as habilidades mais procuradas no momento. **Forbes,** 22 set. 2022. Disponível em: https://forbes.com.br/carreira/2022/09/por-que-as-soft-skills-sao-as-habilidades-mais-requisitadas-no-momento/. Acesso em: 10 mar. 2025.

CIALDINI, R. B. **As armas da persuasão:** como influenciar e não se deixar influenciar. Rio de Janeiro: Sextante, 2012.

COELHO, P. **O alquimista.** São Paulo: Paralela, 2017.

COVEY, S. **Os 7 hábitos dos adolescentes altamente eficazes.** Rio de Janeiro: BestSeller, 2020.

CUDDY, A. **O poder da presença:** como a linguagem corporal pode ajudar você a aumentar sua autoconfiança. Rio de Janeiro: Sextante, 2016.

DAMÁSIO, A. **O erro de Descartes.** São Paulo: Companhia das Letras, 2012.

EKER, T. H. **Os segredos da mente milionária:** aprenda a enriquecer mudando seus conceitos sobre o dinheiro e adotando os hábitos das pessoas bem-sucedidas. Rio de Janeiro: Sextante, 2006.

GODIN, S. **Tribos:** nós precisamos que vocês nos liderem. São Paulo: Alta Books, 2013.

GREENE, R. **As 48 leis do poder.** Rio de Janeiro: Rocco, 2021.

HILL, N. **Mais esperto que o Diabo:** o mistério revelado da liberdade e do sucesso. Porto Alegre: Citadel, 2014.

HOUSEL, M. **A psicologia financeira:** lições atemporais sobre fortuna, ganância e felicidade. São Paulo: HarperCollins, 2021.

KAHNEMAN, D. **Rápido e devagar**: duas formas de pensar. Rio de Janeiro: Objetiva, 2012.

LINKEDIN Releases 2019 Global Talent Trends Report. **LinkedIn**, 28 jan. 2019. Disponível em: https://news.linkedin.com/2019/January/linkedin-releases-2019-global-talent-trends-report. Acesso em: 10 mar. 2025.

MARTINGO, N. O lendário investidor Warren Buffett dá uma dica valiosa: invista em comunicação. **Valor Investe**, 20 abril 2022. Disponível em: https://valorinveste.globo.com/mercados/internacional-e-commodities/noticia/2022/04/20/o-lendario-investidor-warren-buffett-da-uma-dica-valiosa-invista-em-comunicacao.ghtml. Acesso em: 10 mar. 2025.

MORGAN, K. O que são "soft skills", habilidades comportamentais cada vez mais buscadas por empregadores. **BBC**, 14 ago. 2022. Disponível em: https://www.bbc.com/portuguese/vert-cap-62496935. Acesso em: 12 mar. 2024.

MORIN, C.; RENVOISE, P. **O código da persuasão**: como o neuromarketing pode ajudar você a persuadir qualquer pessoa, a qualquer hora, em qualquer lugar. São Paulo: DVS, 2023.

ORWELL, G. **1984**. São Paulo: Companhia das Letras, 2009.

PLUTARCO. **Vidas paralelas**: Demóstenes e Cícero. Coimbra: Imprensa da Universidade de Coimbra, 2012.

SCHAFER, J.; KARLINS, M. **Manual de persuasão do FBI**. São Paulo: Universo dos Livros, 2020.

SCHOPENHAUER, A. **Como vencer um debate sem precisar ter razão**. Rio de Janeiro: Topbooks, 2013.

"STABLE Genius" – Let's Go to the Data. **Roll Call**, 08 jan. 2018. Disponível em: https://rollcall.com/2018/01/08/stable-genius-lets-go-to-the-data/. Acesso em: 10 mar. 2025.

VANDEHEI, J.; ALLEN, M.; SCHWARTZ, R. **Brevidade inteligente**: o poder de dizer muito com poucas palavras. Rio de Janeiro: Sextante, 2023.

WATTS, S. **Dale Carnegie**: o homem que influenciou pessoas. São Paulo: Companhia Editora Nacional, 2018.

WEIL, P. **O corpo fala**: a linguagem silenciosa da comunicação não verbal. Rio de Janeiro: Vozes, 2015.

ZIPRECRUITER. **Perspectivas do mercado de trabalho para graduados.** 2022. Disponível em: https://static1.squarespace.com/static/6442a1a3f5769311159076d6/t/653fd7d2369ca945bdc9599b/1698682836728/ZipRecruiter-2022-Grad-Report.pdf. Acesso em: 10 mar. 2025.

ZOGBI, P. 7 hábitos diários de pessoas ricas que você deveria copiar. **InfoMoney**, 14 ago. 2017. Disponível em: www.infomoney.com.br/carreira/7-habitos-diarios-de-pessoas-ricas-que-voce-deveria-copiar/. Acesso em: 10 mar. 2025.

AGRADECIMENTOS ESPECIAIS

ABRAHAM FILHO • ADAIR ALTÍSSIMO • ADELSON SILVA • ADILSON GIMENES • ADILSON SANTOS • ADMÁ ALVES • ADRIANA SILVA • ADRIANO ARAÚJO • ADRIANO BOER • AIRTON DELAZARI • ALAN CAMARGO • ALAN CRUZ • ALBERTO STEINMETZ • ALDEMIR FERNANDES • ALEF KOTULA • ALESSANDRA BARRETO • ALESSANDRO AGOSTINI • ALESSANDRO OLIVEIRA • ALEX FELIZARI • ALEXANDER SHIDO • ALEXANDRE SOUZA • ALEXANDRE TUTI • ALINE DEMETRIO • ALINE PALOKOWSKI • ALINE VALADARES • ALYSSON AZEVEDO • ALYSSON SANTOS • ALZIRA SANTOS • AMANDA PRADO • ANA FONSECA • ANA KASSIS • ANA SOUZA • ANA TEIXEIRA • ANANDA BARBALHO • ANDERSON BRITO • ANDERSON SILVA • ANDRÉ ANDRADE • ANDRÉ FERNANDES • ANDRÉ FERREIRA • ANDRÉ SOUZA • ANDRÉA GUEDES • ANDRÉA VASCONCELOS • ANDREIA SILVA • ANDRESSA ANJOS • ANGÉLIA PIMENTA • ANTONIA SANTOS • ANTONIO ALVARES • ANTÔNIO GUARITA • ANTONIO SANTOS • ANTÔNIO TEIXEIRA • ARTHUR FERRAZ • AUGUSTO MESQUITA • AUREA FUZIWARA • BARBARA AVEIRO • BEATRIZ PESSANHA • BONI MAGNO • BRUNA ALVES • BRUNA ANDRADE • BRUNA GRAH • BRUNA OLIVEIRA • BRUNNO CARDOSO • BRUNO PEIXOTO • BRUNO SANTIAGO • BRUNO SERRA • CAINÃ DAMETTO • CAIO ANDRADE • CAIO KONDO • CAIO SANTOS • CAÍQUE CAMILO • CAMILA AFFONSO • CAMILA RODRIGUES • CAMILA SKORIE • CARLA ALMEIDA • CARLA SILVA • CARLA SILVA • CARLOS BALDI • CARLOS CARLOS • CAROLINE MEHLER • CÁSSIA BATISTA • CAUÊ RAMOS • CHARLENE GORA • CHRISTIANE OLIVEIRA • CIBELE ALMEIDA • CIBELE MACHADO • CICERA CAVALCANTE • CLARA ARVALHAL • CLAREZA PETER • CLÁUDIA SOUZA • CLAUDIO SANTOS • CLEBER MOURA • CLEITTON MACÊDO • CRISCIA BATISTA • CRISTIANI SENNA • DAIANE MANTUANI • DALMARI STRACK • DANIEL LARA • DANIEL OLIVEIRA • DANIEL SILVA • DANIEL SOUZA • DANIELA LIMA • DANIELLY CHAGAS • DANILO GUIMARÃES • DANILO SILVA • DANILO SILVA • DANTER DUTRA • DARLAN SILVA • DAYANE CASSURIAGA • DAYVIDIANE LIMA • DEISE RIBEIRO • DEISE RODRIGUES • DEMETRIUS FARNETI • DÊNIS ASSUNÇÃO • DEOMAR CAMPOS • DÉRICK RONDOV • DIEGO BRASIL • DIEGO TABOSA • DIEGO VIGATO • DORIVAL OLIVEIRA • DYEGO BARROS • EDGAR CARIA • EDMILSON MARTINS • EDSON BRUN • EDU OLIVEIRA • EDUARDO MARQUES • EDUARDO PATRICIO • EDUARDO SILVA • EDUARDO TEDESCO • EDUAROD PEREIRA • ELIANA COUTO • ELIANE CASTELANI • ELIANE SANTOS • ELIANE TAIATELLA • ÉLIDA TWERDOCHLIB • ELISEU GALVÃO • ELIZABETE KUMAMOTO • ELVER LOPES • EMANOEL CAVALCANTE • EMERSON CORRÊA • EMERSON FRANCO • EMERSON SANTOS • ENZO SCALASSARA • ERIC SILVA • ESTEVAN AKAMINE • ETELVINA LIMA • EVERTON OLIVEIRA • FABIANE SCOTTI • FÁBIO ALMEIDA • FÁBIO GARCIA • FÁBIO SANTOS • FABIO ZENI • FABRÍCIA QUEIROZ • FÁDUA CHEQUER • FATIMA FREIRE • FÊ BARROS • FELIPE GUEDES • FELIPE RODRIGUES • FELIPE VUCKOVIC • FELIPY SILVA • FERNANDA MERLIM • FERNANDA SANTO • FERNANDO ALMEIDA • FERNANDO ALVES • FERNANDO BRANCO • FERNANDO MERLOS • FIDEL QUEIROZ • FILIPI SANTANA • FLÁVIA SANTOS • FLÁVIO GERMANO • FLÁVIO SILVA • GABRIEL OLIVEIRA • GABRIEL SILVA • GABRIEL SOUZA • GABRIELLA PARRA • GEIZE OLIVER • GELSON LIMA • GEORGE DUARTE • GERUSLANE SOUSA • GETÚLIO FILHO • GILBERTO COMUNIC • GILSON CALDO • GIOVANI RUSSI • GIRLANNA SILVA • GISELE CASTRO • GISELE GUIMARÃES • GUILHERME DAVID • GUILHERME MATTOS • GUILHERME MONTEIRO • GUILHERME SANTOS • GUILHERME SOUZA • GUSTAVO BATISTA • GUSTAVO GOMES • GUSTAVO RODRIGUES • GUSTAVO VITAL • HEBER SANTOS • HENRIQUE WLODKOVSKI • HÉRICA ANDRADE • HERTIO BRAZ •

HUGO PINTO • IGOR FRAGA • IGOR MACHADO • IGOR RELA • IGOR SILVA • INGRIDY CAMPOS • ISAAC GUERRA • ISIS SILVA • IVAN SAVI • IVONE LAURENTINO • JACKSON MARTINS • JAMAICA DADA • JANAINA PAULINO • JAQUELINE BENEDICTO • JAQUES BERNINI • JEFFERSON SANTOS • JESSÉ DIAS • JESUS SOUSA • JOÃO BARROS • JOÃO BASSO • JOÃO CARNEIRO • JOÃO ENCARNAÇÃO • JOÃO JESUS • JOAO ROCHA • JOELMIR LORENA • JONATHAS OLIVEIRA • JOSÉ FILHO • JOSÉ FLÁVIO • JOSÉ JÚNIOR • JOSÉ PAULA • JOSÉ PINHEIRO • JOSE SILVA • JOSÉ SILVA • JOSÉ SILVA • JOSEMAR BORBONHA • JOSIVAN SANTOS • JOSUE NATHAN • JUANES SILVA • JULIA PORTO • JULIANA SENA • JULIANA MONTEIRO • JULIANA ROMANO • JULIANA ROSSI • JULIANO LOPES • JULIANO ROCHA • JULIO GIOVANNI • JULIO SILVA • JUSCELINO MACEDO • KAUAN RUYSAM • KAUÊ DIAS • KAUÊ SILVA • KENZO KAWAKAMI • KEVIN CAMPOS • KIRK MINEO • LAILAH LOPES • LAMERSON TELES • LARISSA CADINI • LARISSA LAMIM • LARISSA MORAES • LARISSA SIQUEIRA • LARISSA SOUZA • LAURA ALVES • LAYS OLIVEIRA • LAYSE DIAS • LEANDRO NOGUEIRA • LEANDRO PEREIRA • LEONARDO BAPTISTA • LEONARDO CAVALCANTE • LEONARDO REZENDE • LILIAN FIGUEIREDO • LORRAINNY PIMENTEL • LOUISE PRATES • LUAN FIOR • LUAN SANTOS • LUCAS BARBOZA • LUCAS FARIA • LUCAS MATOS • LUCAS MOURA • LUCAS PEDERNEIRA • LUCAS PREIS • LUCAS SILVA • LUCAS SOUZA • LUCAS XAVIER • LUCELIA MARIA • LUCÉLIA PINHEIRO • LUCIANA ARAUJO • LUCIANA MEDEIROS • LUCIANO CRUZ • LUIDY TELES • LUIZ DIAS • LUIZ CARDOSO • LUIZ CLEMENTINO • LUIZ MIRANDA • LUIZ SILVA • LUIZ SOUZA • LUIZ TERÊNCIO • MAISA SELINGARDI • MARA CORRÊA • MARCEL ANSELMO • MARCELA BEZERRA • MARCELO LARA • MARCELO MACHADO • MARCELO MORAES • MARCELO NORONHA • MARCELO SANTOS • MARCIO FERNANDES • MARCIO JUNIOR • MARCOS PAULO • MARCOS PAULO • MARCOS RAMOS • MARCOS TAVARES • MARCUS SILVESTRE • MARGARETH ZANARDINI • MARIA MAIA • MARIA SILVA • MARIAH SOUSA • MARIO AMARAL • MÁRIO NGANGA • MARIO SCHROEDER • MÁRIO SOUSA • MARLENE SILVA • MATEUS BARBOSA • MATHEUS AMORIM • MATHEUS CÂNDIDO • MATHEUS FIDLER • MATHEUS MAGGIONI • MATHEUS NEVES • MATILDE PEREIRA • MAURÍCIO BILHALVA • MICAEL CRUZ • MICAEL MATTEI • MICHEL PLATINY • MICHELE CAIXETA • MICHELLE GOULART • MIGUEL VIANA • MILENA PAGNI • MISTER VALENTIM • MURILO PATY • MURILO SILVA • NARA LIMA • NATÁLIA BONZANINI • NAYARA COSTA • NEI GARCIA • NILTON TAVARES • OCTAVIO HOZAWA • OCTAVIO OLIVEIRA • PATRICIA DE ALMEIDA • PATRÍCIA MURITTI • PATRÍCIA VALADARES • PAULA CAZOTTI • PAULA SILVA • PAULO ALDA • PAULO NETO • PEDRO CARAPITO • PEDRO CINTRA • PEDRO MEDEIROS • PEDRO MIRANDA • PEDRO OLIVEIRA • PEDRO QUEIROZ • PEDRO RODRIGUES • PEDRO SHIMBA • PERSIO OLIVEIRA • PRISCILA MBUTA • RAFAEL ELIAS • RAFAEL MELO • RAFAEL NOGUEIRA • RAFAEL ROCHA • RAFAEL VENTRELLA • RAIMUNDO NONATO • RAISSE SOARES • RALFH SALVIANO • RAQUEL SOUZA • RAUL AVEIRO • RAYSSA CARAVAGGIO • REGIANE FERREIRA • REGIANE FURTADO • RENAN CALDONHO • RENATO MEDRADO • RICARDO JÚNIOR • RICARDO MONTEIRO • RICHARD BASTOS • RITA FREITAS • RITA LIRA • RIVELINO MOURA • ROBERTO BARROS • ROBINSON SOARES • RODOLFO BUONO • RODRIGO BRUGALLI • RODRIGO CAMARGO • RODRIGO FELICISSIMO • RODRIGO GRACINI • RODRIGO MARCON • RODRIGO SILVA • RONALDO MORAES • ROSAN FUENTES • ROSANA BELINASSI • ROSANGELA SILVA • SANDRA CAMPOS • SANDRA MACHADO • SERGIO NAKAMURA • SHEILA SANTOS • SIGRID MOURA • SIMONE CUNHA • SIMONE PRIMO • SIMONE SILVA • SIRLEI SANT ANA • SUANE FREITAS • TAINARA ALVES • TALES DOTTA • TALES MARQUES • TERCIO STRUTZEL • THAIS VIEIRA • THALES SILVA • THIAGO GOMES • THIAGO JESUS • ULLISSES CARUSO • URIAS FILHO • VALDEMIR DA SILVEIRA • VALDENI VITALIS • VANESSA PAULINELLI • VÂNIA PEREIRA • VERA GARDINI • VERA ROSA • VICTOR DAMÁSIO • VITOR GRIECO • VITOR GUIDETTE • VITOR MARTELOZZO • VITOR RODRIGUES • VIVIANE MARTINS • WAGNER TAVARES • WALACE QUEIROZ • WANESSA MESSIAS • WASHINGTON JESUS • WESLLEY RICHARD • WILLANS SOUZA • WILLIAM ALBUQUERQUE • WILLIAM ANTERO • WILLIAN CORREA • WILLIKGAN ALVES • WILSON SEABRA • YASMIM FERNANDES • YURI OLIVEIRA • ZAYRA DIAS

Este livro foi impresso
pela Edições Loyola em
papel pólen bold 70 g/m²
em agosto de 2025.

memória

OBJETIVA

ronaldo monte

do fogo

a memória é amiga
do fogo e se sente mais
viva junto ao seu calor.
desde os tempos
remotos, fogo e memória
inventam um espaço
mágico onde os mortos
e os incriados vêm viver.
e um dia o homem,
já dono do fogo e da
memória, juntou os dois
dentro de si. bebeu
o fogo e a memória
se iluminou.

para glória

cara preta_9

caboclo de lança_25

boca de forno_44

massapê_57

meia luz_75

darque_93

cinzas_113

cara

preta

Por enquanto é um só. Só este homem mais novo do que parece ser por dentro e por fora. Meio atarracado, é moreno claro, mas tem a cara tomada por uma barba fechada que mal dá para se ver a boca. E a barba sempre por fazer parece uma tinta preta espalhada na cara meio comprida, mas arredondada. Por isso os outros lhe chamam de Cara Preta. Tem memória demais para corpo e tempo de menos. É a memória de suas mãos que repete os gestos necessários a que se faça a luz modesta mas suficiente para criar o círculo onde irão se exilar os inconformados com o esquecimento. Vivos, mortos, lendas ou simples possibilidades de haver sido.

Quando foi a primeira vez que acendeu um fogo? Será que existe essa primeira vez? Melhor não ir atrás e aceitar o que a memória conta: antes de mim, era meu pai quem acendia. Eram seus gestos precisos quebrando gravetos no fogão de lenha ou os passes de mágica de onde brotava a chama azul do lampião. Foram esses gestos que, sem eu saber como, vieram parar em minhas mãos. Um dia qualquer, e não era mais meu pai o dono do fogo. Ele passou a brotar de minhas mãos. Ou das mãos de meu pai que de repente eram minhas.

São muitas as memórias do seu corpo. Se a memória das mãos ateia fogo ao mundo, a memória do peito queima a carne e apressa o sangue quente nas veias. Em que primeira vez bateu desta maneira o coração, e o corpo todo se deixou amar assim pelo calor? O que a memória traz é um fundo de quintal com uma caixa-d'água suspensa em duas altas paredes de tijolos caiados. A água e o tempo marcaram de limo o branco da cal. Por mais quente que estivesse o dia, ali sempre era úmido e um pouco frio. Passar por ali sempre dava medo. Lembrava cemitério, noite de ventania, demora de amanhecer. Mas o mistério maior não vinha do medo. Nos pés das colunas da caixa-d'água dormiam velhos garrafões, enormes, azulados, com cheiro de suor mulato que não fazia lembrar de nada, porque era um fundamento de lembrança. Vira antes o corpo mulato do pai suar um suor que se misturava ao cheiro forte do jenipapo, a fruta mulata que deixava cortar os pedaços de sua polpa para se misturar com o álcool e com ele dormir no fundo daqueles garrafões.

O tempo fazia o seu trabalho. E o cheiro que saía dos pés da caixa-d'água era o cheiro do suor do tempo. Um dia, o que viria a ser o homem só, sozinho aproximou-se do mistério e derramou o mistério em suas mãos. Bebeu, sorveu, sugou, lambeu o quase podre, o quase negro, o quase morte, o fogo mulato que desceu queimando por seu corpo, fazendo brotar lágrimas nos olhos, fazendo brotar cuspe pela boca, fazendo doer as tripas e acelerar as batidas do peito. Bebia seu pai. Bebia. Desde aí sabia para sempre que seu corpo não seria mais o mesmo sem o fogo que ali provara. E toda vez que o medo do mistério e a falta do pai o arrodeassem de trevas, beberia para que voltasse a luz.

Talvez por ter sido criada primeiro, a luz mantém o privilégio de mostrar ou esconder o mundo. Não adiantam cheiros ou fedores, murmúrios ou estrondos, calor, mormaço, cruviana. Só as cores e as formas criadas pela luz fornecem a verdadeira dimensão das coisas. Sem a luz, sem os objetos criados pela luz, o homem está condenado ao incógnito de suas entranhas. Talvez por isso os cegos nos despertem tanta pena.

A luz voltava agora, pelas suas mãos de seu pai. E criava vultos que se aproximavam, virando contornos de corpos, virando corpos trôpegos, quatro corpos de homens que à beira do fogo, à borda da luz, vinham sempre a estas horas desfiar e confundir suas memórias. O que tem para lembrar um homem que entregou sua memória ao fogo? A memória do fogo. O que o fogo deixou de si nos buracos da memória que ele mesmo roeu.

E quando os quatro corpos se acercaram, ele fechou os olhos para fugir ao dom de ver o que ninguém mais via. Porque tinha esse dom de olhar e não ver a carne, de olhar e não ver os olhos, os sorrisos ou os sofrimentos que o lado de fora dos corpos mostrava. O que via era o que estava dentro das pessoas, ou bem o que saía de seus poros. E o mais das vezes era feio o que ele via. Por isso sofria muito, desde muito tempo. Desde menino, quando pela primeira vez bebeu errado, longe do seu pai, outro fogo diferente do licor de jenipapo de seu pai.

Era véspera de Santa Luzia e o Engenho Santa Luzia estava em festa. Da usina saía um trem, com os carros de carregar cana apinhados de outra carga, de carne de gente moída do trabalho nas canas, mãos nodosas de roçar nos nós da cana, as rachas das plantas dos pés encruadas da mesma terra que encruava os pés das plantas. Mas era dia de festa e cabia aos corpos se alegrar. E as bocas cantavam, as mãos palmeavam, os pés marcavam com força o coco de roda puxado no pulso do ganzá:

> Eu vi um nego sentado
> No bueiro da usina.
> De chapéu do Panamá
> No bueiro da usina.
> De casaca e de botina
> No bueiro da usina.

Dava agonia pensar naquele negro sentado no bueiro da usina. Como ele tinha chegado lá? De que tamanho era o negro e o que devia estar fazendo ali, sujando a roupa com a tisna que o bueiro vomitava junto com aquela fumaça branca de cheiro enjoado? Enjoava mais era o gosto daquela bebida que estava tomando. Gim. Não conhecia aquele nome curto, chato de dizer, nem nunca tinha sentido aquele cheiro de perfume, que aquilo não era cheiro de bebida. Misturado com essa imitação de laranjada, então, aí é que o gosto ficava ruim, sem nem uma pedra de gelo pra aliviar o ardor sem graça no lado de dentro das bochechas e o nojo da beberragem goela abaixo. Mas estava ali pra beber o que tinha pra beber. E o seu primo mais velho comandava a mesa. Tinha pedido gim com laranjada, então se bebia gim com laranjada. Uma dose, mais outra, meio litro, todo o litro da bebida ruim, bebido a pulso, porque tinha que mostrar que era homem. E homem bebe, bebe muito, bebe tudo o que passar na sua frente. Bebe cachaça, cerveja, rum, genebra, jurubeba, conhaque castelo, conhaque de alcatrão, bebe vinho na Semana Santa, garrafada pra fortificar os nervos, cerveja preta quando cai ou leva pancada, homem bebe muito e sempre. Se não, não é homem, e ele queria ser homem. E pra ser homem, ali, tinha de beber gim.

De uma hora pra outra, sua vista foi ficando escura. Um suor frio cobria o rosto, e o corpo todo começou a formigar. Queria sair dali, mas não podia. O primo conversava safadezas com duas mulheres feias, faltando dentes da frente. Queria ir embora, mas o trem ainda ia demorar pra sair. Teve uma hora que não agüentou. Seu corpo tinha apenas 12 anos, mesmo que sua conversa parecesse sair de um espírito mais velho. Mas não tinha mais o que falar, o que dizer para qualquer uma das duas mulheres que riam com seu primo. Não sabia o que responder ao que os outros diziam ao passar pela mesa. Apenas mexia com a cabeça, tentando aprumar os olhos, apurar os ouvidos, evitar o cheiro ruim que vinha do copo ainda meio, que vinha do corpo da mulher que lhe dizia coisas que só entendia pela metade. Pela sua metade prematura de homem que destoava da sua metade verde de menino.

Forçou com as duas mãos o corpo para cima. Respirou fundo com dificuldade e tentou andar. Apenas tentou, pois caiu. O riso impiedoso dos passantes, a cara impiedosa do primo ladeado das mulheres malcheirosas, a escalada da beberragem que sem piedade forçava passagem pelas tripas, o jorro violento do vômito azedo transbordando na camisa. E as lágrimas nos olhos, se não eram de piedade, não sabia de que eram. Mas eram lágrimas boas, porque marcavam o fim de uma coisa ruim, coisa que não queria mais nunca sentir. A impiedade do corpo, a impiedade da gente.

Levantou-se do chão, enxugou as lágrimas com a manga da camisa e teve um susto. A vista não voltava. Não estava cego, tinha certeza, a vista apenas não voltava. Foi quando se lembrou que passava da meia-noite, já era dia de Santa Luzia.

E Santa Luzia havia de lhe valer, trazer sua vista de volta. Pois Santa Luzia não era a protetora dos cegos, ela protegia quem não via. Ele sempre achou estranho que a imagem da santa carregava dois olhos numa salva, mas aqueles não eram os seus olhos. Pois os seus olhos estavam lá, no santo rosto, olhando e vendo. Então, os olhos que a santa trazia na salva só podia ser para dar aos outros. Mas como só podia ver a santa, a salva e os olhos aquele que tivesse olhos bons, então os olhos da salva não eram olhos. Eram vistas. Pois os olhos só olham. Para ver, é preciso ter vista. E ele pediu pra Santa Luzia devolver a vista que agora lhe faltava.

Foi então que viu pela primeira vez o que nunca queria ter visto. Via as pessoas por dentro. Não as suas carnes, não as suas tripas, não seus esqueletos, nem o azul das veias carregadas do vermelho de seu sangue. Via o que não sabia dizer. Não era bem uma luz, nem parecia uma cor, lembrava a visão de um som, o granulado de um cheiro. Era mais uma impressão, como se a marca da alma do outro fizesse uma marca na sua própria alma. E esse não saber dizer era o que mais o agoniava.

O povo fez uma roda em volta dele. Todo mundo parava para ver o menino de olhos arregalados, olhando assustado para cada rosto, com o que via por trás de cada rosto. Que é que está vendo, menino, me olhando desse jeito? Estou vendo uma mancha escura no lugar do seu coração. A senhora deve ter muita raiva de alguém. Deve ser de algum homem que lhe deixou. O povo começou a rir. Todo mundo sabia que aquela mulher tinha sido deixada há muito tempo por um noivo que foi embora com outra. A mulher teve raiva e saiu apressada, amaldiçoando o menino. O menino é adivinho, o menino é adivinho, a notícia se espalhou de ponta a ponta da rua. A roda aumentou, o círculo em volta dele ficou mais apertado. Sua respiração foi ficando mais difícil. Para não morrer sufocado, começou a olhar para cada pessoa e a dizer, com a voz engrolada, não mais o que via, e sim o que sentia na cara e no corpo dos outros. O senhor roubou seu irmão, esse aqui deu na cara da mãe, essa aqui se perdeu com o patrão, esse outro não pensa em mulher, essa outra matou um anjinho... E as pessoas adivinhadas saíam correndo dizendo nomes feios com o menino. As pessoas desconfiadas do que poderiam ouvir cuidaram de sair dali antes que a verdade de dentro lhes fosse atirada na cara, na frente dos outros.

Até que uma hora só ficaram cinco pessoas. Cinco não, seis, pois eram quatro homens e uma mulher com uma menina no colo, os olhos das duas meio desencontrados, quase zarolhos, fazendo sentir uma nesga de pena. Os outros, reparando bem, não eram homens feitos. Metidos no trabalho da palha da cana ou no calor da moenda da usina, seus corpos atarracados pareciam de homens, pois ninguém ali crescia muito, era difícil distinguir pelo tamanho um homem de um menino. Mas a cara deles era de menino. Cara de quem ainda espera pelo tempo. E estavam ali para saber o que o tempo havia de lhes dar. O menino olhou de um em um e foi sentindo um aperto no peito. Era difícil dizer o que via. Porque a bem dizer não via. Umas manchas se mexiam no espaço pouco iluminado entre ele e cada um, como a pedir me diga. E ele não sabia dizer. Olhou mais, olhou muito e aos poucos as manchas foram tomando sentido. Mas as palavras, as palavras que as manchas pediam, não se formavam no peito do menino, não subiam pela sua garganta, não ferviam em sua boca como as que cuspiu na cara dos primeiros adivinhados. Olhou primeiro para a mulher com a menina e não viu nada separando as duas. Eram uma coisa só, como se tivessem um só destino. Só no fim, sentia, alguma coisa ia quebrar em muitos pedaços o que agora ele via inteiro. No primeiro menino viu uma lança enfeitada de fitas espetando seu peito. Depois viu um com a cara vermelha de frente para o fogo. Numa cara de menino com dois olhos viu a cara de um homem com um olho só. Num outro, viu um corpo coberto de uma lama cinzenta, parecendo a armadura de São Jorge rachada pelo sol. Não sabia direito o que estava vendo. Baixou a cabeça e disse: não estou vendo nada não, minha gente, vão embora. A verdade da gente ainda está pra se fazer. Disse assim, da gente, sem saber direito por que se botava no meio deles. Nunca tinha visto aquelas pessoas, mas era como se fossem seus irmãos.

Virou as costas para os seis e foi como se tivesse acordado de um sonho. A alguns passos na sua frente estava o primo conversando com as mulheres feias, como se nada houvesse acontecido. Olhou e viu uma grande mancha negra em volta deles. Baixou o rosto, se aproximou olhando para o chão, sem querer ver nada. Só falou vamos embora, e no mesmo instante a máquina apitou avisando que o trem ia sair. Parece que adivinhou, falou o primo. Pagou a conta, deixou as mulheres bebendo na mesa e agarrou o braço do menino com um pouco de força, guiando como se ele fosse um cego se deixando levar, se deixando esquecer do corpo, a alma perdida lá longe, fugindo daquelas trevas. Sentou no chão de tábua do vagão, sentindo as pernas dormentes pendendo para fora. Só quando a máquina soltou seu primeiro bufado e saiu arrastando devagar aquela carga de gente é que o menino, com um susto, se deu conta de que o chão rolava para trás, as folhas da cana balançavam de adeus e as rodas de ferro ciavam nas curvas, naquele zumbido, meio assovio, que parecia um claro fino de luz.

O chão rolando debaixo do trem enrolava dentro do seu corpo, remexia seu ventre, querendo sair pela boca. Trincou os dentes, levantou-se quase caindo com o balanço, se encostou nas tábuas do fundo do vagão e respirou fundo, puxando o ar com força para dentro do peito, os olhos boiando nas lágrimas. O vento frio no rosto, a vista turva, a máquina rompendo o claro da manhã, se espremendo entre os morros, gritando de agonia entre as canas, petec-tepec, petec-tepec, as rodas de ferro nas emendas dos trilhos.

Quando o trem subiu num morro, avistou lá embaixo as luzes fracas dos candeeiros da festa de Santa Luzia. Mais uma vez viu o que não queria ver. As chamas dos candeeiros se juntaram, fazendo uma só bola de fogo que saiu rolando no ar, chispando por cima das canas, tocando fogo em tudo, transformando num mar de fogo todo o canavial, torrando as barracas com os donos dentro, torrando as mulheres feias debruçadas sobre as mesas, torrando a capela de Santa Luzia, restando por cima de suas cinzas dois grandes olhos boiando no céu avermelhado. Olhou para o outro lado. Uma luz branca nas brechas dos morros vinha dizer que amanhecia.

Viagem longa que ali começava, desdobrando-se em outros trens, mudando de vagão, trocando de comboio, parando em estações onde chegar e partir parece sempre festa. Mas chegar e partir nem sempre é uma festa. Depende muito do coração de quem viaja. De onde está o coração de quem viaja. Reparando bem, ninguém leva o coração quando viaja. Ou se deixa o coração no lugar de onde se parte, ou se vai buscar o coração onde se quer chegar. A viagem é sempre feita com um buraco no peito.

O melhor da viagem é não ter pensamento. Pois ninguém pode chamar de pensamento aquele vaivém de lembranças, aquelas conversas inventadas com quem não está ali, aquelas músicas que se cantam lá fora da janela, acompanhadas pelo ritmo dos trilhos. Passa um caminho e se vai por ele. Passa um riacho e se cai no banho, passa uma mata fechada e se tem medo do Caipora, do Pai do Mato, da Comadre Fulozinha e das flechas do Caboclo de Pena. Passa uma cidade e a gente imagina ter nascido ali, ter vivido sempre ali, querendo partir todo dia naquele trem que passa.

Numa estação, desceu em busca de trabalho. Empregou-se ali mesmo, como chapeado, tirando e botando bagagem nos vagões, um braço assegurando o equilíbrio das malas grandes na cabeça, as maletas e os pacotes na outra mão. Nas horas vagas entre o trem que ia e o que vinha, pegava fretes, fazia mandados, levava recados. Tudo isso com uma alegria de quem tinha se aforriado da palha da cana. Qualquer coisa é melhor do que a palha da cana, com seus pêlos, com seu cheiro abusado de queimado, com seus dias intermináveis de cansaço, com a eternidade humilhante da conta impagável no barracão da usina.

Ali, na estação, a vida parecia uma mágica. A plataforma amanhecia vazia de gente e de coisas. O chefe da estação, com sua farda de mescla azul e o boné bem assentado na cabeça, abria o armazém, dava ordens para o encarregado e ia sentar perto da janelinha de onde vendia os bilhetes de papelão, parecidos com pedras de dominó. Ida, só uma cor. Ida e volta, duas cores, metade verde, metade na cor natural do cartão. O toc-toc curioso do telégrafo, com aquela fita de papel cheia de furos. A cabeça meio inclinada do telegrafista, seu olhar distante como se visse a outra pessoa que mandava a mensagem. Aquele toc-toc era a voz das letras que se somavam em palavras. Aquilo, sim, era um dos grandes mistérios da vida. As palavras vinham pelo fio, cortadas em pedaços que um homem juntava de novo na penumbra do escritório da estação.

Aos poucos, iam chegando os vendedores. Tabuleiros com laranjas descascadas, cocadas brancas e queimadas, pirulitos enfiados nos buraquinhos da tábua, difíceis de desgrudar do papel. Água fria nas quartinhas, pão doce, pão sovado, bolo de goma. Encostados na parede ou sentados no chão, ficavam por ali, meio calados, na espera. Lá pelas oito e meia iam chegando os viajantes. Famílias inteiras em roupa de passeio, caixeiros em ternos amassados, soldados da polícia, casais de olhares tristes, velhotes engomados, senhoras empoadas. Com o passar dos minutos um certo nervosismo vai aos poucos tomando conta da plataforma. As conversas se apressam e as vozes se alteiam, os casais andam pra lá e pra cá, os velhotes tossem, as senhoras suspiram, os caixeiros passam lenços amassados nos rostos suados, soldados olham para os lados em espreita.

Os vendedores se impacientam. Os em pé trocam as pernas que se apóiam na parede. Os sentados arrastam os calcanhares no chão, subindo e descendo os joelhos. É o trem que vem vindo. Ninguém ainda vê, nem se ouve o apito. Mas é a hora que chega. Antes do trem vem o tempo que antecipa os adeuses, os cuidados, os recados, os mandares de lembranças. Antes do trem vem a angústia de quem vai ou fica. Lá vem, alguém grita e estoura o alvoroço. Os vendedores entram em prontidão e começam a gritar os seus refrões muito antes do trem chegar na estação. Ninguém sabe muito bem o que fazer, mas todo mundo quer fazer alguma coisa. Gestos descabidos, palavras desconexas, olhares fugidios, toda uma série de atos sem sentido, que só vão querer dizer alguma coisa quando o trem partir as correntes que amarram os que vão e os que ficam.

Em toda a estação, só ele sabia o quê fazer. Maletas e pacotes não se despedem, não juram amor nem mandam recados. As caixas e sacos, arrumados no vagão de cargas, deixam menos saudades ainda. Daqui a pouco, quando o trem virar a primeira curva, o silêncio varrerá os sentimentos da plataforma. O toc-toc do telégrafo será a única presença do mistério das palavras.

Um dia, parou um trem e, sem saber por quê, seu coração apertou. Abaixou-se para pegar umas malas e quando levantou a cabeça viu um homem novo com uma lança de caboclo na mão. No segundo vagão viu um rapaz com cara de menino, vermelha como se estivesse junto do fogo. De dentro da cara em brasa veio um olhar como quem diz me salve. E ele não sabia de quê. No terceiro vagão, passou um homem com um olho só. Olhou pra ele e piscou, ficando assim, com as duas pálpebras apertadas como cego. Ele riu, o outro abriu o olho e riu também. No quarto vagão passou um com a cara coberta de lama. Uma cara agoniada, como quem gozava e não gostava do gozo que tinha. Coisa estranha, gozar e não gostar. Quando o trem parou, olhou para os vagões e não viu mais nenhum. Eu tô é doido, pensou, e foi levar as malas para o vagão de carga. Foi quando viu uma mulher e uma menina sentadas muito juntas no banco do último vagão de passageiros. A mulher olhou pra ele e baixou a vista um pouco vesga. A menina ficou olhando o tempo todo ele descarregar e carregar bagagens. Seus olhos também eram assim, como os da mãe, desencontrados. Dava agonia olhar aquelas duas, tão juntas, quase uma coisa só, tão separadas. Como sabia disso, não sabia. Era como um vidro trincado que um dia quebraria. Colada na mãe, a menina fugia para longe com os olhos, com um leve afastar de cabeça, uma imperceptível torção dos ombros. Apego não era. Era mais um agarro, um medo das duas de cair.

O sino toca para o trem partir e ele volta do vagão para seu corpo. Meio assustada com o arranco do vagão, a menina deu adeus. A mãe só olhou, como se não visse aquele homem da cara empretecida pela barba fechada. Pela primeira vez ele sentiu o que todo mundo sentia vendo um trem partir. Alguma coisa sua estava indo embora, indo embora, indo embora. O trem crescia com a distância e ele apequenava na estação. O coração agoniou e foi chispando atrás do trem, deixando um grão de homem olhando a curva.

A plataforma morta dava medo. Nem o telégrafo tocava, nem o relógio gongava suas horas. Hora nenhuma, hora de nada aquela hora clara e cega. O coração atrás do trem e o buraco no peito. O buraco no peito e o gelo no corpo. O gelo no corpo e o fogo no copo. O fogo no copo, mas o frio era o mesmo. Um frio fino que se esticava como fio puxado pelo trem que o seu coração quase alcançava.

Depois ele ia. Sabia que um dia ele ia pra junto dessas pessoas. Não sabia muito bem por quê. Mas uma parte dele tinha ido naquele trem, e essa parte ainda iria reencontrar. Um dia ele ia juntar um por um. Não sabia muito bem pra quê, mas ia.

caboclo

de lança

Aquele caminho de barro pelo meio das canas não devia dar em lugar nenhum. Pelo gosto dele, não daria. Ficava o resto da vida pulando as poças de lama deixadas no barro pela chuva do fim de fevereiro. Pela chuva do carnaval que agora mesmo molha o bando colorido que anda em marcha batida para se juntar ao resto da folia nas ruas da cidade velha.

Avistado assim de longe, achava até engraçado aquele monte de homens sacudindo as costas curvas para balançar os grandes chocalhos, cobertos pelo surrão, num ritmo que parece marcado pelo diabo. As guiadas, as grandes lanças cobertas de fitas azuis e encarnadas, agitavam-se no ar, indo e voltando no movimento rígido dos braços. As cabeças dos homens cobertas pelo colorido das tiras de celofane que se derramam em tufos nas cores preferidas do guia de cada um. Amarelo, encarnado ou azul. As golas, aqueles mantos de veludo bordados com miçangas, cobrindo o peito e as costas, por cima do surrão dos chocalhos, deixavam a vista encandeada quando o caboclo girava no sol. Tudo é cor, tudo é bonito de se ver. De se ver de longe.

E era de longe que ele via, pois tinha medo de ver de perto. Porque a qualquer um dá medo ver um caboclo de lança de perto. A cara morena queimada, quase preta, alguma vez tem as bochechas meladas de ruge. Por baixo da cobertura de celofane, a cabeça é protegida por um lenço colorido, amarrado como uma touca. Por trás dos óculos *Ray-ban*, aqueles olhos vermelhos, azougados, olhando com raiva de quem vai te matar. As ventas acesas se queimam com o ar fervente que não tem chuva que refresque. Na boca raivosa, trincada nos dentes, uma flor, um cravo, uma rosa, parecendo heresia. E, deixando zonzo quem ficar por perto, o fedor, a catinga dos corpos suados por baixo de tanto pano, pelo peso do surrão, pelo sacolejo dos chocalhos, pelo balançar das guiadas, pelos pulos e piruetas, pelas horas de marcha batida, pelos dias debaixo de sol.

Mas não era só o medo que fazia esse homem caminhar bem atrás do bando dos caboclos. Tinha o medo e tinha o despeito. Ele não podia ser caboclo de lança. Bem que queria ser, mas não podia. Bem que queria vestir aquelas cores, curvar-se ao peso dos chocalhos, suar debaixo do surrão, da gola e da cabeleira brilhante de tiras de celofane. Bem que ele queria causar medo e despeito aos que olhavam das calçadas e por trás das janelas. Mas no dia mesmo em que estava tudo pronto para ele ser mais um caboclo do Maracatu Estrela de Prata, nesse dia mesmo ele deu parte de fraco.

Já tinha passado sete dias e sete noites sem tomar banho nem comer carne vermelha, sete dias e sete noites sem uma gota de cachaça, sete dias e sete noites sem chegar nem perto de mulher. Estava pronto para entrar na camarinha. Sabia que lá dentro o mestre fazia um preparo que não dizia a ninguém como era. Quem já tinha visto contava somente que era uma água bem limpa, com três pingos de vela e um cravo branco boiando no copo. Os caboclos que ele conhecia não falavam direito naquilo. Diziam somente que era uma hora muito bonita, de muita iluminação. Procurava adivinhar o mestre todo de branco, por trás da fumaça do defumador, que já deixava um cheiro bom, parecido com o que sentia quando nascia menino em sua casa, a porta do quarto fechada, os cochichos misteriosos das mulheres depois das agonias da mãe e dos primeiros vagidos do novo irmão. E ali, daquela camarinha, era ele mesmo o novo irmão que ia nascer. Ia entrar de um jeito e sair de outro: um caboclo de lança protegido de Ogum.

O defumador cheirava cada vez mais forte. Dava pra ver a fumaça escorrendo por baixo da porta da camarinha. Ele sabia que as brasas queimavam marcela, incenso e benjoim. Tudo cheiro bom, de limpar o corpo e purificar o espírito, deixar a alma lavada. A alma fica branca e leve, o espírito fica mais brilhante e transparente, que alma é diferente de espírito. Uma se acaba com o tempo, quando o cristão finda de pagar os seus pecados. O outro é eterno, vai pra junto de Deus no céu, para sempre gozar as delícias do paraíso junto das 11 mil virgens, ou reencarna se ainda faltar um restinho de brilho e transparência. Ele bem sabia que ainda não era dessa vez que ia direto para o céu. Sua alma tinha muito o que penar, seu espírito muito o que voltar, pois o que não lhe faltava era pecado. Tão moço que era, e já sentindo tanto pecado nas costas. Não era de roubar, matar, Deus me livre, jogava pouquinho, uma pule de bicho aqui, uma sena, uma quina de vez em quando. Suas desgraças mesmo eram duas, mas as mais perigosas, que bem podiam puxar todo o resto: mulher e bebida, ou bebida e mulher, que não sabia direito qual das duas atazanava mais. E fazia sete dias e sete noites que não tocava em nenhuma das duas.

Seu corpo ali, mais sua alma e seu espírito, esperando a hora da purificação e esse pensamento querendo botar tudo a perder. Valha-me, meu Deus, falta só um pouquinho. Daqui a pouco essa porta se abre e eu entro para ser benzido e defumado, daqui a pouco eu vou receber permissão para ser um guerreiro de Ogum, dai-me força, meu São Jorge, levai pra bem longe, pra Lua, esse mal pensamento, não me deixe sozinho nesta sala que lá vem vindo a coisa pior que podia aparecer na minha frente agora, aquela morena de vestido colado nas pernas pelo vento, com uma garrafa de cachaça numa mão e um caju vermelho na outra. Me segura, meu São Jorge, que solto como estou eu já vou indo atrás dessa moça, que ela é bonita e tem a carne dura, que ela sabe que estou indo atrás dela, por isso ela aumenta o requebrado do corpo, por isso ela me olha com o rabo do olho, por isso ela joga os cabelos para trás para eu sentir o cheiro dela.

Lá vai uma por um beco, lá vai o outro atrás dela. Lá se vai beirando a cerca, pulando poça de lama, cruzando porco, cachorro, pato, galinha, monturo. Lá vão os dois, ele já perto dela, pedindo um gole, pedindo um beijo, botando a mão no ombro, querendo alcançar o peito. No meio da cerca se abre um portão por onde some a moça bonita. A lâmpada fraca dos fundos da casa de taipa se reflete no córrego estreito de água leitosa que nasce na mesa tosca de lavar panelas. No fundo do quintal tem uma palhoça com um jirau, em volta do jirau tem quatro homens, em cima do jirau tem a garrafa de cachaça e o caju que a moça trazia nas mãos. Ele correu para junto dos homens, pegou a garrafa e abriu a tampa com os dentes, bebeu, bebeu, bebeu mais da metade sem tirar a garrafa da boca. Deu uma dentada em mais da metade do caju, engoliu a carne quase sem mastigar, deu uma cusparada, limpou a boca e os cantos dos olhos com as costas da mão e deixou o corpo se dobrar por cima das varas lisas do jirau.

Que horas são, não sabia. Não sabia que lugar era aquele, nem o que estava fazendo ali, deitado de costas naquele jirau, com aqueles quatro homens segurando seus braços e suas pernas. Levantou o que pôde a cabeça e o que viu foi sair da porta dos fundos da casa uma figura, uma presepada, um mulato atarracado vestido de mulher, com um vestido sem manga e uma touca na cabeça. A touca era do mesmo pano do vestido, um estampado de pequenas flores vermelhas e amarelas sobre um fundo preto. O mulato chupava uma chupeta e segurava uma mamadeira com a mão direita. O braço esquerdo fazia umas mesuras, acentuando os músculos que saíam desavergonhados da cava do vestido. Dava uns passos parecidos com um cavalo-marinho e cantava uns versos quase sem melodia, mais parecendo um ponto de macumba:

> Menino feio
> Protege esse nego
> do sarampo e do cutelo.
> Menino feio
> Protege esse nego
> Porque eu sei que vou morrer
> Quando ele saiu deixou
> suas bugigangas em mim.

Enquanto cantava, o mulato rodopiava, fazendo uma roda com a saia curta do vestido, deixando aparecerem suas partes desprotegidas, aquela coisa escura, saindo do meio de um tufo de pêlos, dançando também. Fazendo força para que ele não se levantasse, os quatro homens apertavam seus braços e pernas, marcavam o ritmo da cantiga com o balanço dos troncos, os pescoços duros, as caras de zombaria e os olhos vermelhos de azougue, repetindo a cantiga que ia apertando os compassos enquanto o mulato rodava mais e mais depressa, o solado grosso dos pés riscando o chão de barro batido.

Menino feio me proteja, que mesmo eu não sendo negro – que eu não sei que cor eu tenho – preciso de proteção nessa hora tão escura. Menino feio, que eu não sei quem você é, me livre dessa agonia, que eu não queria ficar aqui. Eu queria era entrar na camarinha, cheirar o defumador, limpar meu corpo, lavar minha alma, purificar meu espírito. Eu queria beber da água santa para ter o direito de ser caboco de São Jorge, guerreiro de Ogum. Menino feio, cegue meus olhos com sarampo que eu não quero ver essa dança, ver aquela coisa no meio das pernas dessa mulher, desse homem, querendo me pegar. Menino feio, tape meus ouvidos que eu não quero ouvir essa cantiga. Menino feio como eu, tire minha vida com o cutelo, que eu não agüento mais ficar aqui preso pelos braços desses homens, sentindo essa catinga de suor misturado com cachaça, vendo esses olhos de azougue fazendo medo a mim. Que eu tenho mais medo não é do mulato que dança, nem é dos homens que me prendem. Eu tenho mais medo é do que diz a cantiga, que eu não sei que boca cantou pela primeira vez. Eu tenho medo dessa aí que vai morrer com as bugigangas que eu deixei dentro dela. Será minha mãe que morreu de desgosto depois de um desaforo que eu disse pra ela uma vez que estava bêbado, será alguma mulher que ficou pra morrer com alguma doença do mundo que eu botei nela? Ou será eu mesmo que vou morrer de alguma coisa que vai ficar em mim depois daqui, alguma buginganga que eu nunca mais vou conseguir botar pra fora?

Pensava essas coisas quando viu vindo a mão do mulato que enfiou o bico da mamadeira na sua boca e ficou forçando, apertando suas fuças, e só afrouxou quando ele começou a mamar aquela água escura, ardente, que descia rasgando a garganta, que se ajeitava no fundo do bucho como uma brasa de carvão.

Não sabe se dormiu, só sabe que acordou. Clang-clang-clang-clang: os chocalhos dos caboclos clangavam lá fora. O sol já bem alto, bem forte o calor, mais forte ainda a catinga do seu suor, também forte e ruim o gosto da beberragem na boca. Levantou a cabeça e a cabeça rodou. Quis levantar o corpo, mas o corpo esmoreceu. Lá de dentro das tripas veio vindo a onda ruim. Só deu tempo de virar de lado e deixar sair a porcaria pela boca, o vômito mais imundo que um homem já tinha vomitado. Clang-clang-clang, os caboclos lá fora pareciam festejar.

Quis levantar. Fez que ia, mas não foi. Na segunda, conseguiu botar as pernas pra fora do jirau, deu um impulso no tronco, empenou e caiu de quatro no chão de barro batido. Faz mal não. Segurou numa vara da cerca, fez força e conseguiu se levantar devagarinho. O puxador já tirava a primeira cantiga: *nas horas de Deus amém, Pai, Filho, Espírito Santo...* O Maracatu Estrela de Prata se preparava para sair. Por entre as varas da cerca ele via a Dama do Paço levando a boneca de cera. Vestido lustroso de seda amarela, a saia coberta de tule branco, comprida até o tornozelo, a cópia cuspida e escarrada de Oxum, a deusa da formosura. Era ela, a morena que tinha lhe tentado, causado tanto vexame, tanto sofrimento.

Depois da Rainha, a Dama do Paço era a mulher mais importante do maracatu. Depois de Deus, era a boneca que ela carregava que dava proteção a todo o bando. Se a boneca era sagrada, a Dama do Paço também era. Mas que diabo de mulher sagrada era aquela, que tinha feito tanto mal a ele? Das duas, uma: ou as coisas sagradas existem para fazer mal, ou aquela mulher que fez o mal não é sagrada; ele tinha que tirar isso a limpo. E dali em diante, com fome ou com sede, debaixo de chuva, no maior calor, ele ia seguir aquele bando, vigiar aquela mulher, pra ver se era possível a criatura ser mulher, ser ruim e, ainda assim, continuar sagrada.

O tambor acelera, o trombone berra alto, os caboclos largam em marcha batida, as costas sacolejando os chocalhos, as fitas das lanças zunindo no ar a cada pirueta. Era a animação da partida. Quem não ia, ficava dando adeus. Que Deus te proteja e te traga de volta, pedia cada mulher para seu homem. Porque sabiam que o perigo não estava no combate com as tribos inimigas nem nas provocações dos raquíticos meganhas da polícia. O perigo espreitava invisível em cada esquina, na hora cheia do meio-dia, quando as almas somem junto com as sombras, deixando o corpo desocupado, em risco de ser tomado por não sei quem. O perigo engordava à meia-noite, a hora grande, divisória nítida dos dias, escura marca do passar do tempo, quando tudo é sombra e as almas todas se misturam. Pra ele, ninguém pedia proteção. Tinha que seguir assim mesmo, de corpo aberto. Atravessar com medo os cruzamentos, sentir com medo a falta de sombras do sol a pino, passar com medo de um dia para o outro, se arriscando a ver nas sombras o mal que espera os desvalidos.

E assim ia o séquito: a Dama do Paço na frente, com sua boneca de cera. Depois, o Rei e a Rainha, debaixo do palanquim. Atrás deles, o puxador das loas e os músicos: um trombone, uma caixa, um surdo e um pandeiro. Seguindo essa orquestra, vinha a porta-estandarte acompanhada do seu pajem. No fim vinham os caboclos, movimentados, contrastando com o passo curto e as evoluções fidalgas das figuras da frente. E na frente de tudo ia ela, a maldade sagrada, o maldoso segredo que ele tinha jurado revelar.

Sabia que a jornada ia ser longa. E que dali até o fim do carnaval seriam quatro dias de muito sol, alguma chuva e muito suor. A comida é pouca, que os caboclos de lança só comem o que lhe dão de esmola. Antes do maracatu sair, bebe-se o azougue, aquela mistura de cachaça, limão, pólvora e azeite doce, que dá força para atravessar a folia. As mulheres e as crianças bebem a garrafada de cachaça misturada com vinho, adoçada com mel, temperada com ervas, engrossada com banha e enterrada 15 dias em lugar escuro. E tudo o que se bebe é em homenagem a Seu Zé. Como, qual Seu Zé? Seu Zé Pilintra, que muita gente ignorante confunde com Exu. Besteira. Só porque Seu Zé é negro e desbocado. A diferença é grande. Exu é só espírito, feito um pensamento. Ele trabalha pros santos e só faz o que um santo mandar. Se mandar fazer o bem, ele faz o bem. Se mandar fazer o mal, ele faz o mal. Seu Zé hoje é espírito, mas já foi homem aqui no mundo. Na cidade de Goiana, é como contam, que isso já faz muito tempo, ninguém aqui ainda era nascido. Seu Zé gostava de duas coisas: bebida e mulher. E bulia muito com as mulheres dos outros. Isso é o que contam. Andava sempre de terno de linho branco, chapéu-panamá e sapato de duas cores. Não tinha mulher que não se arriasse por ele. Mas Seu Zé tinha uma coisa boa que muita gente não tem. Ele rezava e curava as pessoas. E não precisava nem estar na frente da pessoa. Às vezes ele estava bebendo numa venda, já muito bêbado mesmo, quando vinham pedir para ele rezar por alguém que estava muito doente. Ali mesmo ele se ajoelhava, fazia uma oração e dizia que o outro já podia ir, que o doente ia ficar bom. E o doente ficava. Num dia desses em que Seu Zé rezava ajoelhado de costas pra rua, veio um sujeito lá e deu um tiro nele. Dizem que foi o marido de uma que Seu Zé tinha comido. Foi uma tristeza para o povo que não podia pagar médico. Muito mais triste para muitas mulheres que ficaram sem a conversa galante e o corpo maciço do conquistador. Mas no final das contas foi melhor pra todo mundo, porque hoje o espírito de Seu Zé pode baixar num bocado de terreiro ao mesmo tempo para alegrar as pessoas, tomar cachaça, dar conselho e fazer os trabalhos que lhe pedem. Tudo isso com um terno branco e um lenço vermelho no pescoço, que são as cores de Ogum, que muita gente confunde com São Jorge. E Ogum é o padrinho dos cabocos de lança. Entendeu agora por que os cabocos bebem pra Seu Zé?

Foi com essa pergunta que acordou de um sonho que ele tinha enquanto andava. E quem perguntava era um homem velho para um homem novo que vinham um pouco atrás. Ele sonhava que um negro vestido de branco caminhava ao lado da Dama do Paço e cochichava coisas no ouvido dela. E a cada cochicho que ouvia, a Dama do Paço olhava disfarçada para trás e dava uma risada. Mas agora não tinha negro nenhum do lado dela. Sem saber por quê, teve medo e tratou de sair de perto dos dois homens. Mas não podia apertar muito o passo, para não atrapalhar a marcha dos caboclos. Olhou de novo pra trás e reconheceu que o velho e o novo eram dois daqueles quatro que tinham segurado ele em cima do jirau. O medo apertou mais ainda. Àquela altura, o maracatu já estava saindo da cidade. A rua de terra batida desembocava numa estrada ladeada de cana. E quando o bando virou a esquina da estrada, viu, meio escondido pelas palhas da cana, o negro esbelto fazendo para ele uma leve reverência com a mão esquerda apoiada no peito ligeiramente curvado, o lenço vermelho no pescoço contrastando com o terno branco. O chapéu-panamá cobria boa parte do seu rosto, mas deixava ver um sorriso de zomba e desafio.

Valha-me, Ogum, que é Seu Zé. É Seu Zé olhando pra mim. É Seu Zé, o que é que ele quer? Seu doutor, seu doutor, bravo senhor! Era o ponto de Seu Zé rebombando em seus ouvidos, cantado dentro dos miolos por não sei que voz. Lá do meio das canas o negro elegante apontou para o próprio peito e fez uma cara intrigada, de quem quer saber: tá falando comigo? E naquele momento o que ele pensou é que, se fosse Seu Zé no lugar dele, as coisas não ficavam assim. Seu Zé ia ter coragem de chegar junto da Dama, cheirar os cabelos dela, beijar o cangote dela, perguntar o que é que há, tu vai me fazer o bem, ou quer me fazer o mal? E ali mesmo puxava ela pra fora do bloco, corria com ela pra dentro das canas e fazia com ela o que ela queria. Seu doutor, seu doutor, bravo senhor! O negro elegante caminhava agora ao lado dele, no mesmo passo, e ia chegando cada vez mais perto, como se quisesse entrar no corpo dele. Já lhe entrava nas ventas o cheiro de linho engomado do paletó, misturado com perfume roial briá e de quebra uma catinga de suor mesclada com cachaça. De repente não tinha ninguém mais junto dele. O corpo começou a formigar, olhou para os pés e não estavam descalços. As duas cores dos sapatos brilhavam como se não pisassem na poeira da estrada. Uma calça branca de vinco bem marcado vestia suas pernas. Seu Zé não perdia tempo. Ele tinha pedido, estava sendo atendido. Mas não foi um pedido, foi só um desejo. Assim não queria, não ia ser ele. O gosto e a fama iam ficar pra Seu Zé. Assim eu não quero, seu doutor, seu doutor. Ogum me proteja, Seu Zé me desculpe, assim eu não quero, bravo senhor. A roda do mundo girou, a luz do mundo apagou e os chocalhos dos caboclos voaram pra bem longe.

Foi um relâmpago, os olhos se fecharam num clarão. Agora que se abrem, não querem mais ver. De costas no chão, o que ele via era a morte. A morte pronta pra se enfiar no seu peito pelas pontas das lanças dos caboclos. O olhar mirou primeiro as fitas das guiadas que tremiam nas mãos nodosas. Depois viu os braços tesos, os ombros curvos e as caras pedradas, os dentes trincados, mordendo com raiva os talos de flor. Os olhos de azougue só não pulavam das órbitas porque as pálpebras apertadas não deixavam. Os troncos dos caboclos balançavam pra frente e pra trás, esperando o momento certo de fincar as lanças naquele corpo frouxo, de quem se entregava à morte.

Deixa ele em paz. Pelo amor de Deus, deixa ele em paz. Não foi ele quem fez. Eu juro por Deus que não foi ele quem fez. A boneca de cera na mão, o vestido amarelo farfalhando na carreira, a Dama do Paço fura o cerco dos caboclos, raspa entre duas lanças e se atira sobre o corpo que esperava morrer. Os guerreiros recolhem suas lanças, as figuras da brincadeira perdem a graça, dão as costas ao monte de corpo e roupa jogado no chão de barro. Aqui e ali o badalar de um chocalho balançado sem vontade. O bando se perde numa curva da estrada. Ninguém tem mais nada pra fazer ali.

Você não tem culpa, não foi você quem fez. Foi Seu Zé, eu sei que foi Seu Zé. Eu ouvi a risada dele, eu vi o olho dele de zombaria. Eu não fiz o quê? Seu Zé fez o quê? Você não me agarrou, Seu Zé me agarrou. Você não me beijou, Seu Zé me beijou. Você não me puxou, Seu Zé se meteu comigo no canavial. Você não me fez nada, Seu Zé tentou me comer no meio das canas. Se não fossem os cabocos que arrastassem você, Seu Zé me comia com seu corpo.

Só então ele sentiu que doía. Ele todo doía. Devia ter apanhado muito. Só não doía o peito onde a Dama do Paço se apertava. Por ali ele se misturava com ela, um formigamento dissolvendo a fronteira entre as carnes, as barreiras dos panos inúteis no transbordamento das almas. Só as almas contavam, pois os corpos cansados, um pela dança, outro pela raiva, se esvaíam. Os espíritos, esses voaram para longe. O assunto não lhes pertencia.

Alma, todo mundo sabe, só morre, desaparece, quando o seu dono paga todos os pecados. Aquelas almas, portanto, faltava muito para desaparecerem. Os pecados dele eram muitos, ele sabia. Só não sabia dos pecados dela, mas pelo que tinha feito com ele, arrastando o pobre atrás dela, desviando o pobre do caminho dos guerreiros, ela devia ter muitos pecados. Sentia isso na sua alma, que pesava tanto como um corpo. Um corpo que agora tornava a existir, se esfregando no corpo dele, que também dava sinal de vida.

O sol a pino apagava as sombras. Na hora cheia do meio-dia, junto com as sombras, as almas vão dormir. Deitados no barro da estrada só o corpo dela por cima do corpo dele. O corpo dele dentro do corpo dela. O rosto voltado para o sol, o clarão do meio-dia vazando as pálpebras, o pescoço quase quebrando para trás, ela suava, tremia, e dos dentes trincados saía um rumor, um gemido, um ruído que ele demorou a entender. *Menino...*, ela disse entre os dentes, *menino feio...*, falou a voz rouca, *menino feio...*, repetiu num golpe de pescoço que jogou na cara dele uns olhos injetados, uma careta de zomba, enquanto as mãos como garras cravaram as unhas nos ombros tensos, já levantados do chão.

Não quis nem saber. Quando se sentiu, já estava longe, na carreira, sustentando as calças com as mãos, tropeçando no ar, cai não cai. Parou pra resfolegar, se sentou no chão e teve vontade de chorar. Olhou para o lado de onde tinha vindo. Lá longe, uma mulher de vestido amarelo, de ombros arriados como se estivesse triste, com o par de sapatos pendurados nos dedos da mão direita, olhava para ele. Do lado dela uma figura mulata, de vestido de florzinhas amarelas e vermelhas sobre um fundo preto, levantava a saia e se balançava, mostrando suas safadezas. Clang-clang-clang, os caboclos estavam por perto. Correu na direção deles, chorando por proteção.

Não chegou a ir muito longe. Antes de dobrar uma esquina do canavial, avistou um homem meio atarracado, de cara escura, que fez sinal com a mão para ele parar. As pernas bambas foram perdendo a força, a vista escureceu de vez e ele se deixou escorregar no peito daquele homem que o abraçava como um irmão e o amparava como um pai.

Até que enfim eu te encontrei. Você é o primeiro de todos. Eu sabia que não sossegava enquanto não encontrasse a minha gente. Sim, vocês são minha gente. Sempre senti que me faltavam muitos pedaços. Olhava para meus braços, minhas pernas, meus possuídos, via que não faltava nenhum pedaço do meu corpo, mas mesmo assim continuava a sentir uns pedaços me faltando. Você pode não saber do que eu estou falando, mas acho que você deve sentir a mesma coisa. Aquele dia na festa de Santa Luzia foi o único em que eu me senti completo. Tinha você e mais uns três camaradas, mais uma mulher com uma filha de olhos desencontrados no braço. Eu vi o que se passava dentro de vocês. Via que a sina de cada um se juntava com a sina de todos os outros. E todas aquelas sinas se juntavam com a minha. Só não sabia como. Só não sabia quando as sinas iam se juntar. Depois, quando vi vocês passarem no trem, senti alguma coisa me puxando. Desde então não tive mais sossego. Só agora é que começo a sossegar. Dizia isso quando já pisavam o chão batido da primeira rua da cidade.

De que você está falando, homem de Deus?, que eu não estou entendendo nada. Me deixa primeiro respirar, me deixa sossegar minha cabeça, que ela dói, lateja, fica escura.

Dessa festa de Santa Luzia eu me lembro de pouca coisa. Eu ainda era menino, mas já tomava cachaça. Tava tomando cachaça com uns camaradas, quando vi um bando de gente junta. Fui me espremendo por dentro da catinga daqueles corpos, até chegar no meio da roda e ver um cara um pouco mais velho do que eu jogando na cara das pessoas umas verdades que elas não gostavam de ouvir. Mais na frente dessa roda estava eu, mais uns três camaradas que eu não conhecia e uma mulher com uma menina no colo. Aí o cara, que deve ser você, olhou pra gente e disse que não via nada. Mas eu fiquei desconfiado de que alguma coisa ele tinha visto. Se foi você, será que pode me dizer agora o que viu na minha cara? E os dois dobravam uma esquina sentindo nos pés o calor das pedras de uma rua estreita.

Não, meu caboco, ainda não é hora. Nós ainda vamos ter muito que andar, até que eu possa dizer o que vi. Só quando estiver todo mundo junto pode ser que eu diga, ou pode ser que já nem seja preciso dizer nada. Vamos lá, vamos andar, vamos procurar os outros que faltam pra cumprir a nossa sina.

A minha sina acho que já se cumpriu. Eu tinha o amor de minha mãe, mas ela morreu das coisas feias que eu disse pra ela. Queria ser caboco de lança e o feitiço da cachaça e da mulher não deixou. Queria amar uma mulher e Seu Zé não deixou. Agora estou aqui, debaixo desse sol, cercado por essas canas, indo não sei pra onde, com um camarada que sabe quem eu sou, mas não me diz.

Não é que eu não queira dizer. É porque é muito difícil de falar. A minha sina, a sua e a daqueles outros está como se fosse suspensa. Uma parte dela já se cumpriu. A gente agora está somente na espera. Do quê? Não sei. Só sei que nenhum vai poder esperar sozinho. E a sina só vai se cumprir quando todo mundo estiver junto. Agora preste atenção nesta casa. Eu passo aqui todo dia pra pedir o que comer. Aqui mora uma moça, que se chama Darque. Joana Darque. Vamos ver se ela se lembra de você.

Uma esmola pelo amor de Deus, falou com um pouco mais de força e se encostou na parede da frente da casa, junto do portãozinho que guardava o pequeno terraço. O outro, o caboclo, ficou olhando pra dentro da casa, a sala escura e lá pra trás a porta da cozinha aberta para o quintal. Apurou a vista para ver a figura de moça que vinha lá de dentro com alguma coisa embrulhada num saco de papel. Ela chegou com sua cara franca, sua grossa trança e os olhos meio desencontrados. Com um deles mirou o novo pedinte. Acho que conheço você de algum canto. Eu tenho certeza, pensou ele. Mas não falou nada. Teve medo do outro olho, que não sabia para onde estava olhando. Ou sabia?

boca

de forno

Lá vem Pão Doce. Foi Darque quem falou para as outras mulheres na calçada quando avistou o rapaz apontar na esquina, sempre à mesma hora, finzinho de tarde, sol já indo embora, um pacote de pão numa mão, um pão doce na outra, coberto de coco lambuzando a boca. Era Pão Doce até chegar em casa. Quando abria a porta, era Nacinho, nascido Inácio, mais bem Ignácio, como escreveu no livro o homem dos registros. Darque gostava de Nacinho. Era bem mais velho do que ela, que era uma menina ainda, naquele tempo em que podia brincar na calçada, sob os olhos da mãe, esperando a noite chegar para tomar café. Quando ouvia as moças falarem de namorado, Darque pensava em Nacinho. Não sabia muito bem o que era um namorado, mas achava Nacinho com jeito de um.

Nacinho era filho de padeiro. Mestre padeiro, como gostava de dizer seu pai. Cedo na vida, foi ajudá-lo na padaria, primeiro carregando farinha, melando-se de branco, o fino pó mesclado ao suor do corpo pequeno. Gostava de ver o pai batendo na massa, sabendo o ponto em que a pasta estava pronta para ser moldada, os pequenos pedaços enfileirados na tábua comprida, enfiados no forno em que o fogo esperava, quieto, sem pressa para transformá-los em pão. Aprendia pelos olhos o movimento preciso das duas mãos sacudindo a longa pá, os pedaços de massa obedecendo à ordem das mãos paternas, caindo uniformes no chão do forno. Algum dia queria ele mesmo ser o dono daquele movimento. Compor a mistura, bater a massa, dar forma aos pães, nada parecia mais bonito do que o momento de introduzir a pá no forno e o gesto vigoroso e preciso de entregar o pão ao trabalho do fogo.

Um dia, seu pai morreu, como morrem os pais. Mas se os pais podem morrer, morrer não pode o que fazem os pais. E vai Nacinho, nascido Inácio, escrito Ignácio, fazer o que seu pai não mais podia. Num gesto automático, botou no bolso as chaves que estavam em cima da penteadeira. Deixou o corpo do pai ao pranto das mulheres, deixou a casa ao cheiro lúgubre das velas, deixou a rua à procissão das almas e foi cumprir o ofício de ser como seu pai.

A madrugada o conduzia a passos firmes entre poças de lama até a rua calçada de onde já se via, por cima dos toldos de lona, o acrílico das letras vermelhas sobre o fundo branco: Padaria Triunfo. Sentados no meio-fio, três homens esperavam. Quando ele passou, todos os três se levantaram. Sem dizer nada, apenas esperaram pelo gesto firme que tirou do bolso o molho de chaves. Aberta a porta, acesa a luz, estava lá o forno e sua boca a quem, agora, ele daria vida. A lenha estava lá, preparada desde a véspera. Foi fácil ensopar de querosene os gravetos embaixo dos toros grossos e jogar o fósforo aceso numa manobra rápida que não evitou, porém, um leve chamuscar dos pêlos da mão. Pronto, estava lá o fogo esquentando a chapa de ferro que logo se incandesceria. E logo o trabalho dos homens fez girar a misturadora com a massa de farinha, fermento, água e sal. E logo os pedaços de massa estavam enfileirados sobre a longa pá, esperando pelo corte fino por onde se abririam depois, grávidos de calor.

Tudo pronto. Faltava agora apenas que as duas mãos de Inácio apanhassem a longa tábua e a enfiassem pela boca do forno — forno, tirando bolo — bolo, o que eu mandar — dá: seu rei mandou dizer que esta longa tábua grudasse em suas mãos, Inácio, e que você agora é ela. E que a boca do forno está aberta esperando por você. Quando você enfiar a tábua com os pães, você vai entrar junto com ela. Você agora, Inácio, além de tábua, é mais um pão. Só mais um que o forno vai cozer, vai assar, vai dourar, estufar e depois mandar pra uma mesa qualquer de qualquer casa onde um homem qualquer vai partir em dois e mergulhar no copo de café e depois chupar a ponta mais molhada e enfiar todo na boca que vai mastigar você com poucos dentes. Mas antes esta outra boca, esta boca de forno, vai engolir você.

Lá vai Inácio enfiando a longa tábua com os pedaços brancos em fileira. Adeus, Inácio, que o forno vai comer. Lá vai e não vai Inácio que o forno já lambe a cara, que dentro do forno em brasa vê a cara de seu pai. As mãos largam a tábua. As mãos tapam os olhos e raspam o suor da cara. As mãos desesperam e agarram a borda do forno. Chiam, ardem as mãos. Entre dor e susto, Inácio vê pela última vez a boca do forno pai.

Lá vai Inácio, tombando que dá pena. Era Darque falando para as mulheres na calçada. Era já uma moça. O tempo não deixava mais ela brincar. Ajudava a mãe na cozinha, tomava conta do pequeno armarinho montado no quarto da frente, esperava por um namorado que não podia mais ser Nacinho. Esse aí a cachaça comeu, pensou com tristeza. Mas alguma coisa dentro dela garantia que o destino ainda ia fazê-la cruzar as linhas tortas que ele traçava pela rua.

Lá vai Inácio pela porta pela rua pelos muros pelos campos pela vida pelo mundo. Lá vai Inácio que fecha os olhos e vê o fogo. Lá vai Inácio que abre os olhos e sente o pai. O pai esse fogo, o pai esse grito, o pai essa dor nas mãos.

Não sabe Inácio se foi o fogo, não sabe Inácio se foi seu pai quem lhe deu primeiro de beber. Sabia apenas de uma coisa: havia uma diferença entre a quentura do seu rosto, entre o ardor de sua pele e o frio de dentro de seu corpo. Havia uma agonia entre o frio de dentro e o calor da cara, da pele. Havia um fio, uma lâmina, entre o gelo do lado de dentro e a brasa do lado de fora. E foi pra cortar esse fio, foi pra romper essa lâmina que Inácio bebeu pela primeira vez da água que ardia. Pois se era água, havia de ser fria. E se era ardente, havia de levar o ardor para dentro do lugar onde era frio. Mas nada sabia Inácio da luta que lhe esperava. Quanto mais bebia Inácio, mais frio o frio ficava. Quanto mais bebia Inácio, mais quente a carne queimava. Quente e frio, gelo e brasa, vagava um corpo com sua sombra, vagava a carne com seus rubores, vagava uma alma gelada de medo.

Vagava. Uma perna pra lá, outra perna pra cá. Uma mão apoiando na parede, outra mão tateando no oco. Pele afora a quentura do forno, pele adentro a geleira do pai. Porque tinha sido assim. A pele quente da mãe nas longas noites de frio. A falta fria do pai nas noites quentes de espera. Fora frio dentro quente dentro frio fora. Queria dentro o calor de fora. Bebia sua mãe.

Lá vem minha mãe entrando pela boca, lá vai minha mãe descendo pela goela, lá está minha mãe deitada no meu bucho. Arde, arde, arde minha mãe. Arde e fura essa carne. Arde e passa para o oco frio que fica depois da carne. Vai minha mãe e esquenta o vazio de onde me olha a cara do meu pai. E o olho dele é frio. E é esse olho que esfria o calor da minha mãe. É esse olho que espanta o calor da minha carne. Fica só o ardor. Ardor sem quentura. Quentura que preciso buscar de novo lá fora, com outro gole de minha mãe.

Por isso não misturo brincadeira com cachaça. Por isso não converso, não canto, não me junto com mulher quando estou bebendo. E não bebo com todo mundo. Ou bebo só, ou bebo com meus quatro camaradas. Com eles é diferente. Cada um só fala quando tem vontade. E as histórias já são tão batidas que ninguém precisa prestar atenção. Se fala quando se tem vontade. Quando alguma coisa aperta demais e rompe o cerco das pestanas e dos dentes.

Esse negócio mesmo de mãe e de pai, eu nem mesmo sei se é coisa que falei ou se foi só meu pensamento. Tanto faz. Também tem coisa que não sei se fui eu que pensei, se fui eu que falei, ou se fui eu que ouvi aqui, nessa roda. E o pior é que às vezes desconfio que certas coisas não precisam nem mesmo ser faladas. Basta qualquer um de nós pensar, pra ir logo direto pro pensamento do outro. Virar memória do outro, se misturar com as coisas da lembrança dele. Pior ainda é que muitas vezes me dá a impressão de que esse tempo que a gente passa aqui, em volta desse fogo, é um sonho, pesadelo, que a gente sonha junto, sofre junto. E quando acorda, todo mundo já sabe o sonho que o outro teve. Foi o mesmo. E fica todo mundo calado. E vai cada um pro seu lado, fazer suas necessidades, arranjar um lugar e inventar um jeito de tomar a primeira, pra acordar de vez do pesadelo e começar o preparo de outro, que pode ser o mesmo, ou pode ser pior, ou pode ser nenhum.

Melhor ser nenhum. Nenhum sonho, nenhum medo, nenhuma vontade. Melhor ser nenhum do que ser essas duas coisas, essa carne e esse oco. Esse ardor e esse gelo. Essa luta e esse vidro separando-o em dois. De um lado, seu pai, do outro, sua mãe. E ele, ele mesmo é o vidro que separa os dois. E ele sabe que se o vidro se quebrar é ele mesmo que se quebra.

———

Ele não andava pelas ruas. Antes, eram as ruas que rolavam sob seus pés. E não rolavam assim, em linha reta. O chão se deslocava de um para outro lado, fazendo seu corpo franzino cambalear, quase cair, caindo mesmo algumas vezes em que o chão mudava bruscamente de lugar. Lá vem a rua rolando, lá vai a rua dobrando, se virando num beco de casas pequenas, coladas umas nas outras, como se tivessem medo dele, num vaivém, se encostando e se afastando, ele tendo que aparar com as mãos as paredes que se desfaziam em grãos de barro e alvaiade, palavra esquisita, que ele não sabe de onde veio, mas que lembra uma camisa branca que sua mãe lavava com anil e ele vestia nos domingos de manhã, para ir à escola dominical. Seu pai era crente batista. Não desses evangélicos de hoje em dia, que vão pra igreja atrás de favor de Deus, pagando pra arranjar emprego ou ficar bom de doença desenganada. Crente naquele tempo ia pra igreja cantar, orar e ganhar presente na noite de Natal.

Essas portas e essas janelas que hoje passam de frente pra trás passavam naquele tempo de trás pra frente, ele mandando nas suas pernas, puxando a rua com os calcanhares e empurrando com força pra trás com a planta do solado de corda das alpargatas Roda. E o chão daquele tempo obedecia a seus pés, passando apressadinho sob eles areia, pedregulhos, poças de lama e todo tipo de lixo que as casas jogavam na rua.

O chão de hoje desobedece. Mais do que isso, impõe o ritmo dos passos e a direção do andar, se é que ele pode chamar de direção aquele pra lá e pra cá, aquele andar e parar, andar mais um pouco e parar de vez na frente da casa estreita, com a cumeeira de duas águas quase ao alcance das mãos. Não era mais casa, era mais uma tapera, com a porta desbotada de uma tinta a óleo azul que viu a mão de seu pai pintar. Agora o que sobrava do azul se descascava, descobrindo os sulcos escuros, separando as tábuas cinza, quase brancas, chupadas de sol e esquecimento. E o esquecido latejava detrás daquela porta pedindo me lembra, me lembra e ele não lembrava de nada.

Quando a frente da casa avançou pra cima dele, ele escorou a porta com a palma da mão. Mas a porta não tinha tranca, cedeu, escancarou-se e o escuro da casa engoliu ele e o chão da sala subiu, quebrou seu corpo troncho e doeu quando bateu em sua cara.

Com um suspiro, o nariz chupou uma pitada maior do pó que descansava no chão de tijolo. Daí veio o espirro e a cabeça doendo foi aos poucos se dando conta de onde estava. Dali, desde o chão, a sala era como antigamente, no tempo em que brincava com o boi e o cavalo de barro que um dia ganhou da madrinha. O braço formigava como antigamente, de tanto que a cabeça se deitava nele, para olhar de perto a briga entre o boi e o cavalo que as duas mãos levantavam no ar e faziam se chocar até tirar uma lasca da pintura dos bonecos. Quantas vezes lambeu aqueles bichos para sentir o gosto da tinta combinado com o do barro malcozido. Mas ali, onde estava, faltavam o boi e o cavalo, faltavam os móveis pobres da sala e faltava, mais que tudo, a mãe sentada no chão, as mãos de mágica trançando os bilros na almofada, fazendo rendas que nunca foram parar em um só dos seus vestidos.

Era o mesmo o frio dos tijolos do chão sob seu corpo. Era o mesmo, não. Era mais frio. O tempo tinha se retirado dali. Nenhum chinelo se arrastava mais naquele chão. Nenhum corpo mais enchia de calor aquela sala. A porta e a janela não se abriam mais para o fresco da manhã, para o mormaço da tarde, para o sol quente do meio-dia. O sol que entrava agora era de esmola, poucas e frias réstias que furavam as frestas das telhas quebradas. A tesoura de paus apodrecidos que sustenta o parco teto empresta seus ângulos para as aranhas tecerem sem bilros suas rendas. Com bilros sua mãe tecia, tlec-tlec-tlec, de uma mão para outra cruzando a grande almofada, como uma gravidez gestada fora do corpo.

Uma orelha não bastou para saber o que falava a mulher lá da cozinha. Descolou a outra do chão para ouvir melhor, com as veias do pescoço estufadas, a voz que dizia lá de dentro: vem, pode entrar. Vem ver em que foi dar a tua vida. Um morcego cortou as sombras da sala e ele ficou sem saber o que lhe deu mais medo. Era a voz. A voz que chamava dava mais medo. Mesmo assim ele foi. Ficou um tempo na entrada do corredor, um ombro encostado num lado, a mão do outro lado segurando a parede que soltava o reboco. Se não andasse pra frente, o corredor lhe espremia. Foi arrastando os pés, arrastando o ombro, salteando a mão que vinha pregada com a pele velha da parede. Passou pelo vão sem porta do primeiro quarto, onde os pais dormiam, passou pelo vão sem porta do quarto em que dormia. Ali agora dormiam fantasmas que não via, mas sentia por nenhum de seus sentidos um respirar de almas de sono leve, que bem poderiam se acordar com o mais pequeno dos ruídos.

Terminou o corredor. Está no vão de entrada da cozinha, o reino da mãe, o cativeiro da mãe, a zona de mistérios onde o fogo fervia comidas e remédios. Não ferve mais. Onde era o fogo, duas bocas abertas no barro recozido, tisnado, guardavam um resto de cinzas, muito pouco mas suficiente para ainda deixar no ar carregado pelo tempo um cheiro velho, como se a alma da casa ainda suspirasse ali seu último suspiro.

Tirou os olhos dali. A vista passou pelas frestas abertas nas tábuas da porta que coavam o sol vindo do quintal. No canto da porta ainda estava o pote, oposto ao fogão, irmão do fogão, que guardava a água pra comida e pros remédios. Água boa de beber, friinha, tirada com o coco de flandre fazendo tlum quando mergulhava lá no fundo. Será que ainda tinha água? Será que dá ainda pra beber? Abriu a tampa de madeira e olhou no fundo do pote. Tinha água, sim. Tinha um espelho que mostrou um rosto que não reconheceu. Não podia ser ele. Esperava que o pote mostrasse um menino e o que o pote mostrou foi um rosto sem tempo, nem velho nem novo. Um rosto que não podia comparar com o seu, pois não sabia mais como se parecia. Do fundo do pote, seu pai olhava, com uma cara que podia ser da mãe. O que ele sempre via separado olhava junto pra ele lá do pote. Esta é a tua cara, como pode ser a minha, a cara da tua vida, a cara da minha morte, a minha cara de hoje, a tua cara de amanhã.

A voz que falou não disse quem era. Nem ele quis saber. Não sabia nem de onde vinham aquelas palavras, nem se eram os ouvidos que ouviam. Por isso fechou os olhos, apertou os lábios, prendeu a respiração e arrastou os pés no pó do chão em direção ao corredor. Tinha que ir devagar, as pernas resistiam. O corpo todo era um espanto só. Se soubesse a palavra eriçado, estaria eriçado. Mas suas palavras só deixavam sentir arrepio, e foi o arrepio que o botou para correr, assim que passou pela porta da frente. E foi o arrepio que o fez sentir frio, mesmo no meio do dia mais claro, debaixo do sol mais ardente. Arder. Precisava arder. Só parou de correr quando encontrou a água que ardia.

———

A gente estava esperando por você. Olhou para o homem de cara preta que falou aquilo, junto de um caboclo atarracado. A gente estava esperando você chegar para repartir essa meiota de cachaça. Você bem que está precisando. O olho estatelado, o pêlo arrepiado, parece um doido, com frio no meio de um calor desse. Com essa cara encarnada, tisnada, melada de suor, parece um pão doce. Pão Doce arregalou os olhos, como é que adivinhou o meu nome? Não adivinhei, falei por falar, achei parecido. Mas se você se chama mesmo Pão Doce, deve ter saído inda agora de dentro do forno. Pão Doce então sentiu frio e uma vontade doida de chorar. E pra não chorar, e pra passar o frio, pegou a garrafa de cachaça e emborcou até que o Cara Preta baixou sua mão. Deixe um pouco para os outros. Daqui a pouco vai estar todo mundo aqui.

Seu choro, seu frio, seu medo, tudo passou. Era como se tivesse chegado em casa. Mas que casa era aquela, no meio do mundo, na frente da porta de lado de um mercado? Não tinha nada de parecido com aquela casa de onde tinha saído correndo, com medo da voz que lhe mostrou sua cara. Aquela ali era uma casa de outro jeito. Podia não ter paredes, nem sala, nem quarto, mas era um lugar para o qual ele sempre quis voltar, mesmo sabendo que nunca tinha estado antes. Tinha aqueles dois, daqui a pouco ia ter mais alguns. Sim, ali era sua casa. Uma casa sem pai e sem mãe. Uma casa só de irmãos, igualados pela solidão e pelo medo.

massapê

Mais uma vez sua mãe morria. Toda vez que ela ficava assim, sem se mexer, sem respirar, os olhos semicerrados no rosto calmo e pálido, ele já sabia. Sua mãe estava morta. Nem foi preciso Dona Mocinha dizer pra ele: tua mãe morreu de novo, menino. Vai chamar teu pai. Ele já tinha disparado para a mata, onde o pai cortava lenha. Ia entrando pela trilha estreita quando passou por ele uma menina correndo assustada, olhando pra trás. Tem um homem nu ali cortando lenha, disse a menina. Ele então sabia que era seu pai. Andou afastando o mato em direção aos baques do machado. Pai, gritou de longe, mãe morreu de novo. Volte pra casa que depois eu chego, respondeu o homem, como se o menino o estivesse chamando para almoçar.

Toda vez era a mesma coisa. A mãe tinha um desmaio e ficava mais de uma semana, quase uma quinzena, assim, morta, como dizia Dona Mocinha. Ele não se lembrava mais da primeira vez que sua mãe tinha morrido. Foi crescendo vendo aquilo acontecer de vez em quando. Acostumou-se a ver sua mãe morrer e tornar a viver novamente. Abria os olhos, passava a mão no rosto, sorria meio sem graça para quem estivesse por perto e se levantava da rede para comer bolacha com café na mesa da cozinha.

Quando voltou pra casa, encontrou a menina que tinha passado correndo por ele na boca da mata. Era neta de Dona Mocinha, tinha os olhos desencontrados e se chamava Darque. Joana Darque, como a santa francesa que morreu queimada na fogueira, ela explicou. Darque, disse a avó, vai pra casa e diz a tua mãe que eu não chego tão cedo. Diga que vou dormir aqui e esperar pra ver essa pobre acordar.

Assim que Darque saiu, chegou o pai do menino. Arriou o feixe de lenha na porta da casa, deu bom-dia e passou pela rede estirada na sala quase sem olhar. Ficou resmungando lá dentro coisas que não dava pra ouvir lá fora. O tempo foi passando, a noite caindo, o sono chegando e o menino relutava em dormir. Não queria deixar a mãe com Dona Mocinha. Ela tinha fama de catimbozeira. Foi se arriando pelo chão e ali mesmo dormiu. Dona Mocinha ficou acordada o tempo todo, sentada num tamborete junto da morta.

Morta, sim. Dona Mocinha sabia que aquela ali não vivia mais. Uma alma veio avisar a ela no meio de um cochilo que deu. Esperou o menino acordar e contou: dessa vez tua mãe morreu de verdade, menino. Vai acordar teu pai.

Espero que dessa vez seja pra sempre. Não agüentava mais essa mulher, com aqueles achaques, com aqueles desmaios, com aquela invenção de morrer de vez em quando para acordar depois de muito tempo como se nada tivesse acontecido. E não contava nada a mim, que era seu marido. Vinha do outro mundo sem novidade, sem ter visto um parente, sem um palpite pro jogo do bicho. Uma inutilidade cada morte daquela. Acho bom mesmo que tenha morrido. Assim me caso de novo com uma mais nova que cuide melhor de mim. Porque homem não pode viver sem mulher. E sem mulher eu já vivia por muito tempo. Quando não estava morta, era uma morta-viva. Mal fazia um café, mal cozinhava um feijão, mal lavava uma roupa, mal me servia na cama. Bom que tenha morrido. E esse caixão aqui é muito caro. Pra que caixão bonito?, se no fim vai pro fundo da terra, onde ninguém vai ver. E se morreu mesmo, pra que passar a noite em claro no velório? Antes do fim da tarde mesmo eu enterro. Amanhã tenho que cortar lenha na mata e começar a procurar outra costela pra me esquentar.

E assim foi feito. A tarde mal se entregava às primeiras sombras e lá vinham eles do cemitério. A noite mal sorvia os últimos sangues da tarde quando entravam em casa. O pai para o quarto, mudar de roupa e sair para procurar moça. O filho para a rede onde morrera a mãe, para sentir pela última vez o cheiro dela. Dona Mocinha para a cozinha fazer café, beber uma caneca e deixar o bule esquentando nas brasas do fogão. Pegou a sacola com as suas coisas e foi embora sem falar palavra.

Dona Mocinha não dormiu direito. Ficou revirando na cama até o primeiro galo. Até ouvir a voz assustada de Darque contar: vó, aquela mulher não morreu não, vó. Ela foi enterrada viva. Ela mesma veio me dizer agora mesmo. Disse que está virada de banda no caixão e que a gente avisasse ao povo dela. Dona Mocinha enfiou um vestido por cima da combinação com que havia dormido, prendeu os cabelos com uma marrafa e disparou para a casa dos parentes da morta, da enterrada viva, para que mandassem abrir o caixão. Podia ser que ainda encontrassem a defunta com vida.

Ainda de longe da casa da morta, a mulher foi gritando para quem pudesse ouvir: valha-nos Deus, acudam por Nossa Senhora. Que gritaria é essa?, falou com raiva o viúvo. Quando Dona Mocinha contou o que tinha ouvido da neta, o homem baixou a vista, ficou calado um tempo e depois saiu andando ligeiro. O menino, esfregando os olhos de sono, foi atrás. Não foi junto do pai, pois tinha medo daquela cara cerrada e daquele passo apressado, de calcanhar fincado no chão. Meio de longe, viu o pai parar na porta do coveiro e mandar o homem lacrar com tijolo e cimento a cova da mulher. Dessa vez ela vai ficar morta para sempre. Nunca mais ninguém tira ela de lá.

O menino sentiu um gelo tomar conta do seu corpo. Parecia que ele agora ia morrer como a mãe. Mas não quis. Não deixou que a morte tomasse conta do seu corpo. Disparou na carreira, mas não, por ali não, por ali ia passar no cemitério. Voltou e embalou em direção à mata, os pés batendo na bunda de tanto que corria. Não olhou pra trás, não queria ver o pai, não queria mais ver aquele fim de mundo onde a mãe morria. Não sabia, nem pensava para onde ia. Correu até não agüentar a falta de ar no peito. Foi diminuindo a carreira, passou a andar com pressa, depois caminhou devagar até que só podia mesmo arrastar os pés. Então ele caiu sentado na beira da mata e chorou um choro pra ninguém. Era pra si mesmo que chorava. E era um choro bom que o botou pra dormir.

———

Mesmo naquela hora da manhã, o sol já alto, fazia um friozinho debaixo da sombra do resto de mata na beira do rio. Foi dali que ele ficou olhando a curva suave do rio que deixava uma praia de barro branco acinzentado onde uns meninos faziam algazarra. Ele via de longe, pra que ninguém visse a sua cara de intriga de quem não entendia o que aquele bando de maloqueiros fazia ali. Primeiro se sentavam na beira do rio, com os pés na água, e se lambuzavam da cabeça aos pés com aquela goma de terra molhada. Ficavam da cor do barro, acinzentados, e riam uns das caras dos outros, parecendo papangu em dias de carnaval. No meio da risadagem, faziam guerra d'água, e aqueles que não conseguiam mais escapar do peso dos pingos nos olhos mergulhavam, nadavam um pouco e paravam, onde dava pé, para ver o pó embranquecido ir se largando dos corpos e se diluindo na água, como uma nuvem.

Parar, olhar as águas se mancharem de branco parece que fazia os meninos mais calmos. Olhando desconfiados para os lados, empurrando devagar com o ventre a água encastanhada do rio, os braços pendidos respondendo apenas ao balanço do andar, lá vinham eles saindo da água, parecendo uma procissão. E mais parecido ficou quando, um a um, se ajoelharam no barro cinzento, como se fossem rezar, fazer o sinal-da-cruz. Mas não foi isso que fizeram. Cada um fez dois montinhos com o barro úmido, cada um deles cabendo na concha da mão. Uns cinco palmos abaixo do meio dos montinhos, eles faziam um pequeno furo com o dedo indicador. Nesse furo, os meninos enfiavam a pica, que entrava e saía, entrava e saía, enquanto as mãos, levantadas um pouco acima das cabeças, primeiro alisavam e depois apertavam com força os dois montinhos, fazendo o barro molhado escorrer entre os dedos. De repente, como se obedecessem a uma ordem, todos estancaram, esmoreceram e ficaram como mortos, as cabeças viradas de lado, descansando do esforço.

Um a um, os meninos ressuscitam. Lentamente, ficam de pé, levantam os calções, entram novamente no rio, mas desta vez sem algazarra. Tiram o que podem da goma acinzentada que teima em lhes servir de roupa. Depois, cada um vai embora, sem olhar para os outros, como romeiros que acabavam de pagar uma promessa.

E esse que ficou olhando, a quem ainda não demos um nome, pode muito bem se chamar Massapê. Ainda não se chama, mas vai se chamar quando souber o nome daquele barro acinzentado que o rio deixa descoberto quando faz a curva. Que o rio deixa frio e escorreguento, molhado por dentro. Esse que agora ficou só, ele e o rio. Ele e a praia acinzentada. Ele e aquela vontade enorme de saber o que era aquilo que os meninos fizeram com a terra fria e peguenta.

Coisa esquisita isto que se mexe no meu corpo. Isto que dá um formigueiro nos pés, dá um gosto de gelo nas batatas das pernas, dói fino por dentro dos ossos, retesa as carnes das coxas, dá umas voltas por dentro da barriga, sobe tapando a respiração, dá um retesamento nos braços, uma agonia nas mãos, um suor friorento pelas costas e deixa sem existir esse lugar do corpo que não sei pra que me serve, que agora se endurece e eu não sinto, que se aparta de mim e quer fugir, furar, entrar e eu não sei onde. E essas mãos que também querem deixar de ser minhas, puxam meu corpo para baixo, até tocarem a terra fria e com ela fazer dois montinhos, e depois uma delas desce uns cinco palmos e fura um buraco com o dedo. E ali vai se aninhar a coisa dura que agora eu sei pra que me serve. Serve pra me ligar a esta terra, para me fundir com ela, como se ela fosse minha mãe. E agora eu sei o que são os dois montinhos. São os peitos de minha mãe, os peitos lisos de minha mãe que eu posso pegar, alisar, apertar até que eles se desmanchem entre meus dedos. Agora eu sei por que estou neste mundo. É para sentir este tremor, para sentir este desmanchar do meu corpo, para me deixar sair de dentro de mim e olhar este corpo quase morto que deita sua cabeça no ventre fresco e úmido de minha mãe.

E foi quase morto que ele sentiu o seu corpo ser engolido por aquela terra lisa e molhada que o entregou a um barro mais seco e vermelho que o conduziu em suas entranhas até uma terra escura e viscosa que envolvia pequenos berços que embalavam as almas adormecidas que ali acabavam de chegar. Lá ia o seu corpo navegando submerso pela terra em direção ao berço que lhe cabia. A tampa do berço esperava aberta que ele se aninhasse e em seu bojo dormisse para sempre. Seu corpo já se enrodilhava para se ajustar ao espaço que o acolhia quando viu, num berço ao lado do seu, o corpo tenso e o rosto de pavor da sua mãe, as mãos e os joelhos empurrando as bordas da caixa num esforço inútil para sair dali.

Ainda não, gritou, ainda é cedo pra ficar do seu lado, minha mãe. Quero voltar, gritou, quero de novo ver a luz do mundo. Viu então o rosto da mãe voltar-se calmo para ele, sorrir de leve, fechar os olhos, enquanto as mãos se cruzavam sobre o ventre. O corpo todo agora para sempre descansava.

A imagem dessa mãe morta em paz foi se afastando, se afastando, até se apagar como um ponto de luz longe na noite. E de repente outra luz se acendeu. Uma luz forte, de sol do meio-dia. Ali estava seu corpo de volta, todo ele colado ao chão cinzento e úmido da praia. Do braço direito estendido, a mão envolvia um dos montes de barro em forma de seio. Sem fazer força para não desmanchar, trouxe o seio até a frente da cara. Passou a língua no lugar onde devia ter um bico e sentiu o gosto leitoso da argila cinza. Não sabia que gosto tinha o leite de sua mãe. Nem mesmo sabia se tinha mamado nos seus peitos. Tinha agora um dos seus peitos na mão e aquele gosto leitoso da argila passava a ser o gosto do leite da mãe. E foi assim que aquele gosto se apossou do seu corpo. Primeiro descendo pela goela, se aquietando no fundo do estômago e dali passando para dentro de sua carne, correndo como sangue por dentro de suas veias. Levantou-se com cuidado para que o seio não caísse da palma da mão e olhou para o mundo como se tivesse nascido de novo.

———

O oleiro achou engraçada aquela figura que andava por cima da ribanceira do rio com uma das mãos estendida levando alguma coisa que não sabia ainda o que era. Parou a roda do torno com o pé e ficou esperando. A figura veio vindo, veio vindo e se mostrou um menino já meio taludo, as calças curtas molhadas, com um montinho de massapê na mão estendida, como quem pede esmola.

O menino ficou assim por um bom tempo, até que os seus olhos chegados da luz se acostumassem às sombras daquele lugar. Um teto de telhas escuras vai se abaixando até ficar quase da altura de um homem. No meio do calor do meio-dia, ali fazia uma friagem gostosa que vinha do monte de barro molhado descansando no chão. Montadas nas prateleiras, arrumadas nos cantos das paredes, muitas, muitas peças ainda cruas, curando, perdendo a água que ainda lhes resta, esperando a vez da sua fornada. Dependendo de onde vinha, o cheiro era diferente. Do monte de barro molhado vinha um cheiro parecido com o que ele sentiu lá na beira do rio. Do lado da parede onde descansavam as peças o cheiro era seco, lembrando alumínio. Juntando tudo, o cheiro do lugar lembrava o da cozinha da sua casa. Faltava o cheiro da comida. Mas o cheiro das cinzas por debaixo das panelas de barro em cima do fogão da sua casa estava ali. O menino só não sabia onde. E ficou meio perdido nesse cheiro, nessa quase catinga que morava no fundo da sua memória e se mudava para ali.

Tu qué o quê, massapê?, disse o oleiro querendo tirar onda com o menino. O menino se assustou, mas não riu nem ficou chateado. Olhou meio intrigado para o oleiro e falou: gostei desse nome. Não sei o que é, mas acho bom o senhor me chamar assim. O que é massapê? É o nome desse barro que você tem na mão. É com ele que trabalho, que faço minhas panelas, meus potes, minhas jarras. Com o que sobra faço boi e cavalo de brinquedo para os filhos dos pobres terem com que brincar. Agora deixa eu trabalhar que não tenho tempo a perder. Você pode ficar olhando as peças, mas não pegue em nada, que é pra não quebrar. Tenho ciúme de tudo o que faço. Se pudesse não vendia. Ficava com tudo entulhado aqui na minha latada. Só vendo porque preciso de dinheiro. Mas os bois e os cavalos de brinquedo eu não vendo não. Eu dou pros meninos que passam por aqui. Você quer um?

Não, ele não queria. Preferia ficar olhando o que aquele homem fazia com aquele barro igual ao peito que ele tinha na mão. Viu quando ele tirou um pano molhado de cima de um monte de barro cinzento. Era ali que ia acontecer a mágica. Ficou olhando o trabalho do pé direito empurrando a roda de baixo do torno, mantendo a mesma velocidade, enquanto a outra perna se encolhia debaixo da bunda do homem sentado num banco alto de madeira. Olhou com mais cuidado o trabalho das mãos moldando o massapê, molhando a massa de vez em quando com uma água leitosa que tirava com as pontas do dedo de uma vasilha, fazendo nascer daquele monte de barro uma forma viva, que se arredondava e crescia, como se saísse do meio das mãos do homem. No começo não sabia o que ia sair dali, a obra apenas no meio. Agora já podia adivinhar. Ia ser uma quartinha, mas podia também ser um jarro. Dependia apenas da vontade daquele homem.

Pronto, este é o último, disse o oleiro, amanhã faço a fornada. E apontou com o queixo para o forno. O menino ainda não tinha olhado com atenção para aquela armação de tijolo que saía redonda do chão e ia afinando até se fechar lá em cima, de onde saía um cano grosso que servia de chaminé. De lado, rente ao chão, tinha uma abertura arredondada onde já estava a lenha que ia ser acesa dali a pouco. Um buraco grande na parede deixava ver o escuro lá dentro. As peças de barro estavam arrumadas com cuidado, umas em cima das outras, arrodeadas de toros de lenha. Deu um pouco de medo no menino, mas também lhe deu uma idéia.

O senhor deixa eu cozinhar esse peito no seu forno? Que história de peito é essa, Massapê? Isso é somente um pedaço de barro. Não é, não, o senhor vai ver. Botou a porção de barro na roda de cima do torno, sentou afobado no banco alto de madeira e tentou alcançar com o pé direito a roda de baixo. Mas a perna era curta, ficou remando no ar. O oleiro teve vontade de rir, mas não riu. Trabalhe só com as mãos, pode ser que saia alguma coisa que preste. E se afastou em direção à sua casa ali perto, como se procurasse não se sabe o quê.

O menino olhou para a massa, agoniado. Não sabia o que poderia fazer com o peito de barro da sua mãe. Deixou então que suas mãos trabalhassem sozinhas, que batessem e amassassem o barro para que o ar saísse das bolhas, até que ele ficasse macio; que catassem na massa os grãos de areia, os restos de mato ou qualquer outra sujeira; que fossem apertando o barro entre os dedos e as palmas, beliscando a massa, arredondando com cuidado suas bordas, passando água por dentro e por fora para ficar lisinho, até que tinha entre as mãos uma tigela em forma de peito.

O oleiro voltou quando sentiu que o menino tinha acabado sua obra. O que é isso agora, perguntou. É o mesmo peito de minha mãe, só que agora eu vou poder mamar nele. Tudo que eu beber daqui em diante vai ser nessa tigela que eu mesmo fiz com o peito que eu trouxe de dentro da terra, de um lugar em que minha mãe sofria de agonia e eu saí de lá deixando ela morrer em paz. Aí ela me deu esse peito, para que eu sempre me lembre dela, para que eu carregue pro resto da vida essa parte do corpo que ela nunca me deu.

Esse menino é doido, pensou o oleiro. Deixa esse peito descansar um bocadinho ali no sol e vamos lá dentro de casa comer alguma coisa. Daqui a pouco a gente bota ele pra queimar junto com a fornada. Se você tiver sorte, quem sabe ele não racha e você fica com ele pra beber água. Mas o menino não quis comer. Preferiu ficar ali, olhando para sua peça, redonda e lisinha, descansando no sol a pino, perdendo a umidade, ficando mais branca e mais bonita, da cor do peito de sua mãe. Seca, também, como o peito da sua mãe. Mas depois de cozinhado, depois de passar pelo fogo que vai secar ele mais ainda, esse peito vai me dar de beber pro resto da minha vida. E nele eu vou beber o leite que minha mãe me negou, que meu pai enterrou, que a terra engoliu, que o barro me devolveu. E foi com essas minhas mãos que eu botei de novo no mundo o peito que o mundo me levou.

O menino estava sentado no chão, já com os olhos perdidos para longe da peça, e só se deu conta quando o oleiro ia pegando com cuidado o peito e levando para dentro do forno. Teve um receio muito grande de que nunca mais fosse ver a sua obra. Quem sabe ela se rachava, explodia ou ficava troncha de um jeito que não servisse pra beber. Não sabia por que, mas confiava naquele oleiro. Se ele estava botando sua peça junto com as outras, era porque sabia que ela ia vingar.

O oleiro agora trabalhava de cara fechada. Parecia que o menino não estava ali. Com alguns tijolos juntados com barro vermelho, ia fechando o buraco por onde as peças tinham entrado no forno. O menino sentiu um aperto no coração, parecido com o que sentiu quando jogavam terra sobre o caixão de sua mãe. Não conseguia separar seu coração daquele peito que agora se fechava no escuro do forno. Ele queria ir lá pra dentro também, assim como quis ficar dentro da cova com sua mãe. A bem dizer, era a segunda vez que um buraco escuro se fechava separando ele e sua mãe.

Antes de fechar todo o buraco, o oleiro deixou uma abertura meio arredondada. Adivinhando o ar intrigado do menino, resmungou que era o olheiro, por onde se podia ver a cor do fogo lá dentro. Forno fechado, era a vez de acender a lenha que esperava na abertura de baixo. No começo, a lenha era acesa quase do lado de fora. Só aos pouquinhos ia sendo empurrada para dentro do forno. Quatro horas iam se passar até acabar o esquente e o forno estar pronto para começar a fornada, as chamas da lenha subindo para além da grelha que sustentava a pilha de peças, lambendo as panelas, jarros, potes, cavalos e bois de brinquedo e o peito feito pelas mãos do menino.

Daqui a pouco sai o foguinho de alma, diz o oleiro. Falava do fogo azulado que saía pelo olheiro e pela chaminé, para dizer que a alma das águas tinha ido embora de vez, ficando só o barro entregue às línguas do fogo. Dali mais um pouco o oleiro chamou o menino pra ver o calor vermelho. E suspendeu ele pelos sovacos para que visse aquela luz encarnado-escura que sai das peças, parecendo brasa de carvão. O menino viu lá no meio das peças o peito que ele tinha feito luzindo como um tição. Ardia, mas não se desmanchava. O fogo o transformava em fogo. O menino então quis ser ele mesmo feito de massapê, para poder arder naquele fogo e não morrer. Para que o barro mole do menino que era se transformasse num homem duro de barro cozinhado. Mas o que queria mais era sentir a alegria daquelas peças todas viradas em brasa, transpassadas e confundidas com o fogo.

Daqui em diante, elas precisam ficar sozinhas, disse o oleiro, devolvendo os pés do menino ao chão. Eu sei que lá dentro elas vão ficar alaranjadas, depois amareladas, até ficar com uma luz branca, como a dos espíritos. Mas isto a gente não vai ver. Eu vou botar essa pedra redonda tapando o olheiro e nós dois vamos ficar aqui, esperando amanhecer, porque eu sei que você não vai querer dormir.

———

A barra do dia veio leitosa como o barro cru de massapê. Só depois ela avermelhou, como o massapê dentro do forno. O menino abriu os olhos e demorou um pouquinho para se dar conta de onde estava. Olhou para o forno e teve medo do que pudesse ter acontecido lá dentro. Nada do que tinha entrado ali era a mesma coisa agora. E o peito de sua mãe também não era mais o mesmo que ele tinha moldado. Podia não existir mais, ter explodido. Podia ter rachado e não servir para dar de beber. Podia ter entronchado e deixado de ser peito. Seu coração bateu forte quando viu que o oleiro se aproximava com uma marreta. O homem olhou para ele com uma cara séria, o olhar vago, como o de uma alma. Levantou a marreta até a altura do ombro e bateu no lugar da parede que tinha fechado por último. Foi uma pancada estudada, na medida certa para só rachar o ligamento de barro entre os tijolos. Coisa de quem sabe o que está fazendo. Depois os tijolos foram sendo arrancados um a um, ainda queimando as mãos grossas do oleiro.

O aperto no peito do menino ia aumentando à medida que aumentava o tamanho do buraco, mostrando as paredes de dentro do forno tingidas de preto, mostrando com má vontade o milagre que tinha feito em seu bojo. O branco leitoso das peças tinha se transformado num cinza escuro, algumas com pequenas manchas negras. O menino queria e não queria ver o que tinha acontecido com o peito de sua mãe. Seu coração disparou quando o oleiro tirou um tijolo que mostrava o lugar onde estava sua obra. Fechou os olhos com força até ouvir a voz do oleiro: seja homem, Massapê, tenha coragem. Ele então arregalou os olhos de vez e viu, estava lá, inteiro, perfeito, brilhante, aceso no escuro, o resultado do seu trabalho, a peça mais valiosa de toda a fornada, que ele nunca haveria de abandonar, jurou em silêncio.

O menino se atirou com o braço esticado para a boca do forno, mas o oleiro o segurou: ainda não, Massapê. Assim você queima a mão. Tem que esperar esfriar. Pôs o braço no ombro do menino, puxou-o com força junto ao corpo e o levou em direção à porta da cozinha da casa, onde outro fogo fazia fumegar um bule de café.

O menino comeu sem pressa um pão assado com café bebido numa caneca de ágate. Era a última vez, garantiu, que se servia de qualquer outra coisa para beber que não fosse a sua tigela de barro. Levantou-se com calma, passou pelo forno, apanhou sua peça e mostrou para o oleiro, que o acompanhava escorado na porta da cozinha. O oleiro aprovou com um leve movimento da cabeça. Não se falaram, nada tinham a se dizer. O oleiro ficou ainda um bom tempo escorado no portal, uma caneca de café na mão, olhando aquela figura de menino se afastar pela crista da ribanceira do rio, com sua peça numa das mãos estendida, como quem pede esmola.

Uma esmola, pelo amor de Deus. O corpo franzino, a pele leitosa, a mão estendida segurando uma cuia parecendo um peito de mulher. Mas não era qualquer coisa que se podia botar ali. Fazia muito tempo que ele só bebia naquela cuia. No princípio, podia ser água, garapa, refresco de qualquer fruta. Tudo saía da cuia com o gosto do barro que lembrava o peito de sua mãe. Com o tempo, o gosto do barro foi ficando cada vez mais longe, quase não se deixando provar no meio dos outros gostos. Com mais um tempo, somente a cachaça tinha o poder de arrancar da cuia o gosto do leite de sua mãe. E ele sabia que dali a mais outro tempo nem mais com a cachaça o leite de sua mãe voltaria à sua boca.

Quando chegar esse tempo, eu quero estar morto. Eu quero estar debaixo da terra. E mesmo que eu seja enterrado longe dela, eu sei o caminho que vai me levar para junto dos seus peitos. Eu já fui uma vez, posso ir de novo. E enquanto não chegar esse tempo, eu vou pedir esmola em todas as barracas dessa feira, e só vou aceitar que botem cachaça nessa cuia. O que não for cachaça eu recebo com a outra mão. Pedaço de charque, laranja, limão, piaba coberta de sal, pão velho, bolacha amolecida, tudo que eu puder fazer de tira-gosto eu recebo com essa outra mão. Na minha cuia, só aquilo que ainda pode me acender a lembrança de minha mãe.

Uma esmo... A boca se fechou logo quando viu que daqueles três não podia vir esmola nenhuma. Pela cara, eram três desgraçados como ele. Estavam ali, em volta daquela fogueirinha, esperando qualquer coisa cozinhar, sabia Deus o quê. Já ia indo embora, a mão já estendia a cuia em direção à rua entre as barracas, quando ouviu um psiu e uma voz meio empastada perguntar: tu qué o quê?

Pelo jeito de perguntar, parece que o senhor já sabe o que eu quero. Porque eu já ouvi essa pergunta antes e quem me perguntou não precisava de resposta. Foi quem me cozinhou essa cuia, esse peito, onde eu primeiro bebia de tudo e que agora só me serve pra tomar cachaça.

Pois tome uma lapada aqui com a gente e se sente pra esperar.

Sem saber o que devia esperar, ele se sentou na calçada e esperou. E enquanto esperava, viu o homem da cara preta botar uma tábua de caixote sobre as pernas cruzadas, despejar um punhado de farinha sobre ela e abrir a farinha de dentro pra fora, com os dedos juntos, fazendo uma espécie de cuia rasa. Cortou cinco pequenos pedaços de charque e colocou no centro da farinha. Ensopou a carne e a farinha de cachaça, botou com cuidado a tábua no chão, riscou um fósforo e jogou no centro da arrumação. Uma chama azulada tomou conta de tudo, torrando a carne e fazendo uma crosta escurecida, com pequenos pontos negros na farinha. O cheiro de assado e torrado deixou os quatro homens com água na boca. Eram cinco pedaços de charque. Quem mais faltava aparecer?

meia luz

Daqui, debaixo da sombra do pé de jurema, pedra, pau, bicho, passarinho, tudo que se mexe ou dorme, eu vigio. Passou o homem, passou a mulher, passou o menino, ninguém me viu. Sou um índio. Sou um índio. Sou o rei do Juremá. Daqui, debaixo da sombra do pé de jurema eu vejo que esse homem não presta, pois já fez muito mal e muito ainda vai fazer. Vejo também que essa mulher não presta, pois nunca fez o mal, mas tem vontade de fazer. Mas aquele menino é bom. Nunca fez o mal, e vou tomar conta dele pra que faça sempre o bem. Pelo menos pros outros, que pra si mesmo é muito difícil ser bom.

O que gosto mais nele são os olhos. As bolinhas pretas brilhando no meio do branco. Quando eu era vivo no chão do mundo eu tinha uns olhos parecidos com os dele. Mas os dele brilham mais. Por isso eu quero eles pra mim. Pelo menos um eu quero pra mim. Ele fica com um para ver as coisas do mundo, eu fico com outro para ver as coisas fora do mundo. O que já foi mundo e o que ainda haverá de ser. Assim será repartido: eu fico com meia-treva, ele fica com meia-luz.

———

Meia Luz. Gostava desse nome. Tanto que quase não sabia mais seu nome de batismo. Isso, aliás, não importava. Não se chamava mais como antigamente, quando tinha os dois olhos. Meia Luz era o nome certo para quem só tinha um olho.

Mas isso de um olho só dependia muito de quem via. Quem visse de fora, como os outros, via, ou melhor, não via, seu olho direito. O que via era uma pálpebra murcha, sem a bola de dentro. Olhando de lado, tinha a impressão de que ele estava com medo, o olho apertado esperando uma bomba explodir, uma trave cair de quina no meio da cabeça ou a tapa que já vem cortando o ar. Isso, mais um risco de pele brilhosa até perto da orelha, para quem via de fora.

Pra mim, que olho de dentro, Meia Luz quer dizer mais outra coisa. Quer dizer que onde falta um olho mora uma luz. E quando o olho bom se fecha, esse olho fica escuro, se apaga, se perde no breu. Mas aí, o oco de luz é que vê. Quando o olho bom vira noite, no olho que falta é de dia. Quando o olho bom se acorda, o olho que falta escurece. A luz nunca acende ao mesmo tempo nos dois olhos. Por isso gosto desse nome, Meia Luz. Quem me chamou assim pela primeira vez quis zombar do que via pelo lado de fora. Não podia nunca imaginar que acertava em cheio no que acontecia por dentro, nas órbitas de um olho e de um globo de luz.

―

Oficina é lugar de homem. Lugar escuro, custando a acostumar a vista. As paredes e o chão cobertos de óleo e graxa, o cheiro entranhado de ferrugem, gasolina, catinga de banheiro que nunca vê água, catinga de suor. Mas tem um cheiro ruim que eu gosto mais. É de carbureto, aquele que dá um travo, um gosto engelhado no fim da bochecha. Tudo isso é cheiro de homem. Um homem é essa mistura de catingas que se sente de longe. Tudo isso mais o cheiro de cigarro. E se eu quero ser homem, mesmo sendo ainda menino, tenho de pegar essa catinga. Tenho que dormir aqui, no meio da lataria, em cima de papelão sujo de óleo, metido num macacão da cor de graxa, que nunca tiro. Espero em ânsia o dia em que esse cheiro vai grudar em mim. Quando eu não feder nem a suor. Quando o meu cheiro for igual ao de todos os homens que trabalham aqui na oficina. Catinga de trabalho.

Hoje é um grande dia. Antes de sair pra almoçar, o dono da oficina mandou o menino abastecer de pedra o gerador de acetileno. Quer dizer que confia nele. Quer dizer que ele já está ficando homem. Pelo menos no cheiro ele deve estar ficando homem. Já tinha ajudado muito os mecânicos a abastecer o gerador. Mas era a primeira vez que ia fazer sozinho. Para ele, até agora, o gerador era uma coisa muito misteriosa. Agora, o mistério ia se desfazer pelas suas mãos. Aquele tambor que parece uma grande vasilha de leite, com um tamborzinho menor pendurado de lado, como se fosse um filho que ele carregasse escanchado, feito aquelas mulheres que vão buscar água com o pote. Além disso, tinha o grande tubo de oxigênio agarrado ao tambor e, lá em cima, os relógios de marcar a pressão. Tinha mais as duas mangueiras que saíam lá de cima, como irmãs gêmeas, uma com acetileno, outra com oxigênio, volteando feito cobra no chão grudento da oficina, terminando no maçarico com duas válvulas: uma para deixar sair o vapor de acetileno, outra para controlar a pressão do oxigênio. Tudo aquilo parecia um monstro de outro mundo. E agora ele ia sozinho mexer nas entranhas do monstro.

Desapertou o parafuso e abriu a tampa do cilindro de proteção. Tirou o cesto de dentro do cilindro e encheu de água até o nível que já sabia de cor. Encheu de água também o tubo pequeno. Arrumou um bocado de pedras de carbureto no cesto, botou de volta o cesto no cilindro cheio de água e ficou pensando na mágica que ia acontecer. Quando a pedra de carbureto mergulhar na água, vai se transformar em vapor de acetileno. E depois, quando o acetileno sair do bico do maçarico, empurrado com força pelo oxigênio, ele vai se acender com qualquer faísca, e vai jorrar aquele jato de fogo azul, com poder de cortar a barra de ferro, a folha de zinco, de deixar uma marca no metal, parecida com uma cicatriz em carne viva.

Depois de lacrar a tampa do gerador com o parafuso bem apertado, parou para dar um cheiro bem forte nas mãos, querendo que aquele cheiro enjoado das pedras de carbureto entrasse no seu corpo. Cheirou com força, umas três vezes. Queria aquele fedor dentro dele. Queria ser homem de dentro pra fora. Catingar feito homem. Deixar o seu rastro de homem nas ruas em que passar. Ouvir as narinas arrenegarem com força a inhaca travosa que sai do seu corpo. Só depois é que foi regular a pressão da válvula.

Pra completar, agora só falta o cheiro de cigarro. Mas não tem graça nenhuma acender cigarro com chama de isqueiro ou caixa de fósforo. Aqui na oficina, todo mundo acende cigarro no bico do maçarico. Basta a faísca da pedra de um isqueiro sem gás para acender aquela chama mole do acetileno, meio amarela, meio avermelhada. Nunca me deixaram fazer, pois não era coisa pra menino. Mas agora que me mandaram cuidar do gerador, é porque já sou homem, posso acender o cigarro no bico do maçarico. Já vi fazer muitas vezes.

Esse é um momento difícil na vida de um caboco. É a hora de fazer uma dor muito grande numa pessoa a quem se quer bem. Só que é preciso essa dor para esse momento ficar bem marcado. É a hora do trato, de firmar compromisso entre ele que tem um corpo e eu que não posso mais ter. Mas eu preciso de um corpo que me sirva de ferramenta. É como se eu trabalhasse numa oficina, a oficina do mundo, e tem coisa nesse mundo que não se faz sem a ferramenta de um corpo. Esse menino quer virar homem e pensa que virar homem é beber cachaça, fumar cigarro, comer mulher. Ele não sabe que virar homem é aprender a ver com olhos de menino. O que quase ninguém se lembra é que menino nasce vendo tudo. O que é mundo e o que já deixou de ser, mais o que ainda haverá de existir. Aí o menino aprende a falar e só vê as coisas amarradas nas palavras. E vai esquecendo das coisas que não cabem na fala, até ficar com uma porção de nada das coisas do mundo. Olhando bem na cabeça desse povo, o que se vê é uma confusão de coisas de ontem e de amanhã batendo umas nas outras sem encontrar palavra pra existir. E o pobre de palavra sofre que nem doido querendo dizer coisas sem saber o nome delas. É por isso que eu preciso de um olho desse menino. Pra mostrar a ele as coisas que ele não sabe o nome, as coisas que ficaram esquecidas, fora das palavras, que ele não pode falar, mas que eu vou fazer ele ver.

Vou aproveitar agora, que ele vai acender o cigarro no bico do maçarico. Olha ele lá, com o cigarro apagado na boca, abrindo a válvula do acetileno e riscando a pedra do isqueiro. Bastou uma pequena fagulha pro fogo se acender. Agora, ele vai levar o fogo mole do acetileno pra perto do cigarro, bem junto da cara. Só que um pé dele escorregou na sandália de plástico melada de graxa. Ele quis se firmar, mas pisou no par de mangueiras volteadas pelo chão. Perdeu o equilíbrio, coitado, e quando foi se ajeitar pra não cair, o dedo cata-piolho rolou na válvula do oxigênio. Aí a boca do maçarico fez pã e botou pra fora um jato de chama bonita, azul, fazendo zzzzz, se soltando da mão do menino, do quase homem, e lambendo metade da cara dele, cortando a carne, fritando o olho dele, fazendo o pobre desmaiar de tanta dor.

Vocês podem achar que eu sou um índio malvado, que escolhi esse aqui só pra fazer ele sofrer. Mas não é, não, meus irmãos, não é, não. É que cada um nesse mundo nasce com uma missão. Ninguém aparece nesse mundo porque quer. Quem olha lá do outro lado e vê a vida dos homens no mundo arrenega a hora de nascer. Por isso todo mundo chora quando nasce. Por isso toda vida tem que ser levada no cuidado para se sofrer o menos possível. Pois sofrer, todo mundo sofre. E a missão desse menino está ligada à minha. Com o olho que ele me emprestou, eu vou mostrar a ele o sofrimento que as pessoas trouxeram para esse mundo, por conta do que fizeram das outras vezes que passaram por aqui. Eu mostro e ele ajuda as pessoas a não repetir seus erros, para sair desse mundo mais leve, para também voltar mais leve de outra vez.

Agora, ele tem um trato a cumprir comigo. Eu vou ensinar a ele como fazer jurema e ele só vai poder beber jurema. Água e jurema. Nenhuma outra bebida vai poder entrar no seu corpo, pois eu preciso do seu corpo limpo. Só com o seu corpo limpo a jurema vai poder trabalhar. E o trabalho da jurema é deixar o espírito dele mais perto do meu, para ele me escutar melhor e ver melhor o que tenho pra lhe mostrar.

Primeiro ele tem que aprender a conhecer as plantas da Jurema. Saber que tem jurema da roxa, da preta e da branca. Jurema-preta e jurema-roxa, todas duas botam flor. Mas das duas, só a preta tem espinho. É preciso pegar nela com cuidado, que a jurema-preta é caprichosa. Se tratar ela mal, ela te fura. E se ela te fura eu não quero nem saber. A jurema-preta eu não vou dizer pra que serve, pois não é todo mundo que pode saber. Só no fim do ensinamento é que vou soprar no ouvido do menino o que se pode fazer com a preta. Isso se ele conseguir chegar no fim. Todo fim é difícil. A folha da jurema-roxa serve pra fazer defumador pra limpar o corpo, purificar a matéria, se livrar dos espíritos malignos.

A jurema-branca também tem espinho, mas tem pouco. É de sua entrecasca que a gente faz o remédio da jurema. Digo remédio, mas não é só isso. A bebida da jurema é sagrada. É ela que abre os trabalhos nos terreiros. Cada um pega o copo e bebe um golinho, ficando calado no seu canto, sem conversar, sem fazer anarquia, sentindo o calor tomar todas as suas carnes até cobrir a alma toda do crente.

Tem ainda a jurema de caboco, que tem a folha cheirosa parecida com a do mussambê. Também chamam ela de jurema de nagô, mas eu digo logo que não é jurema verdadeira, sendo mais aparentada com a maconha. Quem usa ela é o povo da umbanda, que eu respeito, mas não gosto de muita intimidade. Índio é índio, caboco é caboco. Muita vez a gente trabalha junto, mas depois vai um prum lado e outro pro outro.

Não é que o povo da Jurema seja metido a besta. Muito pelo contrário, a gente é a parte mais pobre, mais sofrida das rodas dos espíritos. Não vou nem falar de mesa branca, de centro espírita, dessas finuras que os doutores inventaram pra doutrinar os encostos. Eles tratam a gente, seja índio, negro ou caboco, como se fosse escravo deles, gente inferior que só é chamada pra fazer trabalho pesado de descarrego. Depois eles fazem lá suas orações, tudo muito limpinho, tudo muito bonzinho, e voltam pra suas casas, seus escritórios, seus consultórios, suas lojas de pano, suas fazendas, pra dar grito em empregado, botar no olho da rua sem nenhum direito, mandar dar uma surra em quem se mete a besta.

Tem o povo da umbanda, que é muito misturado. Eles juntam caboco, preto velho, rezadeira, xangozeiro, vaqueiro, cigano, alma de menino, tudo junto, como fim de feira. É o jeito deles, pois quem pratica a umbanda é assim mesmo, um povo misturado, gente pobre e alguns remediados, sem ter quem cuide deles. Por isso, de vez em quando aparece um sabido, uma sabida, dizendo que lê o futuro nas cartas, que abre caminho para emprego, que traz de volta os amores perdidos. E o pobre do povo vai lá, gastar o pouco do dinheiro que ainda tem.

Um povo que eu respeito é o que veio da África. Mas eles lá e eu cá. É muito rei, muita rainha, cada um mais nobre que o outro. Meu maior respeito é com a nação jeje.

Principalmente porque lá os orixás não falam. Quando um orixá desce, é preciso outro cavalo para receber a voz do santo. Assim eles conservam melhor os seus mistérios. Acho bonito. Mas é como eu digo: eles lá e eu cá.

E eu cá, o que é que faço? O que é que eu posso fazer, assistindo daqui à morte e à pobreza do meu povo? Eu, que nem corpo tenho, e se tivesse não sei se ia ter força pra fazer alguma coisa por esse povo que morre e só morre, desde o primeiro navio que atracou por essas bandas.

Por isso preciso do corpo desse menino. Pois se eu não posso fazer nada para manter meu povo vivo, pelo menos posso ajudar a manter vivo o que resta de memória do meu povo. E uma boa parte dessa memória se esconde no líquido escuro do vinho da Jurema. Agora que ele já sabe de onde vem o vinho, é preciso saber o que fazer com ele. Porque o vinho da Jurema não é coisa pra toda hora. Ele tem seu tempo e seu lugar certo. Não é pra fazer como certas pessoas, que usam qualquer desculpa para beber. Dor de cabeça, dor de veado, dor de corno. E tome a beber jurema, até que a Jurema se vinga delas. Aí elas acham ruim.

Vou ensinar a ele a dançar ouricuri. Mas só ele vai poder saber de tudo que se faz no ouricuri. Os de fora só precisam ficar sabendo que ele se faz em duas partes. A primeira é o Particular. Só entra quem for mestre. Lá dentro da maloca, com roupa de penas, colar no pescoço e seus apetrechos — o arco e a flecha das lutas, o maracá para marcar a dança —, os mestres fumam fumo-de-rolo nos cachimbos de raiz de pinhão bravo e bebem o vinho da Jurema. Tem dias de maior respeito, em que os mestres usam máscaras com a cara dos espíritos dos seus avós, que depois tomam o corpo para falar com os vivos. O que acontece lá dentro além disso, já disse, não interessa a todo mundo. Depois vem a segunda parte, já fora da maloca, em que todo mundo pode se meter. Agora parece mais uma festa, onde se bebe jurema nas cabaças de cuité e se fuma cachimbo para dançar o toré, o praiá, conforme a nação que faça a festa.

Mas o ouricuri é coisa do passado. Hoje em dia quase que não tem mais nação de índio. E as que sobraram estão se acabando na fome, na cachaça e na safadeza ensinada pelos brancos. Aqueles da mesa branca. De alma vazia, muito índio prefere se matar. É por isso que eu me agonio de ver a alma do meu povo se esvaziando. É por isso que no lugar do ouricuri apareceu o catimbó. E é pra isso que eu quero esse menino. Pra ser catimbozeiro.

———

Não sei como aprendi a ser catimbozeiro. Só me lembro de quando me ceguei com o maçarico, mesmo ainda no hospital, comecei a ver umas coisas estranhas. Eu olhava pra uma pessoa e via duas. Uma era ela, do jeito que era agora. Outra também era ela, mas de um jeito diferente, como se fosse ela antigamente. A roupa era diferente, o corpo mesmo era diferente, mas eu sabia que era a mesma pessoa. Vinha um médico e eu via que ele tinha sido um curandeiro. Vinha uma enfermeira e eu via que ela tinha sido uma rezadeira. Olhava de lado para os meus colegas de enfermaria e às vezes via um índio deitado, outras vezes um pajé me olhava firme sentado na cama. Saí do hospital com aquilo. Contei em casa e minha mãe disse que não gostava dessas coisas, mas eu devia procurar um homem que vendia raiz lá na feira, conhecido como Doutor. Conversasse com ele, que ele ia dizer o que estava acontecendo.

Fui procurar esse tal Doutor e ele, mal me viu, foi dizendo que eu ia ver melhor com o olho furado do que com o bom. Só que às vezes eu não ia gostar muito do que ia ver com ele. Apareça lá em casa hoje de noite que eu converso melhor com você. Agora é hora de ganhar dinheiro vendendo minhas ervas.

Chegou de noite e eu estava lá. Doutor me recebeu com uma cara boa, feito um pai. Era um mulato meio arredondado, sem ser gordo. A cabeça já pintando, os dentes grandes muito brancos, um riso de quem sabe mas quer esconder. Começou a dizer que gostava mais de ser chamado de juremeiro. Catimbozeiro tinha virado xingação, nome feio. Juremeiro era melhor, pois lembrava o Reino da Jurema, uma terra abençoada onde os espíritos vivem na maior felicidade, junto de seus mestres e mestras. E Doutor botou o braço por cima dos meus ombros e me levou pra dentro da sua camarinha, onde imperava o cheiro forte do defumador de sete ervas. A vista demorou a se acostumar com a pouca luz que vinha de uma vela de sete dias acesa bem no meio de um altar coberto com uma toalha de linho branco. Era o pejí, cheio de imagens bem conhecidas nas casas pobres e remediadas. Umas imagens de índios e cabocas de pena, feitas de gesso pintado. Esse aqui é mestre Antonio Caboquinho, falava Doutor, mostrando um busto de índio pintado de preto. Ele protege das brigas quem procura por ele. Ai de quem estiver numa sessão em que ele se zangar. Tem também este mestre Floral, que é casamenteiro, e mostrava um índio com um cocar de folhas. Tem mestre Pequeno, muito bom pra descobrir coisa perdida. Mas também é muito fuxiqueiro. Se descobrir um malfeito de alguém, conta na frente de todo mundo. Isso ele dizia mostrando uma cabeça pintada de marrom, com um chapéu de vaqueiro. Tem muito índio e muito caboco bom, mas o melhor deles é o mestre Carlos, o que aprendeu sem se ensinar. Desse não existe nenhuma estátua. O pai dele se chama Inácio de Oliveira e quando era vivo trabalhava na Jurema. Mas não ensinava nada pro filho, que era muito buliçoso. Um dia que o pai estava fora, Carlos pegou todos os apetrechos da feitiçaria e levou pra baixo de um pé de jurema, sozinho, e fez uma sessão. Lá mesmo ele entrou em transe e ficou três dias, sem que ninguém soubesse onde estava. Aí o pai fez uma sessão pra saber onde estava o filho e nessa mesma sessão o menino baixou pra dizer que estava morto. A partir desse dia, nunca mais deixou de baixar nas sessões de Jurema para proteger as moças e os rapazes, principalmente em assunto de casamento. Seu pai, Inácio de Oliveira, também virou mestre juremeiro depois que desencarnou.

Também tem as mestras. Angélica e Flor são casamenteiras. Faustina é parteira. Iracema protege quem se perde na mata. Doutor ia falando e mostrando um bocado de imagens de caboclas, quase sem nenhuma diferença de uma pra outra. Mas tinha uma delas vestida com roupa de marinheiro. Era mestra Laurinda, protetora dos barcos e navios, muito querida dos embarcadiços. Muito perto dela estava uma figura que ele demorou a entender. Mas depois viu que era uma compoteira de vidro azul que já tinha visto igual na casa de uma tia. Da tampa da compoteira saía um peixe com o rabo pra cima, os beiços carnudos parecendo zombaria. Esta é a Sereia do Mar, disse Doutor com a voz mais grave e mais séria. E não disse mais nada.

Também, se dissesse, ele não ouvia. O cheiro de defumador e a pouca luz que obrigava a olhar bem firme nas imagens do peji, mais a voz de Doutor falando o nome daqueles mestres, mais uma voz lá dentro de sua cabeça cantando uma linha que ele não conhecia, tudo isso foi deixando ele zonzo, a respiração pesada, o corpo formigando, uma luz roxa tomando conta da sua vista levavam ele para um lugar fora dali. Quando voltou, estava sentado no chão, encostado na parede de taipa da camarinha, um maracá numa mão, um copo de vinho de Jurema na outra. Doutor foi quem disse a ele o que tinha acontecido. Um caboclo de muito poder, chamado Rei do Juremá, tinha baixado nele e contado o que tinha feito e o que ainda tinha que fazer com ele. Dessa hora em diante, ele ficou morando com Doutor, até aprender todos os segredos da Jurema e poder abrir a sua própria tenda.

Eu já tinha avisado a ele: o vinho da Jurema não é pra ser bebido à toa. Esse Doutor, que eu escolhi pra ensinar a ele, também avisou: esse vinho é coisa sagrada. Só se pode beber na hora da obrigação. Mas não ouviu, foi ser teimoso, olha no que deu: viciou. E de tanto beber, a jurema deixou de fazer o efeito sagrado. Não via mais nada além das coisas, não ouvia mais minha voz nem a de nenhum outro mestre. Agora, tudo o que ele quer é ficar bebo, desde manhãzinha até dormir na boca da noite, pelas calçadas, debaixo dos bancos da feira. Agora eu não quero mais ele. Fico com pena, pois quando escolhi ele, era um menino bom, prometia ser um bom juremeiro. Foi com o espírito pesado que criei coragem de tirar o olho dele. Não gosto de fazer malvadeza, muito menos com quem pego afeição. Agora está ele aí, largado no mundo. Quando consegue voltar pra casa, o Doutor lhe dá guarida, manda ele dormir no quarto por trás da camarinha, mas não quer nem que ele passe pela porta do seu lugar de trabalho. Botar pelo menos uma gota de jurema na boca, nem pensar. No mais das vezes, dorme mesmo na rua, com os outros bebos de feira. Até que não são gente ruim. Cada um tem o seu jeito de viver, cada um já cumpriu uma função na vida. Agora estão lá, esperando que Deus lhes dê uma boa morte. Daqui, debaixo da sombra do pé de jurema, eu vejo o caminho torto que esse menino vai fazer. E pra mim só resta esperar por ele no fim desse caminho. Ele bem que vai precisar.

———

Lá vou eu pra mais um dia. Mais um dia de leseira, um dia de nada. De andar pela feira, de pedir pelas casas, de esperar que paguem qualquer coisa pra eu beber. No fim da tarde, o mesmo de sempre. Caminhar feito um zumbi, chegar na casa do Doutor ou cair de cansado em qualquer canto da feira. Me esqueci de tudo o que Doutor me ensinou. Me esqueci também de tudo que já foi a minha vida. Não sei se ainda tenho mãe, se tenho pai, não sei mais de meus irmãos. Só me vejo agora com uma obrigação. Começar do nada cada dia que me resta, inventar meu tempo, gastar esse mesmo tempo com nada e todo dia começar de novo. Todo dia passo na frente dessa oficina e vejo com o olho que me resta os homens lá dentro trabalhando. Tudo o que eu queria era ser um homem como eles. Fedendo como eles, fumando como eles, falando das mulheres como eles. O dono da oficina ainda se lembra de mim, às vezes me dá um cigarro, outras vezes uns trocados para uma lapada. Não demoro muito por lá. Me dá desgosto não ter virado homem como eles.

Não tenho pressa em virar essa esquina e passar pela frente daquela movelaria. Um dia um homem me parou pra me perguntar se eu ainda era catimbozeiro, se não sabia uma reza forte pra amarrar uma mulher. Disse que se ele me pagasse eu ensinava. Ele disse que pagava e hoje eu vou ensinar a ele a oração da Cabra Preta que aprendi com o Doutor.

Tem muitas qualidades de oração da Cabra Preta. Tem a do Pará, tem a da Paraíba, tem a do Rio Grande do Norte. Mas a verdadeira mesmo é a que está escondida no livro de São Cipriano. Sei de uma mulher que tinha um livro desse trancado num saco. Mas não vou dizer que conheço a oração verdadeira. Só sei uma que é uma mistura das três que o povo da Jurema conhece. É assim: "Minha Santa Catarina, vou debaixo daquele enforcado, tirar um pedaço de corda para prender a Cabra Preta, tirar três litros de leite, fazer três queijos, dividir em quatro pedaços, um pedaço pra Satanás, um pedaço pra Caifás, um pedaço pra Ferrabrás, um pedaço praquela mulher, pra abrandar o coração dela, que eu quero ela já, já, e que ela não consiga nem dormir, nem comer, nem beber, enquanto não fizer o que eu quero. Turumbamba no campo; trinco fecha, trinco abre; gato preto mia; Cabra Preta aparece; cachorro preto ladra; meia-noite já bateu; galo preto já cantou. Assim como trinco fecha e trinco abre, quero que o coração daquela desgraçada não tenha sossego enquanto não vier falar comigo e nem possa dormir com outro homem que não seja eu." Depois de rezar a oração na meia-noite de uma sexta, o sujeito deve dar um nó num lenço preto dizendo: "Isto é um nó no cabelo dela."

Ensinei a oração pro homem que me pagou bem pago. Olhou com os olhos perdidos para uma casa de vila e disse pra ele mesmo: "Agora essa Darque vai ver no que dá se meter com José Maria."

Ouvi aquilo e tive medo. Apressei o passo como pude, na pressa que as pernas podiam ter. Sabia que tinha feito uma coisa que não devia ter feito. Aquele homem ia fazer o mal que eu tinha ensinado a ele. Ai que agonia é essa no meu peito? Como é que eu posso me livrar dessa sentença? Como é que eu posso desmanchar esse malfeito? Não tem, não tem quem me valha no escuro dessa feira. Ninguém que eu veja com meu olho bom. O que eu vou ver com meu olho queimado? O que é aquilo ali na frente, quem é que me olha com um cocar de penas cobrindo uma cara de raiva, um joelho no chão, o outro sustentando uma mão que empunha um arco? A outra mão estica a corda com uma flecha apontada pra mim. Daqui você não passa, é o que me diz sem uma palavra. E de repente sua cara aponta para o canto entre o portão do mercado e uma barraca. Olho e vejo quatro homens em volta de uma tábua com um bolo branco onde morre um pouco de fogo. Volto a cara para o lugar onde o índio me barrava e não tinha mais ninguém.

 Chegou o dono do outro pedaço. Pode chegar. A gente estava esperando por você. Não se assustou com aquelas palavras. Andou devagar para junto dos outros, viu os cinco pedaços de charque ainda chiando no meio da farinha, apanhou um e ficou esperando que os outros fizessem o mesmo. A agonia foi embora do seu peito, teve vontade de abraçar aqueles lá, como se fossem seus irmãos. Não fez, porque sentiu que não precisava. Alguma coisa os abraçava por dentro.

darque

Só me caso quando puder ter um fogão a gás. Porque não vou sair da casa da minha mãe para viver com um homem que não pode nem comprar um fogão novo. Minha vida eu vivi assim, vendo minha mãe na beira do fogão. Depois fui eu mesma morar na cozinha, cozinhar junto com a comida, me queimar sem saber, às vezes, se o fogo que sentia vinha do fogão ou de dentro de mim mesma. O primeiro fogão que me lembro ficava do lado de fora da casa. Nem era mesmo um fogão. Era uma trempe, uma armação de paus sustentando uma laje de barro com dois buracos onde se botava a lenha por cima de uns gravetos secos para pegar o fogo. A panela ficava se equilibrando encaixada nos toros de lenha, capaz de cair. Tempo de pobreza, esse, quando muitas vezes nem se precisava de lenha por não ter o que cozinhar com ela.

Mas tendo ou não o que botar no fogo, eu ia buscar lenha. Eu acordava bem de manhã, com um frio bom que me pregava na cama. Mas era maior a vontade de abrir a janela e ver a cerração cobrindo o morro lá longe, onde a estrada se escondia. Por trás da casa, meio distante, tinha uma mata. Mamãe dizia para eu não entrar, para não me perder. Por isso eu ficava nas bordas, catando no chão os galhos secos que caíam das árvores. Ia juntando, fazendo um feixe pequeno, do tamanho que eu podia carregar com minhas mãos de menina, vestidinho de chita por cima do couro, de pés descalços que me levavam correndo para qualquer lugar que eu quisesse ir. Menos para dentro da mata, com seus papa-figos, com a comadre fulozinha, o curupira, a caipora e muitas outras invenções de fazer medo.

Minha mãe me falava dessas assombrações, mas nunca me disse nada dos homens. Era como se homem não existisse. Era como se eu tivesse nascido só dela. Nunca abriu a boca para falar se eu tive pai. Nunca me mostrou um retrato dele, nunca deu um suspiro de saudade por qualquer homem que fosse. E eu não era nem doida de perguntar. Era como se só existissem nós duas no mundo e no mundo só existissem mulheres. Eu, ela e minha vó, Dona Mocinha, que morreu faz tempo e agora é só retrato. As poucas vizinhas de bom-dia e boa-tarde, a mulher do pastor que de quando em vez vinha orar com a gente e trazer umas ajudas de roupa e comida que o povo dela mandava lá do estrangeiro.

Minha mãe tem um nome: Dona Almerinda. Não sei o que esse nome quer dizer. Também, não tem importância. Eu só chamo ela de mãe. Na maioria das vezes, eu nem chamo. Basta eu olhar pra ela, que ela na mesma hora olha pra mim. Basta eu querer falar com ela, para ela chegar perto e perguntar o que foi. É como se a gente fosse uma só. Como se tivesse um coração só, uma alma só. Tudo o que eu sinto ela parece sentir. Tudo o que ela sente eu sei que sinto também. Só tem uma coisa que eu não consigo sentir dentro dela. É o que ela já sentiu por um homem. Isso está trancado dentro dela, de um jeito que nem eu consigo tocar.

Só me caso depois que eu me acostumar com a idéia de ter um homem. Porque eu só fui me dar conta de que existia homem no mundo no dia em que eu fui buscar lenha e ouvi um barulho dentro da mata. Umas pancadas duras de machado derrubando pé de pau. Meus pés foram me levando devagar, com cuidado para não fazer barulho por cima das folhas secas. Não sei por que, quanto mais eu chegava perto das pancadas, mais meu coração batia, mais minha boca ficava cheia d'água, mais eu sentia uma agonia subindo do pé da barriga até o meio da garganta. E subia um cheiro forte do chão da mata, que se misturava com o cheiro forte do meu corpo. Era como se eu estivesse adivinhando o que ia ver. No meio de uma clareira, de costas para mim, de frente para uma árvore desgalhada, eu vi o corpo nu e suado de um homem. Seus braços fortes levantavam o machado com vigor e com vigor batiam com o machado no tronco seco da árvore. Parei estatelada. Vi pouco porque virei as costas e corri fazendo barulho por cima das folhas. O machado parou de bater e os olhos do homem bateram em minhas costas. Estanquei a carreira e virei o rosto por cima do ombro, arriscando ver o que queria. Vi pouco, mas vi quase tudo. O homem de frente, uma visão confusa de um corpo suado, uma mão segurando o machado apoiado no chão, a outra cobrindo alguma coisa que eu não devia ver no meio de suas pernas. Sua cara era de susto, a minha era de medo. Medo do que não vi, medo do que tinha de contar pra minha mãe. Medo de falar pra ela que agora eu já sabia o que era um homem. Mas resolvi não falar nada. Minha mãe não ia entender nunca que um homem era aquilo: um machado em uma das mãos, uma coisa escondida na outra.

Assim é que eu fui menina, até o dia que a gente se mudou para uma casa com cozinha. O telhado ia baixando do meio da sala até os fundos da casa. Passava na cozinha bem baixinho, quase não dava uma pessoa em pé. Mas era cozinha e tinha fogão. Meio parecido com o outro, mas um pouco mais bem-feito. As bocas de fogo eram de ferro, e já havia dinheiro para comprar carvão. A tisna cobria as panelas de barro e o esmalte branco enfeitado com um cacho de flores azuis do bule e da chaleira. Era bom, depois do almoço, ir com as moças mais velhas arear as panelas com a areia fina do riacho que passava lá por trás dos quintais das casas. As moças falavam umas coisas por alto, pra eu não entender direito, mas eu não era boba e sabia que falavam dos homens. Como se eu não soubesse como era um homem. Como se eu já não tivesse visto o que pode esconder uma mão de homem.

Uma vez, uma mulher do riacho perguntou meio debochada: tu já virou moça, menina? Não sabia o que era virar moça. Sabia naquela hora que não podia ser uma coisa boa, pois todas as mulheres pararam de arear as panelas para rir de minha cara encabulada.

Virar moça, virar moça... Minha mãe devia saber o que era, pois me contava histórias de homem que vira lobisomem, de mulher de padre que vira mula-sem-cabeça, de mulher corcunda que vira serpente quando fica velha. Quando cheguei em casa, fui direto pra cozinha e disse: mãe, uma moça do riacho perguntou se eu já tinha virado moça. Eu já virei? Ainda não, respondeu ela. Quando virar, você mesma vai saber. Agora vai cuidar de tuas coisas que eu tenho mais o que fazer.

Virar moça... O nome da minha vó é Dona Mocinha. Mas não acho que a mulher do riacho perguntou quando é que eu vou ficar velha. Ela perguntou se eu já tinha virado moça. Moça, que eu saiba, é uma mulher nova que ainda não chega a ser mulher. As moças que eu conheço têm mais corpo do que eu, têm as pernas mais grossas, a cintura mais fina e têm os peitos grandes. Os meus ainda não nasceram. A não ser que eu chame de peito esses carocinhos que estão aparecendo. Um dia eu vinha do riacho com o vestido molhado colado no corpo e um homem safado que bebia cachaça no balcão da venda gritou: olha as pitombinhas dela. Daqui a pouco ela vira mulher. Aí é que eu fiquei embaraçada. A mulher do riacho diz que vou virar moça. O homem da venda diz que vou virar mulher. Alguma coisa, na certa, estou virando. Pois este corpo de menina parece que não está dando mais em mim.

Ai esse corpo que não se aquieta. Esse formigamento nas pernas, essa agonia nas juntas, essa vontade de chorar não sei por quê. Ai essa vontade de gritar, de cantar, de ficar muda pelos cantos. Ai esse calor que não passa, esse suor leitoso nessa cama que ficou pequena pra meu corpo. Ai essa coisa molhada e peguenta entre minhas pernas. Meu Deus, eu me cortei? Alguma coisa se rasgou dentro de mim? Que sangue é esse que sai do meio de minhas coxas? Mãe, me acuda, me acuda, minha mãe, que eu estou sangrando.

A mãe chegou, me entregou uma toalhinha e disse sem olhar na minha cara: bota isso entre as pernas. Não tome banho frio, não faça trabalho pesado, não fique muito no sol, não passe nem perto de um pé de limão. Agora você virou mulher, já pode ter filho.

Então, o homem da venda ganhou. Minha mãe disse que eu virei mulher. Mas eu queria ter virado moça. Queria ter peito grande, duro. Queria ter coxa grossa, cintura fina. Queria ir no cinema, namorar, dançar bolero. Mulher eu não queria ser não. Mulher é feia, tem peito mole de tanto dar de mamar aos filhos. Não tem cintura de tanto que pariu. Mulher não sai da cozinha, não se penteia, não dá passeio. Mulher é uma coisa triste. Eu não. Eu quero ser moça.

———

Um dia minha vó chamou a gente para morar com ela. Mulher esquisita, essa Dona Mocinha. De poucas palavras, resmungadas por cima dos ombros, sempre de costas pra quem falava com ela. Por isso o povo das casas falava mal dela, dizendo coisas feias, que tinha um saco de estopa cheio de coisas ruins para trabalhar para o demônio. Umbigo de menino que nasceu morto, bico de coruja, cabelo de defunto, panos sujos de sangue de mulher, asa de morcego e outras coisas ruins, guardadas no saco, como um avesso de tesouro. Mas não tinha nada disso. Minha vó tinha um saco de estopa, sim. Mas dentro dele guardava as coisas que usava nos muitos trabalhos que fazia para levar a vida. Trabalho que pouca gente sabia ou queria fazer: ser parteira de parto difícil, lavadeira de defuntos, carpideira de mortos sem ninguém, adivinha da sorte dos outros com os pingos de vela na água da bacia pequena, benzedeira. Era o que mais gostava de fazer, benzer menino com olhado e homem ou mulher com espinhela caída. De proibido naquele saco só tinha uma coisa, o livro de São Cipriano, pois ele tinha uma reza que a vó nunca se atreveu a rezar: a oração da Cabra Preta Milagrosa, a que chamava as forças escuras para amarrar os amores.

Amarrar um amor, ai como eu queria. Mas se me dizem que o amor é fogo, como é que eu posso amarrar o fogo, prender o fogo? O fogo só se prende no fogão, onde ele fica bem-comportado, como um menino de castigo. Mesmo assim, ele às vezes se comporta como um menino traquinas, um diabinho que gosta de pregar peça nas mulheres, esperando que elas se distraiam à beira do fogão para aumentar o calor e esborrar o leite ou queimar o pão. Pior é quando o fogo enlouquece, fica ruim e faz miséria.

E a miséria veio com o fogão a querosene que a avó de Darque comprou de segunda mão. A mulher que vendeu veio ensinar a acender. Primeiro se bota uma colher de sopa de álcool numa pequena entrada entre os botões. Aí se acende um fósforo, fazendo aparecer uma serrilha de fogo azul muito bonita. É esse fogo que vai acender as bocas do fogão, alimentadas pelo querosene. Era muita ciência para a vó e a mãe de Darque. Por isso ela foi escolhida para acender o fogão pelo menos três vezes por dia.

Um dia, Darque não estava. Tinha ido na feira com a mãe. Dona Mocinha queria passar um café. Fez tudo direitinho, botou o álcool com a colher, riscou o fósforo, mas nada da serrilha de fogo azul aparecer. Aí ela perdeu a paciência, pegou a garrafa e despejou direto, até a boca de entrada da serrilha transbordar. O fogo não teve piedade, subiu da boquilha do fogão, estourou a garrafa, caiu por cima da mulher, tomou todo o seu corpo, grudou o vestido na pele e a mulher saiu correndo pela rua, em chamas. O fogo voando com sua vó nas asas e ela ali, com sua mãe, no meio dos gritos das mulheres e da correria dos meninos, sem poder fazer nada.

Sem poder fazer nada, gastaram o tempo mais ou menos de um mês. Um dia Dona Almerinda passava pela porta da camarinha da avó. Lá estava o saco de mistérios. Vou jogar fora, pensou, e entrou no quarto. Quando estava se abaixando para apanhar aquela tralha, sentiu uma força voltando com o corpo dela para cima. Daí não mandava mais nela. Era como se assistisse ao lado o que seu corpo fazia. Ele saiu do quarto, passou pela sala, saiu pela porta, apanhou no terreiro uns ramos de vassoura de botão e andou até uma casa na esquina da rua, onde morava a costureira. Entrou, viu uma mãe aflita com um menino morrendo no colo. Como é o nome dele, perguntou. Rodrigo, respondeu a mãe, como se já esperasse por ela. Sua boca então falou:

"Rodrigo, quem te botou esse olhado? Tem o ar morto, tem o ar vivo. Com dois te botaram, com três tirarão. Dois Senhor São Pedro, dois Senhor São João, com as palavras de Deus e a Virgem da Conceição. Com dois te botaram, com três eu te tiro, com as palavras de Deus e a Virgem Maria."

Rezou um pai-nosso, uma ave-maria e repetiu tudo três vezes. O menino foi abrindo os olhos, bocejando como quem acorda, e quando ela terminou ele deu um pulo do colo da mãe e foi brincar na rua. Quanto lhe devo, perguntou a mãe; dê o que puder, que eu não faço isso por dinheiro. E além do dinheiro saiu levando o cheiro meio enjoado de pano novo que inundava a sala da costureira.

Depois disso, não parou mais de ir gente procurar a mãe de Darque. Quem tinha mal-de-monte, ou erisipela, como outros chamavam, ela rezava assim:

"Paulo e Pedro foram a Roma. Jesus Cristo encontrou lá. Perguntou a Paulo e Pedro qué que ai por lá? Senhor, mal-de-monte, erisipela má. Volta Paulo e Pedro e vai curar. Com água da fonte e pó da guia, com as palavras de Deus e da Virgem Maria."

E a pele ia perdendo o vermelho, a inflamação deixava de doer, podendo a pessoa até jogar fora aquela fita vermelha amarrada na perna ou no braço doente.

Darque ficava espantada com a mãe dizendo aquelas palavras que nunca quis repetir ou decorar, pois sempre teve uma queda pelos crentes, por aqueles hinos bonitos que a mulher do pastor ensinava a ela. Não rezava, ela dizia. Reza era coisa de católico e de catimbozeiro. Orava pra Deus, em pensamento. Mas agora ela fechava os olhos na frente do sofredor e rezava:

"Que é que eu rezo? Dor de cabeça, dor de pontada, dor de chunchada, constipação, rezo o sol, rezo a lua, rezo estrela, rezo a réstia. Com as palavras de Deus eu te curo, com as palavras de Deus ficarás bom. Com as palavras de Deus e da Virgem Maria."

Peito aberto, carne trilhada, espinhela caída, até bicho engasgado ela rezava:

"Homem bom, mulher má. Esteira velha, ceia má. Com as palavras de São Brás Bispo, pra riba ou pra baixo, desengasgai."

Mas a reza mais bonita que Darque ouviu não veio da boca da mãe. Foi um dia em que Dona Almerinda tinha saído e veio uma mulher desesperada com o filho novinho nos braços. Chame sua mãe para salvar meu filho, pediu a mulher quase chorando. Minha mãe não está, disse Darque, mas deixe que eu mesma rezo. Como é o nome dele? Não sabe por que disse aquilo. Não sabia reza nenhuma. O nome dele é Rogério. Era como se sua avó estivesse junto dela, soprando em seu ouvido as palavras que saíam de sua boca. Mas sabia que não era sua avó. A voz que escutava era outra:

"Andava Jesus, José e Maria
e suas duas filhas:
uma que fiava, a outra que cosia.
A que curava de quebranto e olhado,
a Rogério, criatura de Deus, curava.
Anda Rogério.
Não posso, Senhor.
Que tens, Rogério?
Se for olhado na tua beleza, na tua bondade,
na tua meiguice, na tua fortuna,
assim como foi curado São Lázaro em suas chagas,
assim serás tu, Rogério, criatura de Deus,
curado."

De quem podia ser aquela voz que ensinava uma reza tão bonita? Essa pergunta não saía da cabeça de Darque e só uma pessoa poderia lhe responder. Um juremeiro, que vendia ervas na feira e tinha um terreiro numa rua estreita já perto de um descampado pras bandas da beira de um rio de água amarelada. Todo mundo o chamava de Doutor. E foi esse Doutor que lhe disse: aquela reza era de uma mestra lá da banda das Alagoas. Dona Luça era o nome dela. E essa Dona Luça era diferente de todas as mestras da Jurema. Ela era viva. Gostava tanto de rezar os pequeninos que, mesmo quando dormia, a alma dela saía do corpo e ficava espreitando o chamado das rezadeiras aflitas que não se lembravam das rezas certas para cada necessidade. Foi ela, minha filha, que sentiu seu aperreio e veio lhe ajudar.

Darque agradeceu ao Doutor e ficou contente de saber da existência dessa Dona Luça. Agora, além de sua avó, sabia que podia contar com ela nas horas de suas agonias.

―――

Minha mãe bem que podia inventar uma reza para eu arranjar um namorado. Mas eu não sou nem doida de pedir isso a ela. Ia ouvir de novo a cantilena de que homem é tudo igual, homem não presta, homem só quer fazer filho na gente e jogar fora, foi assim que teu pai fez, vai ser assim com qualquer homem que você achar nesse mundo. Não queria mais escutar isso. Queria escutar uma voz que me chamasse meu bem, que dissesse que sou bonita, que me pedisse em noivado, que me falasse em casamento. Que me prometesse uma casa com uma cozinha de azulejo e um fogão a gás.

Estou aqui pensando essas coisas na frente de uma loja, olhando esse fogão a gás e pensando no homem que irá comprar ele pra mim. E lá de dentro vem esse rapaz moreno que me pergunta o que desejo. Tomo coragem e digo: desejo um homem que dê esse fogão pra mim. Eu posso dar, é só você querer, me disse o moço. Bem que eu queria, respondi, mas eu nem sei seu nome. Zé Maria, seu criado, ele me disse. Vou lhe dar este fogão e muito mais. É só você me fazer gostar de você. Como é que se faz isso, perguntei. Você deve saber, respondeu sem olhar pra mim, abrindo a carteira de onde tirou um retrato três por quatro. Peguei o retrato, botei dentro do sutiã, de um jeito que ele não visse meu peito. Se ele quisesse ver, que me desse um fogão.

Fui pra casa pensando em descobrir como se prende um homem pra se ganhar um fogão. Um fogão-homem pra guardar meu fogo. Aí eu me lembrei do livro de minha vó. O livro escondido que tinha a oração que amarrava os amores. Então eu entrei no quarto em sombras de minha vó, abri o seu saco de estopa e tirei de dentro o livro proibido, com um crucifixo pregado na capa de prata. O antigo e verdadeiro livro gigante de São Cipriano, dividido em dez partes, extraído do *Flor Sanctorum* por Adérito Perdigão Vizeu, a única obra que contém a famosa oração da Cabra Preta Milagrosa. Do saco também tirei uma vela preta e, tremendo de medo, levei o livro para a mesa da cozinha, tirei o retrato de Zé Maria do sutiã, peguei uma faca de ponta e cravei bem na testa do meu namorado. Acendi a vela preta, fiz três vezes o sinal-da-cruz e li sussurrando, entre soluços e arrepios, a oração que mesmo minha vó nunca tinha tido coragem de rezar:

"Cabra Preta Milagrosa que pelo monte subiu, trazei-me Zé Maria que de minha mão sumiu. Zé Maria, assim como o galo canta, o burro rincha, o sino toca e a cabra berra, assim tu hás de andar atrás de mim. Assim como Caifás, Satanás, Ferrabrás e o Maioral do inferno que fazem todos se dominar, fazei Zé Maria se dominar, para me trazer cordeiro, preso debaixo do meu pé esquerdo. Zé Maria, dinheiro na tua e na minha mão não há de faltar, com sede tu nem eu não haveremos de acabar, de tiro e faca nem tu nem eu não há de nos pegar, meus inimigos não hão de me enxergar. A luta vencerei com os poderes da

Cabra Preta Milagrosa. Zé Maria, com dois eu te vejo, com três eu te prendo com Caifás, Satanás, Ferrabrás."

Caifás, Satanás, Ferrabrás. Ferrabrás, Satanás, Caifás... Demônios de palavras que nadam no escuro do quarto, fugindo do clarão da vela. Palavras de capa preta que batem umas nas outras, se misturam. Cainás, Satabrás, Ferrafás... Palavras feitas de enxofre que rodeiam a cabeça de Darque, volteiam em torno do seu corpo, descem em corrupio até os pés. Tararan, tararan, tararan... As palavras não dizem mais nomes, não dizem mais nada. São ritmos apenas, dança de palavras, roda de coco de umbigada.

Somem as palavras, de repente. Joana Darque está sozinha com seu corpo. E num ponto do seu corpo que ela não suspeitava nasce um calor, ou será um calafrio, uma pontada, feito uma mordida de formiga, um formigamento que ondula por dentro das carnes. E pulsa e cresce e toma o corpo todo que estremece, se contorce e perde o fôlego. Mamãe, mamãe, me acuda que eu estou sumindo, quer gritar, mas cala. Ela está sumindo e quer sumir. Quer ficar para sempre diluída nesse fogo, nesse gelo, nessa falta de bordas por onde seu corpo se esvai.

O que foi isto dentro do meu corpo? Onde estava guardada esta coisa? Quanto tempo eu fiquei neste quarto? Quando isto vem me visitar de novo?

Era dia claro. Podia ver pelas frestas de luz que vazavam pelas telhas. Estava deitada no chão do quarto. Mexeu o corpo e sentiu uma dor gostosa pelas carnes. Apurou os ouvidos para dar conta do que dizia uma voz de homem que vinha da sala. É aqui que mora Darque? Diga que Zé Maria quer falar com ela.

A mãe de Darque sentiu uma agonia no peito. Zé Maria, Zé Maria, que sina a minha de ser perseguida por esse nome. Pobre filha minha, vai conhecer homem, vai se emprenhar, vai cozinhar o filho na barriga na beira do fogão, vai botar esse filho no mundo e esse filho não vai ver o pai, pois nenhum Zé Maria espera para ver o filho nascer. Um fogão a gás não vale esta pena. Mas se assim Deus quer, que venha mais este Zé Maria.

E Zé Maria vinha todas as noites para o namoro. Primeiro na calçada, depois no pequeno terraço cavado na frente da casa, depois pela casa toda, menos no quarto onde dormiam Darque e sua mãe. O outro quarto, de costura e reza, foi aos poucos ficando apertado com as coisas que Zé Maria ia comprando. E a primeira coisa foi o fogão a gás. Darque olhava para aquela peça branca e brilhante que fazia mais brilhar seus olhos. E se via grávida, esquentando a barriga na beira daquele fogão, fazendo comida para o seu marido, o seu Zé Maria que chegaria com fome do trabalho na loja.

O tempo demorava a passar, mas graças a Deus vinha chegando o dia. Vai ser amanhã, uma tarde de sábado. E hoje o dia é de trabalheira. Mesmo sendo de pobre, tem certas coisas que num casamento não podem faltar. O vestido de noiva foi feito pela costureira, mãe daquele menino Rodrigo que Dona Almerinda rezou. O bolo estava sendo confeitado por uma vizinha que Darque ajudava no cuidado com os filhos. O resto, as empadas, os canudinhos recheados, os bolinhos de bacia, tudo estava sendo feito ali mesmo, na cozinha, assado no forno de porta de ferro aquecido pelas brasas vivas do carvão. Não faltava gente para ajudar. Darque e Dona Almerinda tinham muitas amigas, todas bem prendadas, as mãos apuradas no ponto certo dos temperos da comida simples do dia-a-dia. A cidra para o brinde, refrigerantes para moças e meninos e cerveja para os amigos da loja, isso era com o Zé Maria.

Mas o trabalho dobrado daquela sexta-feira não desobrigava das esmolas que vinham pedir na porta da casa. Sexta-feira era um dia sagrado. Foi numa sexta que Jesus Cristo sofreu sua paixão. E lá do alto da cruz ele viu quem tinha e quem não tinha compaixão pelo seu sofrimento. Toda sexta-feira esse mesmo Jesus descia ao mundo vestido de pobre para saber quem tinha compaixão com os pedintes. Quem negasse esmola a Cristo ia direto para o inferno. Uma esmola pelo amor de Deus, e lá ia Darque, sem fazer cara feia, entregar qualquer coisa ao pedinte. A este homem de um olho só, uma laranja-pêra. Deus te livre do mau-olhado, agradecia. Deus te livre de um mau vizinho, respondia este de óculos escuros na cara de caboclo ao receber uma banda de pão passado com margarina. Deus te dê um bom marido, sorriu adivinhando o alvoroço alegre dentro da casa, um outro de cara vermelha, como se fosse assado num forno. Depois veio outro, de pele cinzenta, de quem tivesse deixado secar na pele uma água barrenta, a quem ela deu um pedaço de charque. Nossa Senhora do Bom Parto te dê uma boa hora, ouviu como agradecimento. Por fim veio outro, a cara fechada por uma barba escura, manchada aqui e ali de branco, a quem deu uma xícara de feijão cru. Deus te dê uma boa morte, disse o homem, sem sorrir, sem deixar passar sentimento nenhum em sua cara fechada.

O dia de sábado não devia demorar a passar. Faltava tanto trabalho pra fazer, lavar o chão, arrumar a casa, preparar a mesa, tomar banho, se vestir, se enfeitar. Mas o sábado custava a passar e Darque não via a hora de chegarem os convidados, o juiz e o escrivão, o homem do acordeom e o seu noivo de paletó e gravata. O casamento ia ser em casa mesmo. E somente no civil. A mãe de Darque, Dona Almerinda, e a avó, Dona Mocinha, não praticavam o catolicismo nem se sentiam da religião protestante. O padre e suas beatas não gostavam da fama de catimbozeira que Dona Almerinda tinha herdado de Dona Mocinha. Os crentes também só queriam elas no culto se Dona Almerinda deixasse de ter parte com o Diabo e pagasse um tal de dízimo ao pastor. Melhor assim, uma festa simples para as amigas da vizinhança e os colegas de trabalho da loja.

Darque ficou no quarto até Zé Maria chegar. O patrão trouxe ele de carro e deu a honra de ficar para a festa. Os noivos evitaram ficar muito perto um do outro até que o juiz chegou com o escrivão. Disse pouca coisa. Perguntou se eles queriam casar, pergunta besta, claro que queriam. Perguntou se alguém ali era contra aquele matrimônio. Outra besteira, claro que todo mundo era a favor. Mandou assinar o livro, declarou que a partir de agora eram marido e mulher perante a lei e pronto. Fechou-se o livro e foram embora, levando junto o pouco de solenidade que trouxeram.

O acordeonista — que odiava ser chamado de sanfoneiro —, depois da *Marcha Nupcial*, tocou e cantou a música mais bonita que conhecia para uma ocasião como esta: *Bodas de Prata*. O tom que dava aos acordes botava um nó em qualquer garganta, e a sua voz lembrava mesmo a voz chorosa do Carlos Galhardo:

> "Beijando teus lindos cabelos
> que a neve do tempo marcou
> eu tenho nos olhos molhados
> a imagem que nada mudou.
> Estavas vestida de noiva,
> sorrindo e querendo chorar,
> feliz, assim, olhando para mim,
> que nunca deixei de te amar.
> Vinte e cinco anos
> vamos festejar de união..."

É coisa de se pensar como numa festa de casamento a música mais bonita é uma que lembra alguma coisa que ainda vai acontecer: a festa das bodas de prata. É como se as pessoas quisessem que o tempo passasse voando, para se ter a garantia de que aquele casamento tinha dado certo, que os dois estavam vivos, já de cabelos brancos e ainda se amando. "Vinte e cinco anos de veneração e prazer...". Era essa a esperança que se renovava em cada casamento e se renovava ali, no casamento de Darque e Zé Maria.

Vinte e cinco anos de veneração e prazer era o mínimo com que Darque sonhava tentando fazer seus olhos desencontrados se encontrarem no rosto de Zé Maria. Agora ela ia conhecer um homem. O seu homem. Não era assim muito bonito, mas era o seu. Era o seu homem que agora empurrava com todo o vigor do seu polegar a tampa plástica da garrafa de cidra até fazê-la espocar, voar num jato de encontro às telhas. Era o seu homem que agora servia o espumante em duas taças sobre a toalha de linho. Levantou-as cuidadosamente para não esborrar, entregou uma delas à sua mulher, que com ele enlaçou os braços e assim, numa troca de olhar desejosamente carinhoso, beberam o doce e borbulhante vinho da felicidade.

Era a primeira vez que Darque bebia alguma coisa que tivesse álcool. Não sabia definir se era ardor ou maciez o que sentia quando a cidra pousou em sua língua, envolvendo logo todo o interior de sua boca. Não sabia se era corte ou carícia o que sentia quando o líquido desceu pela garganta abaixo. Ainda estava com o olhar perdido nos olhos de Zé Maria quando uma onda morna tomou todo o seu corpo, fazendo-a lembrar um pouco o que sentira em seu quarto no dia em que fez a oração da Cabra Preta. Sua cabeça rodou, um pouco pela bebida, um pouco pelos pensamentos, e só ficou sossegada quando se encostou no peito de Zé Maria. Viva os noivos, gritou um amigo. Viva os noivos, gritaram todos com sinceridade.

Zé Maria sentiu então uma vontade de falar alguma coisa aos seus convidados. Alguma coisa que marcasse aquele momento em que entrava naquela casa, para mostrar que dali em diante naquela casa tinha um homem, aquela família tinha um chefe, aquela casa tinha um dono. E quero provar isso daqui a nove meses, quando nascer o meu filho com Joana Darque, neto de Dona Almerinda, que vai se chamar José Maria do Nascimento Neto, porque esse tinha sido o nome do meu finado pai, esse é o meu nome e haverá de continuar como nome do meu filho. Dona Almerinda sentiu um baque no coração. José Maria do Nascimento. Por que nunca tinha prestado atenção no nome completo desse homem? E saiu correndo para o quarto, chorando alto, acudida pelas vizinhas.

Darque não precisou ir atrás para saber o que a mãe estava sentindo. Estava claro para ela. Zé Maria era filho do seu pai. Sentiu o corpo querendo ir embora, mas não deixou. Tratou de amarrá-lo com o resto de cidra em sua taça. Tomou a taça das mãos de Zé Maria e esvaziou. Entornou pelo gargalo o que restou da garrafa. Saiu bebendo sofregamente todo o sobejo deixado nos copos pelos convidados. Sem entender nada do que estava acontecendo, Zé Maria viu sua mulher descer o degrau do terraço para a calçada, levantando com as duas mãos as saias do vestido de noiva para se perder na rua mal iluminada por entre as barracas da feira.

cinzas

Novamente é um só. Só este homem mais novo do que parece ser por dentro e por fora, com memória demais para corpo e tempo de menos. Mais uma vez a memória de suas mãos repete os gestos necessários a que se faça a luz modesta mas suficiente para criar o círculo onde irão se exilar os inconformados com o esquecimento. Vivos, mortos, lendas ou simples possibilidades de haver sido. Faça-se, portanto, a luz.

Mas esta volta relutante da luz não devolve o pleno sentido aos cheiros e às catingas, aos cochichos e aos gritos dispersos pelo pátio da feira. O mundo precisa acontecer devagar para não assustar os sentidos que o criam. Não existe mundo sem olhos que o vejam, sem ventas que o cheirem, sem tímpanos que escutem promessas e desculpas, sem carnes que sintam queimar de frio ou de fogo. E o que todos os sentidos informam ao seu dono é que um mundo recém-saído do breu reluta em se entregar à sua fome. Mas este homem não dispõe de mais luz do que essa para inventar o seu pequeno mundo, ali, naquele canto entre a porta lateral do mercado e as tábuas mal pintadas de uma barraca. E até onde alcançar a luz dessa pequena chama, os sons e os cheiros, os suores e os arrepios irão se encontrar novamente com a visão dos corpos de onde foram gerados e dos corpos em que procuram endereço. E a pouca luz cria vultos que se aproximavam, virando contornos de corpos, virando corpos trôpegos, quatro corpos de homens que à beira do fogo, à borda da luz, vinham sempre a estas horas para junto dele desfiar e confundir suas memórias.

E quando os quatro corpos se acercaram, ele fechou os olhos para fugir ao dom de ver o que ninguém mais via. Porque tinha esse dom de olhar e não ver a carne, de olhar e não ver os olhos, os sorrisos ou os sofrimentos que o lado de fora dos corpos mostrava. O que via era o que estava dentro das pessoas, ou bem o que saía de seus poros. E o mais das vezes era feio o que ele via. Por isso sofria muito, desde muito tempo.

Mas de um tempo pra cá, eu passei a sofrer mais. Pois é cada vez mais feio o que vejo dentro das pessoas. Inda agora, ali no balcão daquela barraca, um homem mau insistia em chamar um outro de peitica. E diga que não é peitica, provocava, mostrando uma peixeira enferrujada para o outro. Esse outro apenas olhava a peixeira, os olhos quase saindo das órbitas de tanta cachaça, o corpo balançando pra frente e pra trás, de um lado pro outro. E o homem mau repetindo: você é peitica, agora diga que não é, e mostrava a faca. O que mais me impressionou foi ver que o tal chamado de peitica não ia embora. Ficava ali, a vista perdida em lugar nenhum, como se quisesse mesmo que o outro metesse a faca nele. Foi preciso eu ir lá, dizer pro pobre do peitica sair dali, procurar um canto pra dormir, sumir da frente do homem mau que queria apenas um bucho qualquer para enfiar sua faca.

Outro dia eu vi passar um bando de gente em gritaria atrás de um homem arrastado por dois soldados. Mata, mata, o bando gritava feito doido. Os soldados tiveram trabalho para segurar aquela gente furiosa que queria matar o homem que tinha matado o pai. O pai descobriu que ele era ladrão, jogou no meio da rua umas coisas que ele tinha roubado. Ele não teve dúvida. Pegou um facão e meteu sete vezes nas costas do pai. Esperei que chegasse o fim da tarde e fui na delegacia. Tenho até vergonha de contar, mas quis ver como era por dentro um assassino. E não um assassino qualquer, mas um que matou o próprio pai. Foi muito estranho o que vi. Ou melhor, o que não vi. Pois não tinha nada para ver dentro daquele homem. Era como se todo o seu destino já tivesse sido cumprido. Toda sua vida já estivesse gasta. Vi o que qualquer cristão podia ver: um rapaz de cabelo grande e enrolado como lã de carneiro. Vestido só de cueca, o corpo cheio de ronchas, se encolhia no fundo da cela. Seus olhos me olharam mas não se cruzaram com os meus. Ele se oferecia aos meus olhos como uma coisa. Era como se não estivesse ali.

Até os meninos hoje em dia são feios por dentro. Ainda era de tardezinha quando Lampião, o amigo do povo, dormia seu porre na porta fechada de uma movelaria, com uma perna estirada exibindo a ferida aberta da erisipela. A fita vermelha amarrada no tornozelo mostrava que já tinha sido benzido do mal-de-monte, sem nenhum efeito. Todo mundo gostava de Lampião, o amigo do povo, que não fazia mal a ninguém, sua voz rouca pedindo qualquer coisa de comer pelas casas. Pois um bando de meninos foi perturbar o sono de Lampião. O mais velho deles fez um laço com um talo de folha de bananeira e amarrou na perna doente de Lampião. Judiaram dele sem se importar com sua voz rouca, chorosa, que não pedia nada, não reclamava nada. Só repetia: Lampião, o amigo do povo.

Foram poucas as mulheres que eu vi com a alma escura. Mesmo as putas, ou as que botavam chifre nos maridos, tinham seus pretumes amenizados por alguma cor de bondade. Mas vejam aquela ali, que chamam de Caçarola. Dizem que tem dinheiro, que recebe pensão do governo, mas mesmo assim pede esmola. E um dia em que pediu um cacho de banana a um feireiro e ele não deu, ela pegou o cacho e passou no meio das coxas. E lá se foi ela com as bananas que ninguém mais ia querer, mandando à puta que o pariu quem a chamava de Caçarola.

Era o escuro dessas pessoas que ele não queria mais ver. Por isso baixava a vista quando se aproximavam os seus quatro companheiros. Há muito tempo não olhava pra eles. Tinha medo que tivessem ficado ruins. Sem tirar os olhos do fogo, remexeu os tições debaixo da lata que fervia, espalhando no ar o cheiro de carne guisada. Era o que tinha conseguido comprar com o dinheiro das esmolas. O resto, os outros quatro traziam. Uma garrafa de cachaça, um saco de pão de ontem, umas laranjas, bananas, bolachas velhas, sobras das casas pobres, onde sempre resta alguma coisa para dar.

Conversa nenhuma, pois eles já se sabiam tudo. Uma palavra e outra escapavam das bocas, como peças quebradas que se soltassem de velhos pensamentos. Um fungado, um grunhido e era tudo. Só os olhos trabalhavam, presos na linha redonda enfeitada com pequenas bolhas, o colar da cachaça, que baixava dentro da garrafa a cada rodada da cuia em forma de peito. Pela primeira vez, todos eles bebiam na cuia de Massapê.

Sempre se esperava que o Cara Preta começasse a função. Foi um espanto só quando Massapê arrancou a tampa da garrafa com os dentes, encheu a cuia, sorveu um pouco da cachaça pelos beiços sôfregos, procurou no dorso da língua e no chão da boca pelo gosto do peito de sua mãe, mas ele não estava mais lá. Não quis mais beber o resto da lapada. Passou a cuia para o Cara Preta: agora é com você, e foi se aquietar no meio-fio.

Cara Preta não estranhou. Serviu a cachaça até acabar, depois resolveu tirar o caboco da garrafa. Pra quem não sabe, toda garrafa de cachaça tem um caboco. Só que não é sempre que se pode tirar ele de lá de dentro. É preciso que fique uma linhazinha de cachaça no fundo da garrafa. Hoje, Cara Preta achava que podia. Pegou a garrafa com as duas mãos, como quem vai dar banho numa criança. Deixou que a pequena porção da bebida se estirasse desde o fundo até o pé do gargalo. Depois, rolou com cuidado a garrafa entre as mãos, até que todo o lado de dentro estivesse molhado de um jeito tão fino que não dava pra se ver. Depois, com muito respeito, botou a garrafa no chão, ao lado da fogueira. Riscou um fósforo e jogou no fundo da garrafa. Um assovio ligeiro saiu de dentro da garrafa e da sua boca brotou um fogo azulado que estancou com um tufe. Pronto, o caboco saiu. Foi-se embora o espírito da cachaça. A garrafa escura agora estava morta ao lado da fogueira.

Estavam presos em volta daquela luz e só aos poucos entraram em seus ouvidos um farfalhar de saias, uns soluços. Era a moça das esmolas, todos a conheciam. Ia casar esta noite, todos sabiam. O que fazia ali aquela moça, que não estava em sua festa, com seu marido, comendo bolo, bebendo cidra. A moça parou a poucos metros, olhou com olhos meio de raiva meio de medo para os cinco homens. Quis ficar com eles ao redor do fogo e beber do fogo que eles bebiam. Mas o homem da cara preta olhou para ela e viu o escuro dentro do seu corpo. Um escuro revolto, de ondas e corrupios. Escuro de pesadelo. Logo ela, a moça boa das esmolas, um descanso para seus olhos, o corpo recendendo a luz, nas manhãs devotas das sextas-feiras.

Darque não disse nada, mas ele respondeu: vá embora, minha filha. Aqui não é lugar pra você. A gente está acabando e você mal começou. Vá embora, minha filha. Deixe a gente se acabar em paz. Minha filha, minha filha. Duas vezes esse homem me chamou de filha, ele que não deve ter filha, eu que não devia ter pai. E Darque, levantando as saias para que não roçassem no chão da feira, se afastou do pálido círculo de luz, se transformando em vulto, depois em nada, somente o farfalhar distante das saias dava conta da sua agonia sonâmbula.

Era a última coisa que o Cara Preta queria ter visto. Lembrou da menina nos braços da mãe no dia de Santa Luzia. Lembrou da menina no colo da mãe, no último vagão do trem. Lembrou da moça que lhe dava esmolas toda sexta-feira e não compreendia, mais ainda, não se conformava, como naquele jarro puro foi se derramar uma água tão podre, tão escura. Assim como não compreendia muitas coisas do que via. Há muito já não compreendia. E não era apenas o fogo que bebeu em toda sua vida que tirava sua compreensão. Eram as coisas mesmas que eram confusas. Eram as entranhas das pessoas que ficavam cada vez mais difíceis de enxergar, de adivinhar seus sofrimentos, seus desejos, os seus bons e os seus ruins.

No lugar da compreensão, da adivinhação, sentiu somente uma ardência fina no corpo, alguma coisa que brotava em suas tripas e se movia de dentro para fora, furando as poucas carnes do seu ventre, rasgando a pele esticada e brilhosa da barriga. Ardia, mas não doía. Era igual à cachaça entrando goela abaixo, sendo ao contrário. Era o fogo que vinha de dentro, querendo sair.

Chegou a hora, disse para os outros. Uma hora que, mesmo sem saber, todos esperavam. Como se todo o tempo em que estiveram neste mundo servisse apenas para levar a este momento. Sabiam, cada um deles sabia, que um dia ia ter fim aquele vazio que tentavam encher de cachaça. Chegara, enfim, a hora em que o fogo de dentro de cada corpo iria se juntar ao fogo que vinha do corpo do outro. Uma irmandade de fogo que queimaria para sempre a dor que carregavam na memória.

Chegou a hora, repetiu o homem da cara preta. E os quatro se juntaram a ele, os corpos pegados, os braços enlaçados por cima dos ombros, as cabeças baixas, olhando para um ponto do ventre do Cara Preta que acendia como uma luz bem debaixo da pele. E a luz foi aumentando, aumentando, até que daquele ponto surgiu uma pequena chama azulada que ficou boiando em cima da pele, sem queimar, sem arder, sem doer. E se juntaram mais, até que a chama se transportou para os quatro corpos, e mais se juntaram para que suas pequenas chamas formassem uma chama só que foi crescendo, alimentada por seus corpos encharcados, consumindo suas poucas carnes, pulverizando o pouco dos seus ossos.

Darque já não protege mais o vestido da lama do chão da feira. Suas mãos tombam ao longo das saias, que apenas farfalham surdamente. Seus olhos agora apenas tristes olham para o lugar onde ainda há pouco alguém a chamou de filha. Queria aquele pai que agora ardia junto dos outros quatro, como uma irmandade que se consumisse em fogo. Queria aqueles irmãos que se consumiam. Queria, ela também, se consumir, pois seu coração dizia que não poderia ficar sobre a terra sabendo que aqueles homens não estavam mais aqui. O farfalhar do vestido agora era bem lento e abafado. Darque andava devagar na direção daquele fogo. Queria também arder de vez, pois já não agüentava arder aos poucos. A roda de chamas azuis abriu-se um pouco para Darque entrar. E lá dentro ela se deixou pender de encontro ao peito daquele que a chamou de filha. Depois, foi rolando de corpo em corpo de cada um de seus irmãos. A roda se fechou sobre ela e um fogo só passou a consumir todos os corpos.

Darque, Darque, gritava Zé Maria, passando em passos trôpegos pelo canto entre a porta lateral do mercado e as tábuas mal pintadas de uma barraca onde ele sempre via uns homens em volta de um foguinho. Não viu ninguém. Viu só uma pequena fogueira cercada por três tijolos. Em cima dos tijolos uma lata onde fervia um cozinhado. Ao lado da fogueira, uma garrafa de cachaça ainda fechada e um saco de papel de padaria. Acima dessas poucas coisas, um redemoinho fazia rodar no ar uma pequena nuvem de cinzas.

© Ronaldo Monte, 2006

todos os direitos desta edição reservados à
EDITORA OBJETIVA LTDA
rua Cosme Velho 103
22241-090 Rio de Janeiro RJ
tel [21] 2199 7824 fax [21] 2199 7825
www.objetiva.com.br

capa e projeto gráfico
warrakloureiro

editoração eletrônica
Andréa Ayer

revisão
Taís Monteiro
Rodrigo Rosa de Azevedo
Mônica Auler
Damião Nascimento

coordenação editorial
Isa Pessôa

consultoria editorial
Rosa Amanda Strausz

foto de capa
Larry Towell | Magnum Photos

R 772 m
Monte, Ronaldo
Memória do fogo / Ronaldo Monte. – Rio de Janeiro:
Objetiva, 2006
125 p. [Fora dos eixos] ISBN 85-7302-789-4
1. Literatura brasileira – Romance. I. Série. II. Título
CDD B869.3

Conheça mais sobre nossos livros e autores no site
www.objetiva.com.br
Disque-Objetiva: (21) 2233-1388

IMPRESSÃO E ACABAMENTO:
YANGRAF Fone/Fax: 6195.77.22
e-mail:yangraf.comercial@terra.com.br